Antje Herden

Sydney Love

Zwischen Gestern und mir die Welt

Antje Herden
hat Architektur studiert und ist um die Welt gereist, bevor sie sich als Redakteurin und Schriftstellerin selbständig machte. Sie hat zwei erwachsene Kinder und lebt in Darmstadt. Eine Vielzahl von Kinder- und Jugendromanen hat sie bereits veröffentlicht und wurde für ihre Arbeit schon mehrfach mit Preisen ausgezeichnet.

Arena

Antje Herden

Sydney Love

Zwischen Gestern und mir die Welt

Ein Verlag in der Westermann Gruppe

MIX
Papier aus verantwortungsvollen Quellen
FSC® C110508

1. Auflage 2022

Rottendorfer Str. 16, 97074 Würzburg

Umschlaggestaltung: ZERO Werbeagentur, unter Verwendung von Fotos von © Shutterstock
Gesamtherstellung: Westermann Druck Zwickau GmbH
Printed in Germany

ISBN 978-3-401-60571-5

Besuche den Arena Verlag im Netz:
www.arena-verlag.de

1. Tag *(Montag)*

Mein neues Leben soll mit einem Knall beginnen. Das habe ich mir gewünscht.

Doch mit Wünschen muss man vorsichtig sein. Und überaus genau. Denn wenn man sie unklar formuliert, passieren die Dinge auch unklar.

Zumindest weckt dieser Knall mich auf.

Zuvor bin ich wie ein Zombie vor mich hin geschlurft, meinen schweren Rucksack nur halb auf den Schultern, zu erschöpft, um ihn richtig aufzusetzen. Das Metallschild, das mir eigentlich den Weg weisen soll, taucht urplötzlich vor mir auf und ich renne es einfach um. Es landet mit einem Krachen auf dem glänzenden Boden. Jetzt geht es wieder. Zumindest mit dem Geradeauslaufen.

Es ist dreiundzwanzig Uhr des morgigen Tages und ich habe über einundzwanzig ziemlich beengte Stunden im Flieger hinter mir. Mein Zeitgefühl ist mir abhandengekommen.

Mit acht Filmen im Display des Sitzes vor mir holte ich zwei Jahre verpasster Kinobesuche nach. Außerdem aß ich zweimal Hühnchen mit Reis und zweimal Rührei. Einmal mit einem Nürnberger Würstchen und einmal mit furchtbaren sauren Bohnen.

Ich spießte trotzdem jede einzelne von ihnen auf die Plastikgabel und schob sie in meinen Mund.

Irgendwie muss man sich ja auf so einem langen Flug beschäftigen.

»Du solltest das nicht essen«, warnte mich die Frau neben mir.

»Warum nicht?«, fragte ich und schob die letzte noch unzerkaute Bohne in meine rechte Backentasche.

Und warum sagte sie mir das erst jetzt?

Sie drehte sich nach allen Seiten, obwohl da nur ich war.

»Sie mischen Verstopfungsmittel ins Essen«, raunte sie dann.

»Wie bitte?«, fragte ich perplex und spuckte die letzte Bohne wieder aus.

Die Frau neben mir deutete auf die Klapptür direkt vor uns, die in die Minitoilette führte.

»Überleg doch mal! Hier sitzen Hunderte Menschen an Bord. Viele Stunden lang. Stell dir vor, die müssten alle auf die Toilette. Richtig, meine ich.«

Ich wollte mir das gar nicht vorstellen.

Erst recht nicht, weil wir direkt danebensaßen.

Nun laufe ich am Zoll vorbei, denn ich habe nichts anzumelden. Schmuggle keinen Apfel, keine Salami und auch keinen Ableger der geliebten Hortensien meiner Mutter in meinem Rucksack.

Das habe ich auch so in der Einreisebescheinigung angekreuzt. No. No. No. No. Ich bringe nichts Verbotenes auf diesen Kontinent mit.

Keine Drogen.

Keine Waffen.

Keine Pflanzen.

Und auch keine gefährlichen Lebensmittel.

Nur mich und mein bisheriges Leben. Das aber auch irgendwie verboten gehört.

Eine Tür öffnet sich für mich.

Hallo, anderes Ende der Welt!

Hallo, neues Leben!

Nach einem tiefen Atemzug Euphorie schaue ich mich suchend um. Carey hat mir ein Bild von sich geschickt. Ich müsste sie eigentlich erkennen.

Doch unter den wenigen Menschen, die noch auf jemanden warten, sehe ich sie nicht. Hier ist keine blonde Frau mittleren Alters mit korrekt gelegter Frisur und in einem teuren Hosenanzug. Obwohl mir schon klar ist, dass sie zu so später Stunde sicher etwas Bequemeres tragen würde.

Plötzlich breitet sich ein leichter Panikanfall in meinem völlig übermüdeten Körper aus.

Herzklopfen.

Fußkribbeln.

Leichte Übelkeit.

Was ist, wenn Carey mich nicht abholt? Was soll ich dann tun?

Ich kenne hier niemanden. Und ich war noch niemals irgendwo allein. Schon gar nicht am anderen Ende der Welt.

Ich lasse meinen Rucksack auf die Fliesen und mich in einen der Plastikstühle fallen. Atme tief ein. Und wieder aus.

Keine Panik!

Keine Angst!

Nicht vor deinem neuen Leben.

Ich krame mein Handy heraus. Schalte den Flugmodus aus. Acht Nachrichten. Drei davon sind von meinem deutschen Anbieter und informieren mich über Roaming-Gebühren. Fünf hat meine Mutter geschickt.

In den ersten beiden möchte sie wissen, wann ich gedenke, endlich nach Hause zu kommen, das Abendessen stünde auf dem Tisch. Die dritte klingt deutlich beleidigt. Die vierte droht. Die letzte täuscht Sorge vor.

Ich lösche sie alle.

Bin gelandet. Bist du da?, sende ich an Careys Nummer.

Ja. Warte am Ankunftsgate.

Das kann nicht sein, denn da sitze ich auch.

Ich schaue mich noch einmal genauer um.

Eine hübsche Frau mit wild zerzausten blonden Locken, in einem engen ausgewaschenen T-Shirt, einer Adidas-Hose und Flipflops fällt mir ins Auge. Im selben Moment schaut sie in meine Richtung. Ich wage ein zaghaftes Lächeln und ihre Augen weiten sich.

Langsam kommt sie auf mich zu.

»Bist du Charly?«, fragt sie ungläubig.

Ich stehe auf. Ihr Blick verweilt auf meinen zwar kleinen, aber deutlich erkennbaren Brüsten.

»Ja.«

Mehr fällt mir in dem Moment nicht ein. Einfach nur ja.

»Ich dachte, du wärst ein Junge.«

Ich beiße mir schuldbewusst auf die Lippen.

Damit habe ich ehrlich gesagt gespielt. Denn es sollte, nein, es musste schnell gehen. Ich wollte weg.

Nur weg.

Sofort und so weit wie möglich.

Und als Careys Suche nach einem europäischen und männlichen Betreuer für ihren achtjährigen Sohn auf der Workaway-Seite aufploppte, antwortete ich, ohne genauer auf mein Geschlecht einzugehen. Eine Woche zuvor hatte ich mir die Haare auf dem Kopf auf drei Millimeter runterrasiert und mich Charly genannt. Eine Charlotte ließ sich auf dem Selfie für meinen Workaway-Account tatsächlich nicht mehr erkennen.

»Ist es wichtig, ob ich ein Junge oder ein Mädchen bin?«, frage ich nun in der Ankunftshalle.

Es klingt patzig und das tut mir sofort leid. Denn da ist wieder die Angst. Sie könnte mich hier einfach stehen lassen. Immerhin will sie mir für die nächsten drei Monate ihren Sohn anvertrauen. Und ich habe von Anfang an gelogen. Carey fixiert mich mit einem Blick, den ich nicht deuten kann. Bitte sag schon, ist das ein Problem?

Die Frau mit den zerzausten Haaren gefällt mir wirklich gut. Sie wirkt cool und herzlich. Ein Mensch, den ich gerne in meinem Leben hätte.

Obwohl es ja eigentlich um ihren Sohn Atlas geht.

Der Name hat mich im ersten Moment echt irritiert. Ich meine, wer benennt sein Kind nach einem Titanen, der die ganze Welt inklusive Himmelsgewölbe auf seinen Schultern tragen muss? Aber vielleicht war das der Wunsch nach großer Stärke. Oder es war ironisch gemeint.

Trotzdem. Die Welt auf den Schultern zu tragen, ist erdrückend. Selbst wenn es nur die eigene ist. Oder die seiner Familie.

Damit kenne ich mich nur zu gut aus. Schleppte mein Leben lang an einer Last, die mich auf den Boden presste.

Ich habe sie beim Zwischenstopp in Hongkong stehen gelassen.

Das hoffe ich jedenfalls.

Carey zieht ihre linke Augenbraue hoch. Plötzlich lacht sie los. Sie hat ein lautes Lachen, in das man sofort mit einstimmen möchte.

»Nein, das sollte wirklich nicht wichtig sein, ob man männlich oder weiblich ist«, sagt sie und nimmt mich einfach in die Arme. »Herzlich willkommen in Sydney.«

Ich bin etwas überrumpelt. Spontane Umarmungen gab es in meinem bisherigen Leben nicht. Weder von Fremden noch von Familienmitgliedern.

Und plötzlich weiß ich, dass ich mich am liebsten nicht einmal mehr erinnern möchte. Obwohl so etwas natürlich nicht so einfach funktioniert. Dazu braucht es schon echte Verdrängung.

Aber ich will und muss die letzte Verbindung kappen.

Als ich mein Smartphone wieder aus der Tasche hole, sehe ich, dass meine Hand zittert. Verrückt.

Obwohl ich das Alte nicht mehr will und davor fliehe, fällt es mir schwer, es endgültig hinter mir zu lassen. Immerhin kannte ich mich sehr gut darin aus.

Während Carey beherzt nach meinem Rucksack greift und ihn sich auf die Schultern zieht, schalte ich das Smartphone aus und lasse es in den nächsten Mülleimer fallen.

Jetzt ist Charlotte wirklich weg.

Dieses neue Leben gehört Charly.

»Du musst müde sein, Liebes. Lass uns schnell nach Hause fahren«, sagt Carey.

Beinahe kommen mir die Tränen.

Wenn sie wüsste, wie müde ich wirklich bin.

Und dass *nach Hause* bisher etwas war, wo ich nicht sein wollte.

»Klingt echt gut.« Ich lächele Carey an.

»Andere Seite«, sagt Carey. »Linksverkehr.«

»Ah, stimmt ja.«

Müde taumele ich auf die linke Seite des kleinen Wagens.

Die Fahrt dauert vielleicht zwanzig Minuten. Als Carey in

eine schmale Straße einbiegt, kann ich kaum noch die Augen offen halten. Sie schaut mich voller Verständnis an.

»Atlas ist bis morgen Mittag bei seinem Vater. Du kannst dich erst mal ausschlafen.«

»Danke«, flüstere ich erleichtert.

Ich öffne die Wagentür. Schwere feuchte Luft umfängt mich. Sie duftet nach Blüten, Regen und einem Hauch Moder.

Mein Herz macht einen Satz.

Ich habe es geschafft.

Ich bin auf der anderen Seite angekommen.

Während der Planung meiner Flucht schien mir Australien an manchen Tagen noch immer viel zu nah.

Und Sydney ist auch nicht der entgegengesetzte Ort von Hamburg. Das habe ich als kleines Kind mit dem heiligen Globus meines gestrengen Großvaters herausgefunden. Weil ich den dafür von seinem antiken Sockel nehmen musste, habe ich kein Abendbrot, dafür eine Menge Ärger bekommen. Seitdem weiß ich aber, dass genau gegenüber von Hamburg gar nichts ist. Jedenfalls kein Land, keine Insel, nicht einmal ein Eiland. Es ist ein Punkt mitten im Südpazifik. Daneben liegt Neuseeland. Leider regnet es dort sehr viel. In Hamburg sagt man zwar, Regen ist es erst, wenn die Heringe auf Augenhöhe vorbeischwimmen. Ich habe in meinem Leben aber schon zu viele Heringe gesehen.

Ich entschied mich für diese Stadt. Wie so viele andere auch, die nach der Schule erst einmal aufbrechen und losziehen. Bei den meisten meiner ehemaligen Schulkameraden beginnt der große Traum entweder mit Asien oder Australien. Die Tickets nach Thailand buchen die, die unterwegs sein wollen. Nach Sydney fliegen die, die erst einmal in einem Hostel jobben oder sich an einem schönen, aber ungefährlichen Ort ans Reisen gewöhnen wollen.

Ich möchte irgendwo ankommen.

Darüber nachzudenken, ob diese Entscheidung auch irgendetwas mit dem weltberühmten Opernhaus zu tun haben könnte, verkniff ich mir.

Dabei weiß ich ganz genau, dass dieses einzigartige Gebäude hier steht – und eine Verbindung zu meiner alten Welt ist.

In der wäre ich eine berühmte Konzertpianistin geworden und vielleicht auch irgendwann einmal in Jörn Utzons Opera House aufgetreten. Das war mein bisheriger Weg, auf dem ich schon ziemlich weit gekommen bin. Den meine Eltern schon frühzeitig für mich einschlugen, den ich mit all meiner kindlichen Begeisterung weiterging, manchmal stolpernd, meistens rennend. Bis ich bemerkte, dass ich mich irgendwo verloren hatte.

Oder gar nicht erst hatte finden können.

Carey schleppt meinen Rucksack in das schmale Haus.

Ich nur mich selbst.

Über eine steile Treppe, die eher eine Stiege ist, folge ich ihr ins obere Stockwerk.

»Du kannst dir morgen alles in Ruhe anschauen«, sagt sie und öffnet die Tür zu einem Zimmer nach vorn in Richtung der kleinen Straße. Hinter den Vorhängen erkenne ich einen Balkon.

Ein großes Bett mit vielen Kissen. Eine Kommode, eine Kleiderstange, ein riesiges abstraktes Bild an der Wand. Mein neues Reich, das in seiner gemütlichen Bescheidenheit so viel prächtiger ist als der goldene Käfig, in dem mich meine Eltern mit ihrem vielen Geld gefangen hielten.

Bis jetzt.

Ich lasse mich auf das Bett mit der bunten Patchworkdecke fallen.

Carey lacht. »Musst du nicht wenigstens noch mal ins Bad?«

»Nein, ich war im Flughafen auf dem Klo und habe mir da auch die Zähne geputzt.«

Mehr Hygiene würde ich im Moment sowieso nicht hinkriegen.

Ich muss gähnen, bis mir Tränen über die Wangen laufen. Ich greife nach einem der großen Kissen und kuschle mich darauf.

»Soll ich dir die Schuhe ausziehen?«, fragt Carey.

»Das schaffe ich gerade noch«, antworte ich grinsend.

»Gute Nacht«, sagt Carey leise. »Und sehr schöne Träume. Man sagt –«

»Dass die Träume in der ersten Nacht in einem fremden Bett in Erfüllung gehen. Ich weiß.«

»Dann merke sie dir gut.«

Ich fummele an den Schuhbändern herum, bis ich meine Chucks von den Füßen schnicken kann.

Dann stehe ich aber doch noch einmal auf und nehme mir ein frisches T-Shirt und eine Pyjamahose aus meinem Rucksack. Endlich schlüpfe ich unter die Decke und strecke meine Beine aus.

Carey hat die Tür ein wenig offen stehen lassen. Ob aus Versehen oder mit Absicht, weiß ich nicht. Ich kann sie unten im Bad leise rumoren hören. Durch den Spalt dringt Licht.

Es fühlt sich heimelig an.

Ich kann mich nicht erinnern, wann ich das letzte Mal entspannt und gemütlich eingeschlafen bin.

In den letzten Jahren war Schlaflosigkeit mein ständiger Begleiter der Nächte.

Ich lag wach, obwohl ich unfassbar müde war. Sorgen und Grübeleien drehten ihre Runden in meinem Kopf wie in einem Karussell auf dem Jahrmarkt, den ich als Kind nie besuchen durfte. So etwas Profanes wie Rummelplatzbesuche gab es bei uns nicht.

Gegen meine Schlaflosigkeit versuchte meine Mutter zuerst, mit Meditationsmusik und Kursen in autogenem Training anzugehen. Dann wies sie Lee an, nur noch makrobiotisch zu kochen. Was immer das auch sein sollte. Lee wusste das zum Glück auch nicht und meine Mutter hatte keine Zeit, es zu überprüfen. Lee und ich kochten weiterhin gemeinsam die köstlichsten Gerichte der ganzen Welt. Die Küche und Lee waren meine erste Zuflucht. Und ganz nebenbei lernte ich, richtig gut zu kochen.

Eines Tages stand eine Packung Schlaftabletten neben meinem Bett.

Problem gelöst.

Wahrscheinlich von meinem Vater.

Die Schlaftabletten ließ ich genauso zurück wie meine langen braunen Locken, meinen Steinway, den ich zum zehnten Geburtstag bekam, und alles andere, das meinen Alltag bisher bestimmte.

Nichts davon brauche ich mehr.

Gar nichts. Nicht einmal das Smartphone, das jetzt in diesem Flughafenmülleimer liegt.

Und schon gar nicht meine Kreditkarte. Der Verzicht darauf will mir nicht als Opfer erscheinen. Zwar bin ich in großem Reichtum aufgewachsen, aber das bedeutet nicht, dass ich es nicht ohne schaffe. Auch wenn meine Mutter dazu eine völlig andere Meinung hat.

Nur um meinen geliebten Flügel tut es mir leid. Ich halte meine Hände fest, die automatisch Fingerübungen machen.

Doch als ich die Augen schließe, fühle ich den Schlaf sanft nach mir greifen. Als hätte er schon immer auf genau diesen Moment gewartet.

Der erste Tag in meinem neuen Leben endet mit einem Seufzer der Gemütlichkeit und für einen Augenblick kribbelt echtes Glück in meinen Füßen.

2. Tag *(Dienstag)*

Am nächsten Morgen weckt mich ein furchtbares Gewimmer.

Jedenfalls vermute ich, dass vor der offenen Balkontür demnächst der Morgen anbrechen wird. Ich habe mein Zeitgefühl noch nicht wiedergefunden und draußen ist es dunkel. Ich muss aber lange geschlafen haben, denn ich fühle mich mega erholt. Eigentlich.

Doch das Grauen hält mich umklammert und in meinen Adern prickelt Adrenalin. Irgendjemand auf der Straße erleidet Qualen und höchste Not. Dem Geräusch nach eine alte Frau oder ein kleines Kind. Nein, zwei oder sogar drei.

Was ist da los?

Wo bin ich überhaupt?

Durch den Türspalt sehe ich, dass jemand das Licht einschaltet.

Carey.

Ich bin in Sydney.

In meinem neuen Leben.

Das scheinbar mit einem grässlichen Mord aufwarten will.

Ich springe aus dem Bett und stoße die Tür zur Stiege ganz auf.

Auf der Treppe bleibt Carey jetzt stehen, ziemlich schlaftrunken und noch zerzauster als gestern.

»Guten Morgen, Liebes. Schon wach? Es wird sicher etwas dauern, bis du dich in der Zeit –«

»Hörst du das?«, falle ich ihr ins Wort. »Da draußen weint jemand. Ganz furchtbar.«

»Wirklich?« Carey schaut plötzlich erschrocken.

Dann stürmt sie an mir vorbei und auf den Balkon hinaus. Lauschend hebt sie den Kopf und schaut dann über das Geländer. Das herzergreifende mehrstimmige Gejammer ist ganz nah.

»Ich kann nichts hören«, behauptet Carey.

Verwirrt blicke ich sie an. Wie kann das denn sein? Noch lauter geht es eigentlich nicht. Die Sterbenden müssen direkt unter unserem Balkon auf der Straße liegen.

Ich wage nicht hinunterzuschauen.

Da zieht Verstehen über Careys Gesicht und ich sehe, dass sie sich ein Lachen verkneifen muss.

»Raben«, presst sie am Lachen vorbei. »Australische Raben. Sie sitzen gerne dort drüben auf dem Dach und künden den Morgen an.«

Die Straße ist nicht breit, vielleicht fünf oder sechs Meter. Das Gebäude gegenüber, die Rückseite einer alten Fabrik, ist ganz nah. Die großen dunklen Silhouetten der Raben hocken wie Vorboten des Bösen auf der Dachkante.

Ein Schauer jagt mir über den Rücken.

»Na, was hast du geträumt?«, fragt Carey mitfühlend.

»Nichts. Überhaupt gar nichts.« Meine Stimme klingt bedauernd, obwohl ich das bis eben gar nicht so empfand. »Ist aber vielleicht auch besser.«

»Leg dich noch ein paar Stunden hin, Liebes. Komm erst mal an, mach dich mit dem Haus vertraut.«

Ich nicke. Das klingt gut. Außerdem fühle ich mich seltsam wackelig auf den Beinen. Zum Glück hatten wir geklärt, dass ich erst morgen mit meinem Job hier anfange. Aber kennenlernen werde ich Careys Sohn schon heute. Ich bin deswegen ziemlich aufgeregt.

»Später wird es sicher warm. Vielleicht magst du einen Spaziergang machen. Ich habe ein paar Dinge zu erledigen, bin aber mittags wieder da. Atlas wird gegen eins von seinem Vater gebracht.«

»Danke«, murmle ich.

Carey schließt meine Zimmertür hinter sich und ich lege mich wieder auf das Bett.

Doch ich bin knallwach.

Von irgendwoher erklingt Klaviermusik. Ich weiß, dass es nichts bringt, mir die Ohren zuzuhalten. Auch nicht, wenn ich resigniert seufze. Ich tue es trotzdem. Beides. Akustische Halluzinationen. Ein Stresssymptom, wie mir Dr. Weimer, unser Familienhausarzt, attestierte. Ich hielt sie für beginnenden Wahnsinn.

Irgendwie hatte ich gehofft, hier würden diese Geräusche einfach verschwunden sein. So wie ich alles andere auch hinter mir gelassen habe.

Man nimmt sich aber immer mit. Mit all seinen Ängsten und Sorgen. Und mit den Erinnerungen. Wirklich verändern kann man sich nur von innen heraus. Egal, wo man ist. Natürlich weiß ich so was eigentlich. Es ist trotzdem enttäuschend.

Ich kenne das Stück. Logisch. Es existiert ja nur in meinem Kopf. Oder als Reiz auf der Hirnrinde. Aber ich kenne es mit jeder Note. Es war das erste, das ich auf dem neuen Flügel spielte. Den hatte ich mir so sehr gewünscht. Hatte um ihn gebettelt und dafür gebetet. Obwohl meine Eltern in Geld schwimmen und auch nicht geizig sind, jedenfalls was materielle Dinge betrifft, bekam ich das Instrument erst zu meinem zehnten Geburtstag. Meinem Vater war es wichtig, dass ich die Verantwortung tragen konnte, die damit einherging. Ein Steinway ist nicht das Mittel für ein Hobby. Und auch kein teures Möbelstück. Auf einem Steinway klimpert man nicht herum. Er ist materialisierte Passion, ein wahr gewordener Traum, Wegweiser eines ganzen Lebens. Ich hatte das verstanden und meinen Eltern versprochen, dass ich alles für die Musik tun würde. Das Versprechen war mir damals nicht schwergefallen. Ich hatte kaum Freunde. Eigentlich nur eine Freundin. Heute weiß ich, dass ich in der Grundschule gemobbt wurde. Damals fand ich in mir noch kein Wort dafür. Auf jeden Fall hatte ich lieber schlimme Bauchschmerzen, als in die Schule gehen zu müssen. Die Musik war mein Ein und Alles. Sie gab mir Trost und Freude. War beste Freundin und alle Abenteuer, die ich mit einer solchen erlebt haben würde. Mein Klavierlehrer kam jeden Tag in unser Haus. Meine Nachmittage gehörten dem Spiel. Irgendwann später wäre ich nur allzu gerne von diesem Weg abgebogen. Doch das ließen meine Eltern nicht zu. In ihren Augen war ich schon zu weit gekommen.

Inzwischen ist es draußen fast hell.

Ich schüttele meine kreisenden Gedanken ab und gehe hinunter ins Bad.

Als ich mich im Spiegel erblicke, erschrecke ich.

Noch immer habe ich mich nicht an meine neue Frisur gewöhnt. Oder besser gesagt an das Fehlen meiner Haare. Sie sind schon wieder einen Hauch nachgewachsen. Ich streiche über meinen stoppeligen Kopf. Es fühlt sich gut an und macht ein seltsames Geräusch. Wie Schilf, durch das der Wind streicht.

Dann muss ich unwillkürlich lachen. Drei große Mückenstiche prangen auf meiner Stirn. Wenn man nachts die Balkontür offen lässt, wird man also nicht nur vom furchtbaren Gejammer der Raben geweckt, sondern auch von hungrigen Moskitos heimgesucht.

Beim Zähneputzen merke ich, wie stark gechlort das Wasser aus dem Hahn ist. Es schmeckt grässlich.

Es ist zum ersten Mal mein eigenes Leben, aber ich muss noch viel lernen, um mich darin zurechtzufinden. Und ich muss mich an einige Dinge auf dieser Seite der Welt gewöhnen.

Nur nicht daran, dass das Wasser der Klospülung andersherum abläuft. Da hat mir jemand Unsinn erzählt.

Jemand aus dem anderen Leben.

Der einzige Mensch der Nordhalbkugel, der weiß, wo ich bin.

Den das aber nicht im Geringsten interessiert.

Plötzlich habe ich ein dumpfes Gefühl im Bauch.

Ich spucke den Zahnpastaschaum aus und spüle mit dem ekligen Wasser nach.

Ein ganzes Jahr lang dachte ich, dass ich verliebt sei. Unglücklich zwar, aber dennoch in täglicher Hoffnung auf Gegenliebe. Ich ahnte, dass es nicht so war. Dass ich Zuvorkommenheit mit Interesse oder gar Verliebtheit verwechselte.

Ich habe ihm eine letzte Nachricht vor meinem Abflug geschickt.

Vielleicht hatte ich gehofft, dass er mich holen würde, bevor der Flieger startete. So eine typische RomCom-Szene eben.

Doch er meldete sich nicht einmal per Whatsapp. Als der Flieger abhob, vergrub ich seinen Namen irgendwo tief in meinen Erinnerungen.

Zuvorkommenheit ist keine Liebe.

Genauso wenig wie Fürsorge.

Ich werde das nie wieder durcheinanderbringen.

Inzwischen bin ich sehr froh, dass er mich nicht daran hinderte zu fliegen.

Wie auch immer der Typ hieß, der leider auf ewig der Mann sein würde, mit dem ich das erste Mal Sex hatte.

Ich erkunde Careys Häuschen. Es ist schmal und lang. Durch die Eingangstür tritt man direkt in einen weiß getünchten Raum mit einem großen Esstisch und acht Stühlen drum herum, alle unterschiedlich. An den Wänden hängen drei gerahmte Fotografien von geheimnisvollen Bäumen. Das nächste Zimmer ist ein gemütliches Wohnzimmer mit einem großen Sofa. Allerdings ist es ziemlich dunkel, da es kein Fenster hat. Von hier kann man entweder nach draußen in einen schmalen Gang treten, der in einen kleinen Garten hinterm Haus führt, oder in die Küche. Dahinter liegt das Bad.

Ich koche mir einen löslichen Kaffee, bevor ich meinen Erkundungsgang fortsetze.

Im oberen Geschoss gibt es drei Räume. Einen etwas größeren mit Balkon zur Straße. Das ist meiner. Und zwei sehr kleine nach hinten Richtung Garten. Einer davon ähnelt in der Einrichtung meinem. Darin steht ein gemütliches Doppelbett, eine Kleiderstange mit sehr eleganten Klamotten und eine Kommode mit einer Leselampe und Büchern darauf.

Das Zimmer daneben ist ein Kinderzimmer. Es ist allerdings dermaßen ordentlich, dass es aussieht, als hätte hier noch nie jemand gespielt. Ich blicke mich verwundert um. Das Bett ist akkurat gemacht, ohne eine Falte oder eine Delle im Kissen. In einem Regal stehen Bücher und Spiele exakt nach Größen und Farben geordnet.

Carey hat mir geschrieben, dass Atlas jedes zweite Wochenende bei seinem Vater sei. Wahrscheinlich nutzt sie seine Abwesenheit, um in seinem kleinen Reich klar Schiff zu machen.

Als ich später auf die Straße trete, umfängt mich feuchte Luft. Carey hatte recht. Es wird warm und ich bin völlig falsch angezogen. Die engen Jeans sind zu dick und der Hoodie erst recht. Ich bleibe unschlüssig stehen.

Doch ich habe keine Lust, zurückzugehen und mich umzuziehen. Obwohl ich mich beim Aufwachen so fit fühlte, spüre ich schon wieder die Müdigkeit nach mir greifen.

Jetlag eben.

Also wende ich mich nach rechts. Einige Häuser weiter knickt die kleine Straße nach links. Zwischen ihr und einer mit Graffiti besprühten Backsteinwand liegen ein liebevoll angelegter Urban Garden mit allerlei Gemüse und Kräutern und daneben ein Spielplatz.

Riesige Feigen- und Eukalyptusbäume spenden Schatten und Hibiskusbüsche tragen tellergroße Blüten. Sie leuchten orange und blutrot in der Morgensonne. Wenn man sich so eine hinters Ohr steckte, wäre man dahinter komplett verborgen.

Hinter dem linken Ohr getragen bedeutet eine Hibiskusblüte, dass man an jemanden vergeben ist. Jedenfalls auf Hawaii.

Ich weiß gar nicht, woher ich das weiß.

Ich lege mich in das kratzige Netz einer großen Tellerschaukel, gucke in den blauen Himmel über mir und stoße mich ab.

Der Wind zerfleddert die silbrigen Blätter des Eukalyptus. Neugierig spähe ich in die hohen Kronen, ob da irgendwo ein Koala einen der weißlichen Äste umklammert. Stattdessen landen zwei Papageien direkt über mir und fangen lautstark an zu schnattern.

Es kommt mir vor, als hätte ich noch nie geschaukelt. Obwohl das nicht stimmt. Aber ich kann mich nicht daran erinnern.

Das Leben kann so verdammt schön sein.

Einer der bunten Vögel kackt mir auf den Hoodie.

Als eine Mutter mit ihren Kindern lachend das Klettergerüst neben mir entert, stehe ich auf und gehe.

Beinahe kommen mir die Tränen. Ich schlucke sie im letzten Moment hinunter.

Läuft man unsere schmale Straße nach links, landet man irgendwann auf der Redfern Street. Hier ist viel los. Autos brausen vorbei, kleinere Läden und viele Cafés säumen sie. Überall sitzen plaudernde Menschen in der Sonne. Vor sich haben sie Teller mit Eiern, gebratenem Schinken, Avocadoscheiben und knusprigem Weißbrot.

Ich bekomme plötzlich enormen Hunger. Um keinerlei Zweifel daran zu lassen, knurrt mein Magen so laut, dass ich mich erschrocken umsehe.

Eine Frau lacht mich strahlend an. Ich hoffe, sie hat das eben nicht gehört.

Ich suche mir einen klitzekleinen Laden aus, der nur auf die Straße verkauft, wo man sich auf einigen wackligen Stühlen an eine Mauer setzen kann.

Ich bestelle mir ein Breakfast Roll.

»Du bist Deutsche, nicht wahr?«, vermutet der hübsche Verkäufer grinsend, während er das üppig belegte Brötchen röstet.

»Ja«, sage ich.

Es ärgert mich, dass er das heraushört. Die letzten Jahre durfte ich dienstags und freitags zu Hause nur Englisch sprechen. Mein Vater korrigierte ständig meine Aussprache. Darüber vergaß er meist, mir zu antworten. Ich hatte mich zweimal die

Woche gründlich vorbereitet und viele Vokabeln gelernt, weil ich ihn unbedingt beeindrucken wollte. Hatte gehofft, dass er mir vielleicht eines Tages etwas Nettes sagen, mit mir ein Eis essen gehen oder mich womöglich mal in den Arm nehmen würde, wenn ich nur endlich das »Th« perfekt aussprechen konnte. Nun hatte all das Üben nicht einmal genügt, um einen Typen in einem australischen Café zu täuschen.

»Schon länger hier?«

»Nein, ganz frisch, ich bin gestern erst angekommen.«

»Wie lange bleibst du?«

»Am liebsten für immer.«

Er lacht. »Sydney ist die schönste Stadt der Welt, da bleibt man gerne etwas länger.«

Er schiebt den Teller über das rissige breite Brett, das ihm als Verkaufstresen dient. »Sieben neunzig, bitte.«

Ich öffne mein Portemonnaie und er bekommt große Augen.

»Himmel, hast du keine Kreditkarte?«, raunt er. »Damit kannst du hier überall tappen. In Sydney brauchst du kein Bargeld. Und dann auch noch so eine Menge.«

Es stimmt. Mein Portemonnaie platzt aus allen Nähten. Ich hätte es in Careys Haus ausräumen sollen. Aber daran habe ich heute Morgen gar nicht gedacht. Darum trage ich gerade all meine Ersparnisse mit mir herum.

Zumindest die, auf die ich Zugriff hatte.

Ich wusste nie, wie viel auf meinem Konto war. Es war stets genug gewesen und es spielte keine Rolle. Normalerweise bezahlte ich mit Karte.

An meinem achtzehnten Geburtstag ging ich zur Bank.

Privatkunden werden in einen extra Raum gebeten. Es gab Kaffee und verschiedene Säfte.

Davon wollte ich nichts.

Ich wollte das Geld von meinem Konto. Alles. Und ich forderte es mit dem Selbstverständnis, mit dem meine Eltern durch die Welt liefen.

»Und was machen wir jetzt damit?«, fragte der Bankangestellte skeptisch und fixierte die mühsam ausgezählten Geldscheine zwischen uns, als wären sie irgendeine eklige Spezies.

»Wieso wir?«, erwiderte ich.

Verständnislos schaute er auf und mich an.

»Das nehme ich jetzt mit«, erklärte ich, öffnete meinen Rucksack, verstaute das Geld darin und verabschiedete mich schnell.

Dann marschierte ich ins nächstbeste Reisebüro und buchte den Flug nach Sydney. Barzahlung, ohne Spuren zu hinterlassen.

Den Rest wollte ich in einer anderen Bank in australische Dollars umtauschen. Doch das war gar nicht so einfach.

»Sie können in Australien auch mit der Maestro Card bezahlen und mit einer Kreditkarte sowieso«, informierte mich die Dame am Schalter.

Sie war etwas ins Schwitzen geraten und musste die achttausend erst bestellen.

»Ist schon gut so. Ich brauche Bargeld«, krächzte ich.

Als hätte ich einen wunden Hals.

Und den hatte ich ja auch.

Vom jahrelangen Schlucken viel zu großer Happen.

Doch das sollte der Vergangenheit angehören. Zukünftig wollte ich selbst bestimmen, selbst entscheiden, allein herausfinden, welcher Weg ein guter war.

Oder überhaupt einer.

In dem Moment ging ich einfach los.

»Bargeld bedeutet Freiheit«, hatte Omi immer gesagt, die ihre Ersparnisse in einem Strumpf unter der Matratze versteckte.

Wenn ich sie besuchte, schlossen wir die Tür ihres Zimmers ab und zählten nach. Am Ende waren es siebzehn Euro zweiundvierzig. Alles Münzen, die sie in den Gängen des Heims gefunden oder irgendwo stibitzt hatte. Oder ein paar wenige, die ich über die Wochen zusammensuchen und ihr mitbringen konnte. Obwohl meine Familie wie Dagobert Duck in Geld hätte schwimmen können, lag kaum welches in unserem Haus herum.

Omi hatte Alzheimer. Aber sie vergaß niemals, dass sie ihre Flucht in die Freiheit plante und ich ihre Komplizin war. Auch wenn sie sich oft nicht mehr an meinen Namen erinnern konnte.

Als sie starb, war ich acht Jahre alt.

Ich bin auch für sie hier.

»Danke für den Tipp«, sage ich zum hübschen Verkäufer und reiße mich aus den alten Erinnerungen.

Er nickt mir freundlich zu. Ich suche mir einen freien Stuhl an der Mauer.

Eigentlich hatte ich nie wieder frühstücken wollen.

Aber dieses knusprige Brötchen, gefüllt mit Spiegelei, Rucola, Cheddar und einem Gurkenrelish, hat nichts mit der wichtigsten Mahlzeit des Tages meiner Mutter zu tun, nichts mit dem ungesüßten Haferbrei voller Rosinen, bitterer Walnüsse und schleimiger Chiasamen, den ich jahrelang jeden Morgen vorgesetzt bekam. Niemals wäre ich auf die Idee gekommen, das nicht aufzuessen. Von Anfang an war ich es gewohnt, dass das Wort meiner Eltern galt und nicht verhandelbar war. Natürlich erfuhr ich in der Grundschule, dass meine Klassenkameraden ihren Eltern widersprachen, sie anfuhren und sogar erpressten. Das erschreckte mich, weil ich es damals nicht verstand. Auch das war ein Grund, warum ich gemobbt wurde. Für die anderen war ich so etwas wie ein Opfer. Ich selbst kam lange gar nicht auf die Idee, etwas zu hinterfragen, das meine Eltern bestimmten. Später wagte ich es nicht mehr. Erst als ich mich wie eine Gefangene ohne eigenen Willen fühlte, als es beinahe zu spät war, kapierte ich, dass ich da dringend raus- und wegmusste. So weit wie möglich. Ans andere Ende der Welt.

»Du musst achtgeben!«, ruft mir der Verkäufer einige Minuten später aus seinem Fenster heraus zu.

»Warum?«

Er deutet nach oben.

»Die Sonne.«

Obwohl ich noch gar nicht lange hier sitze, spüre ich plötzlich mein Gesicht heiß kribbeln. Ich habe vergessen, mich einzucremen. Außerdem wird mir langsam echt zu warm.

Die Australier nennen es zwar Winter.

Es ist aber keiner.

Ich verschlinge das köstliche Brekkie Roll und mache mich auf den Heimweg.

Um noch etwas die Gegend zu erkunden, wähle ich eine kleine Parallelstraße.

Ich betrachte die schmalen einstöckigen Häuschen mit den rostigen Ziergittern vor den Fenstern und den Vorgärten, in denen trotz ihrer Winzigkeit große blühende Büsche, ganze Bäume und hohe Yuccapalmen wachsen. Alles wirkt verwildert und etwas verlottert, aber überaus romantisch.

Die Straße ist menschenleer und auch die Häuschen wirken wie im Mittagsschlaf liegend. Allein hinter mir höre ich ein Skateboard näher rollen.

Ich trete zur Seite, um nicht im Weg zu sein.

Der Skater saust extrem dicht an mir vorbei.

Ich spüre einen schmerzhaften Ruck und stürze zu Boden.

Bevor ich begreife, was gerade passiert, ist der Typ schon fast am anderen Ende der Straße angekommen. Erst jetzt sehe ich, was er in der Hand hält. Den unteren Teil meines Tragebeutels. Er muss ihn einfach abgeschnitten haben.

Aber quer vor der Lane steht ein roter Transporter mit einem weißen Schriftzug. *Legendary Care.*

Welch passendes Hindernis! Meine Chance.

Ich springe auf und renne los.

Leider passt der Skater ohne Probleme daran vorbei.

Die versprochene legendäre Fürsorge gilt nicht für mich.

Als ich zur Abzweigung unserer Straße zurücklaufe, erblicke ich einen kleinen Jungen. Er ist ziemlich weit entfernt, aber er schaut in meine Richtung.

»Hast du das eben gesehen?«, rufe ich ihm zu. »Kennst du den Typen?«

Ohne zu antworten, wendet sich der Kleine ab und läuft weiter die Lane hinunter.

In dem Moment trifft mich das soeben Passierte ganz und gar.

Plötzlich fühle ich mich, als wäre ein Eimer bleischweren Nebels über mir ausgekippt worden. Meine Beine fangen an zu zittern und mir wird übel. Ich lasse mich auf den Boden gleiten und lehne mich an die Mauer. Presse die Augen zusammen und versuche weiterzuatmen.

Das ist Angst.

Oder Schock.

Oder Jetlag.

Wahrscheinlich alles zusammen.

In Deutschland ist es mitten in der Nacht. Und mein Körper empfindet das auch so. Aber er ist hier. Am völlig falschen Ende. Wo er nicht hingehört. Wo ich mich nicht auskenne. Wie dumm von mir zu glauben, ich könnte allein klarkommen.

Ich spüre Tränen aufsteigen.

»Contenance, Charlotte«, höre ich meine Mutter zischen. So wie sie immer zischt. Laut genug für mich, aber hinter ihrem Lächeln unhörbar für alle anderen.

Ich will meine Fassung nicht wahren.

Nicht jetzt.

Nicht mehr.

Ich ziehe meine Knie an und lege den Kopf darauf.

Und dann weine ich.

Nicht wegen der achttausend Dollar.

Ich habe einen Ozean ungeweinter Tränen hinter meinen Lidern und der drängt gerade mit aller Macht hinaus.

Ich weine, weil ich es endlich kann.

Als ich mich leer geweint habe, erhebe ich mich mühsam. Langsam laufe ich los. Schritt für Schritt. Die Träger mit dem Rest des Beutels lasse ich einfach über meine Schulter rutschen und auf den von der Sonne zerrissenen Asphalt fallen.

Als ich zur Tür hereinkomme, ist Carey bereits zu Hause.

»Ist alles okay, Liebes?«, fragt sie und sieht besorgt aus.

Ich nicke mechanisch.

Obwohl überhaupt nichts okay ist. Durch meine Adern fließt Blei, ich kann keinen Gedanken fassen, fühle mich echt verloren und wurde gerade überfallen.

Doch kein Wort davon will über meine Lippen kommen. Als hätte ich einen Knoten im Gehirn, der mein Sprachzentrum abschnürt.

Ich kann ihr nicht erzählen, was ich empfinde. Oder was gerade passiert ist. Dass ein Typ auf einem Skateboard mit meinen sämtlichen Ersparnissen abgehauen ist. Es auszusprechen, wäre, als würde ich zugeben, dass mein neues Leben gescheitert ist, bevor es überhaupt richtig angefangen hat. Sie glaubt meinem Nicken nicht, schluckt aber die aufkeimende Frage hinunter.

In der Küche bemerke ich eine kleine Gestalt. Sie steht im Türrahmen, den Blick starr auf mich gerichtet.

Carey wendet sich ihr zu und ein strahlendes Lächeln erhellt ihr Gesicht.

»Darf ich dir meinen Sohn Atlas vorstellen? Charly, das ist Atlas. Atlas, das ist Charly, die für eine Weile bei uns wohnen wird. Ich habe dir von ihr erzählt.«

Ich kann nicht sehen, ob irgendetwas in den Augen des Jungen passiert. Seine Miene bleibt regungslos.

»Guten Tag«, sagt er seltsam steif, dafür auf Deutsch.

»Ich dachte, Charly ist ein Junge«, fügt er noch hinzu. Dieses Mal auf Englisch.

Dann dreht er sich um und öffnet den Kühlschrank. Ich kann es nicht fassen. Hat er mich etwa nicht erkannt? Er ist der kleine Zeuge des Überfalls vor wenigen Minuten.

Nach einem kleinen Mittagsschlaf, der mich eigentlich noch mehr erschöpft, wanke ich die Stiege hinunter.

Ich hänge zwischen den Zeiten des alten und des neuen Kontinents fest.

Morgen muss ich unbedingt tagsüber wach bleiben. Sonst stelle ich mich nie um.

Carey und ihr Sohn sitzen am großen Esstisch. Sie schreibt auf ihrem Laptop, Atlas in ein dickes Skizzenbuch. Ich werfe beim Vorbeigehen einen Blick über seine Schulter. Es sind Zahlen. Lauter Zahlen. Wie ein Geheimcode.

Als er merkt, dass ich in sein Buch blicke, schlägt er es zu. Ich setze mich ihm gegenüber.

»Geht es dir besser?«, fragt Carey und schiebt ihre Lesebrille in die blonden Locken zurück.

Ich nicke. Obwohl das nur die halbe Wahrheit ist. Aber es fühlt sich an, als würde ich sie enttäuschen, wenn ich ihr die ganze offenbarte.

Carey klappt ihren Rechner zu.

»Atlas, zeig doch Charly dein Zimmer. Ich bin mir sicher, sie würde es gerne sehen.«

Ich schaue den Jungen an.

Er ist kleiner als andere Achtjährige und sehr schmal. Auf dem Kopf kringeln sich die zerzausten hellen Locken seiner Mutter. Die beiden haben auch exakt die gleiche Augenfarbe. Ein warmes Braun.

Aber während aus Careys die Empfindungen der Welt strahlen, sind Atlas' Augen bodenlos. Als würden sie sämtliche Gefühle einfach verschlucken.

Bevor ich mich vorhin hingelegt hatte, war es mir nicht gelungen, ihm wenigstens ein kleines Lächeln oder irgendeine andere Regung zu entlocken. Das hat mich ziemlich erschreckt.

Ich muss unbedingt mit Carey über Atlas reden. Außerdem würde mich interessieren, warum er nichts zu dem Überfall gesagt hat. Ob er mich wirklich nicht erkannt hat? Aber ich will nicht, dass Carey von dem Überfall erfährt, darum möchte ich eigentlich gar nicht mehr daran denken.

Atlas erhebt sich unvermittelt von seinem Stuhl, umklammert das dicke Skizzenbuch mit beiden Armen und läuft zur Stiege.

Davor bleibt er stehen und dreht sich um. »Ich muss erst noch etwas vorbereiten.«

»In Ordnung, mein Schatz«, sagt Carey. »Ruf Charly einfach, wenn du so weit bist.«

Der Kleine klettert die steilen Stufen nach oben. Ich höre das leise Klick, als er die Tür hinter sich schließt.

Carey seufzt leise, dann wendet sie sich mir zu. »Er ist ein ganz besonderer Junge, weißt du.«

Ich nicke, gespannt, was da noch kommt.

Jede Mutter findet ihr Kind besonders. Die meisten zumindest. Carey meint das jedoch anders, das spüre ich. Nicht im Sinne von besonders großartig. Es scheint mir ja auch so, als wäre Atlas außergewöhnlich.

»Du merkst es bestimmt schon, er verhält sich nicht wie Gleichaltrige. Am besten berührst du ihn nicht, das mag er nicht, aber das wird er dir alles ganz schnell selbst mitteilen. Atlas kann sich sehr gut ausdrücken.« Sie wischt unsichtbare Krümel von der Tischplatte. »Er braucht auf jeden Fall eine feste Bezugsperson. Und eine geordnete Struktur. Mehr als andere Kinder. Sein Vater und ich haben uns getrennt. Das ständige Wechseln des Zuhauses tut Atlas nicht gut. Darüber sind wir uns einig. Er lebt hauptsächlich bei mir. Aber ich muss auch arbeiten. Darum brauche ich zwischendurch eine Betreuung.«

Wieder nicke ich. »Darum hattest du einen männlichen Betreuer gesucht.«

»Ja. Obwohl das wirklich nicht so wichtig ist. Hauptsache, ihr versteht euch gut.«

Ich gucke wohl ein bisschen zweifelnd, denn Careys Blick wird fragend.

Schnell winke ich ab. »Das kriegen Atlas und ich schon hin. Ich bin eigentlich ganz nett. Und mit Strukturen kenne ich mich aus.« Eigentlich hatte ich das witzig gemeint. Doch beinahe bricht mir die Stimme. »Viel zu gut«, füge ich dennoch hinzu und schlucke heftig. Der vorhin entfesselte Tränenstrom droht erneut aufzusteigen.

Strukturen, Regeln und Absprachen haben mein bisheriges Leben dominiert. Wir waren immer eine Vorzeigefamilie. Ich hatte nie ein aufgeschlagenes Knie, keine Flecken auf meinen Kleidern und habe nicht widersprochen. Mein Vater belohnte das mit einem kurzen Nicken. Meine Mutter schenkte mir ein ewiges Lächeln. Sie hat aber keine Falten um ihre Augen. Es kann also nicht echt gewesen sein. Ich weiß nicht einmal, wie meine Eltern riechen. Ich kenne nur den Geruch ihrer Parfums.

Ich muss mich räuspern.

Dann geht es wieder.

Aber Carey schaut mich voller Aufmerksamkeit an. Ihr scheint nichts zu entgehen. Kein Wunder. Wenn Atlas tatsächlich so wenige Emotionen zeigt, wie ich vermute, muss sie sehr achtsam sein und auf kleinste Regungen reagieren.

Es erstaunt mich, dass Carey nichts von den Schwierigkeiten mit Atlas in den vier E-Mails erwähnt hat, die wir uns hin- und herschickten.

Aber vielleicht habe ich da auch etwas überlesen. Ich habe auf alle Fälle viel zu euphorisch geantwortet und bin nicht nur in Bezug auf mein Geschlecht unklar geblieben. In Wirklichkeit besitze ich nämlich keinerlei Qualifikation zur Kinderbetreuerin. Ich habe weder Geschwister noch je auf ein Kind aufgepasst. Ich hatte ja nicht einmal Freunde.

»Ich wusste, dass du die Richtige bist«, sagt Carey in diesem Moment. »Da ist etwas in deinen Augen –« Sie unterbricht sich selbst. Dann lacht sie. »Das klingt jetzt viel esoterischer, als ich es meine.«

Trotzdem habe ich Mühe, ihren Blick zu erwidern.

Denn da ist etwas in meinen Augen.

Etwas, von dem ich eigentlich dachte, es würde andere Menschen abschrecken.

»Sie kann hochkommen«, klingt Atlas' helle Stimme zu uns runter.

Carey macht eine ermunternde Handbewegung und ich steige die Treppe hinauf.

»Klopf, klopf«, sage ich und stoße die Tür auf.

Atlas sitzt am Boden. Vor ihm liegen die Teile eines Puzzles auf dem Teppich. Sie bilden aber keinen unordentlichen Haufen, sondern ein exaktes Quadrat. Die Abstände zueinander genau gleich groß. Er muss sie schon gelegt haben, als ich schlief.

Ich trete ein und Atlas schaut auf.

»Wenn man mit dem Finger fest gegen die Tür pocht, macht das ein Klopfgeräusch. Dann braucht man nicht ›klopf, klopf‹ zu sagen«, erklärt er mir mit unbewegtem Gesicht.

»Das stimmt«, murmle ich und setze mich ihm gegenüber.

Ich hoffe, dass das erlaubt ist.

Ist es.

Ich weiß nicht, wie lange wir zusammen auf dem Boden hocken und auf die Puzzleteile starren, immer wieder greift Atlas hinein und entnimmt dem Quadrat eines. Es ist jedes Mal ein genau passendes. Langsam entsteht neben dem schwindenden Quadrat aus der Mitte heraus das Bild eines Orkas.

»Hast du gewusst, dass Orkas die stärksten Mitglieder der Delfinfamilie sind?«

»Du kennst dich aber gut aus«, sage ich.

Dann schweigen wir wieder.

Lange.

Während Atlas Teil um Teil aufnimmt, um es passend anzulegen.

Ich befürchte, dass er mich für eine komplette Puzzle-Idiotin hält und dass das vielleicht eher ungünstig für unsere Beziehung ist.

Als ich endlich das erste passende Teil entdecke und anfüge, bin ich richtig stolz. Erwartungsvoll schaue ich Atlas an und hoffe auf ein kleines Lob von ihm.

Doch mein Erfolg beeindruckt ihn nicht. Konzentriert vervollständigt er das Bild und kaut dabei auf seiner Unterlippe herum.

Er sieht unheimlich niedlich aus. Ich würde ihn gerne umarmen und knuddeln. Dass er das gar nicht mögen würde, habe ich allerdings verstanden. Außerdem hatte Carey es vorhin gesagt. Atlas irritiert mich sehr. Ich sehe mich daneben. Ein kleines Mädchen, das sich so sehr nach einem lieben Wort oder einer Umarmung sehnt und nicht bekommt. Das scheint es also auch umgekehrt zu geben.

Schließlich ist das Puzzle komplett. Draußen dämmert es bereits. Einen Moment lang bin ich völlig verwirrt. Aber natürlich, hier ist ja Winter. Dennoch ist die Zeit verflogen, ohne dass ich es bemerkte. Atlas und ich waren völlig versunken.

Der Kleine nimmt das Bild wieder auseinander und verstaut es in der Schachtel. Dann stellt er sie ins Regal. Ich erkenne, dass er dafür die einzig richtige Stelle wählt. Von der Größe und der Farbigkeit her passt der Karton perfekt zwischen die anderen Spiele. Beinahe sieht es so aus, als seien diese danach ausgewählt worden, als Bild zusammenzupassen. Und nicht nach ihrem Inhalt oder Spielspaß.

Plötzlich habe ich das Gefühl, dass Carey recht hat.

Ich könnte tatsächlich genau die Richtige für diesen besonderen kleinen Jungen sein.

Wir essen früh zu Abend. Es ist erst 18 Uhr. Doch das ist völlig okay für mich. Auch dass wir dabei schweigen. Denn das Schweigen ist nicht unangenehm.

Wir sitzen zusammen, als würden wir das schon seit Jahren tun.

Danach trägt jeder seinen Teller in die Küche. Atlas geht ins Bad. Er duscht selbstständig und putzt sich die Zähne. Carey und ich spülen das Geschirr.

Draußen ist es jetzt dunkel.

»Wir müssen das Geschirr sehr gründlich abwaschen, sonst haben wir hier morgen Tausende von Ameisen«, erklärt sie.

»Verstanden. Ich werde jeden Krümel, den ich fallen lasse, sofort aufheben.«

»Du lachst. Aber du würdest dich wundern, was hier los ist, wenn man nicht alles sehr sauber hält.«

»Oh je, lieber nicht.«

Nun lachen wir beide.

Dann wird Carey wieder ernst.

»Beim Essen schweigt Atlas gerne«, sagt sie.

»Das ist in Ordnung«, erwidere ich. »Besser als seelenlose höfliche Konversation.«

Meine letzten Worte klingen ätzend.

»Ist es das, wovor du wegläufst? Vor Strukturen und seelenloser Konversation?«, fragt Carey leichthin und gibt mir den nächsten Teller, damit ich ihn abtrocknen kann.

Ich muss sie nicht anlügen.

Carey hat mich durchschaut.

Oder verstanden.

»Davor auch«, antworte ich leise.

Ein Frösteln läuft mir den Rücken hinunter.

Später liege ich im Bett und habe doch wieder die Balkontür offen stehen. Es regnet und ich liebe es, dem Geräusch des Regens zu lauschen. Es klingt hier ganz anders. Massiv und wild. Ich versuche, mir vorzustellen, wie viel Wasser da draußen gerade vom Himmel fällt.

An den Regenschnüren vorbei dringt schwerer Blütengeruch ins Zimmer. Frangipani heißt der blühende Baum im Vorgarten, hat mir Carey erklärt. Der süße Duft lullt mich ein.

Doch kurz vor dem Einschlafen fällt mir siedend heiß ein, was heute noch passiert ist.

Ich spüre ein unkontrollierbares Zittern in mir aufsteigen. Angestrengt versuche ich, es wegzuatmen.

Ich fühle mich so hilflos. Dieses Gefühl ist viel schlimmer als das verlorene Geld.

Und doch ist Geld auf einmal mein Problem: Ich habe keinen einzigen Dollar mehr.

Wie lange kann das funktionieren?

War der Diebstahl womöglich das direkte Ticket in mein altes Leben zurück?

»Auf gar keinen Fall wird mein neues Leben vom Scheißgeld abhängen«, flüstere ich gegen die Zimmerdecke.

Die plötzliche kleine Wut in mir tut gut.

Natürlich braucht man Geld zum Leben. Aber Kost und Logis sichert mir mein Job bei Carey und Atlas. Für den Rest wird mir schon etwas einfallen.

Ich rufe mir den Typen auf dem Skateboard in Erinnerung.

Leider erscheint da nicht viel vor meinem inneren Auge. Ich habe ihn nur von hinten gesehen. Er trug ein Baseballcap, ein dunkles Shirt. Zerfetzte Jeans und Vans. Seine Arme waren tätowiert. Aber ich konnte nichts Genaues erkennen.

Mein Herz klopft seltsam laut.

Und ich weiß auf einmal nicht, ob vor Angst oder wegen etwas ganz anderem.

3. Tag *(Mittwoch)*

Als ich am nächsten Morgen die Stiege hinunterkomme, sitzt Atlas allein am Tisch und kritzelt in seinem Skizzenbuch. Vor ihm stehen eine leere Müslischale, ein halb getrunkenes Glas Orangensaft und eine Schüssel voller Bleistiftspitzerreste.

»Guten Morgen«, sage ich fröhlich.

»Es ist bereits zehn Uhr und kein guter Morgen mehr«, erwidert Atlas, ohne aufzuschauen.

Er hat recht. Es ist schon ziemlich spät. Ich bin das erste Mal noch im Dunkeln erwacht, habe eine Zeit lang gelesen und bin erst wieder eingeschlafen, als es schon dämmerte. Trotz der Raben und ihres Geschreis.

Blöderweise fühle ich mich nun erschlagener als zuvor.

Stöhnend lasse ich mich auf einen Stuhl fallen. Auf dem Tisch vor mir liegt ein Gedeck.

»Du hättest mich ruhig wecken können«, sage ich und lächele in seine Richtung.

Atlas hebt den Kopf von der Zeichnung und schaut mich mit seinen unergründlichen Augen an.

»Das war nicht nötig. Mam ist erst vor dreißig Minuten zur Arbeit gefahren und du hast noch Jetlag. Ich kann mich für eine Weile sehr gut allein beschäftigen.«

Er klingt, als würde ihm eine Stimme im Kopf zuflüstern, was er sagen soll. Als spräche er von jemand anderem, nicht von sich selbst.

»Alles klar, aber morgen frühstücken wir zusammen, okay?«

»Gut«, sagt er und nickt, »wenn du das so möchtest.«

Ich nehme mir ebenfalls eine Schale und fülle sie mit Müsli.

Eigentlich habe ich gedacht, dass ich morgens nie wieder irgendwelche Flocken, Samen oder Körner essen könnte. Schon gar nicht freiwillig. Aber Apfel-Zimt-Pekannuss-Crunch mit griechischem Sahnejoghurt und zuckersüßer Mango ist etwas ganz, ganz anderes.

»Du hast ein neues Bild begonnen«, stelle ich kauend fest.

Statt lange Zahlenketten aufzuschreiben, zeichnet Atlas nun mit seinem Bleistift unzählige winzige Kreise. Eng an eng. Von Weitem sehen die bemalten Stellen der Seite dunkelgrau aus.

»Ich habe bis eine Million fertig gezählt«, erklärt er.

»Das ist ja toll. Herzlichen Glückwunsch.« Ich bin wirklich beeindruckt.

»Danke schön«, sagt er völlig unbewegt.

»Ist das Seifenschaum?«, frage ich weiter und deute auf die neue Zeichnung.

»Nein. Das ist Schnee. Hast du gewusst, dass Schneeflocken alle unterschiedlich aussehen. Darum zeichne ich sie verschieden groß.«

»Kennst du Schnee? Hast du schon mal welchen gesehen oder angefasst?«

»Ja, meine Mam hat welchen aus dem Eisschrank gekratzt. Man kann nicht sehen, wie die Flocken genau aussehen. Das habe ich mir im Internet angeschaut.«

Seine rosa Zunge erscheint zwischen den Lippen. Er ist hoch konzentriert und drückt den Stift zu fest auf.

»Wir fahren später zum Strand«, erklärt er nach einigen Minuten emsigen Schneeflockenzeichnens.

Atlas hat Ferien.

»Das klingt nach einem guten Plan.«

»Da sind Opalkarten. Eine für dich und eine für mich.«

Auf dem Tisch liegen zwei Karten aus Plastik.

»Ach ja, und wofür sind die?«

»Zum Busfahren. Und auch für die Metro, den Zug und die Fähren.«

»Ach so, gut.«

»Hast du gewusst, dass es heute fünfundzwanzig Grad warm wird.«

»Wow. Und das im Winter. Nehmen wir Badesachen mit?«, frage ich freudig.

»Nein. Ich bade nicht.«

Ich habe mich auf den Ozean gefreut und gehofft, heute eine Runde abzutauchen. Denn obwohl da draußen der kälteste Monat des Jahres stattfindet, strahlt die Sonne ziemlich prächtig vom blauen Himmel. Aber schwimmen muss ich wohl allein.

Es wäre jedoch schön, wenn es mir gelänge, etwas liebevollere Gespräche mit meinem kleinen Schützling zu führen. Gerade habe ich das Gefühl, wir haben unsere Rollen vertauscht und Atlas ist für mich verantwortlich. Aber das will ich nicht. Gleichzeitig möchte ich ihn in seiner Selbstständigkeit nicht einschränken. Er soll sich bei mir sicher fühlen. Und frei.

Plötzlich wächst in mir der überwältigende Wunsch, wirklich für ihn da zu sein. So weit, wie er das zulassen kann. Und dazu muss ich als Erstes ihn in seiner speziellen Art verstehen lernen.

Wir fahren mit dem Bus nach Clovelly.

»Du musst die Karte beim Einsteigen und beim Aussteigen an das Lesegerät halten«, erklärt mir Atlas.

»Danke für den Hinweis. Es ist gut, dass ich dich dabeihabe und du mir alles zeigst«, sage ich und lächle ihn an.

Wie sonst auch erwidert er mein Lächeln nicht, sondern nickt mit der ihm eigenen Ernsthaftigkeit. Dass er dabei so unheimlich niedlich aussieht, macht es noch viel verwirrender.

»Man muss sich auskennen, das ist wichtig«, sagt er und geht mit gezieltem Schritt auf eine ganz bestimmte Sitzbank zu.

Ich setze mich neben ihn.

Der Bus fährt an. Zuerst geht es durch die belebten Straßen von Redfern mit den vielen Cafés und kleinen Geschäften, dann quert der Bus den Centennial Park, fährt vorbei an Sportplätzen voller Leute in Mannschaftstrikots, auf Inlinern oder Fahrrädern, an kleinen Teichen und Bäumen voller Vögel. Später werden die Wohnstraßen hügelig, vor den Schaufenstern von Vintageläden steht romantischer Trödel, Surfläden bieten kurze und lange Boards an und hinter der Steigung der Straße kann ich den Ozean ahnen.

Diese Stadt ist wirklich megaschön.

»Wir laufen auf dem Coastal Walk Richtung Norden bis Bondi Beach«, erklärt Atlas.

»Das klingt gut. Wie lang ist der Weg?«

»Vier Kilometer und einhundertfünfzig Meter«, sagt Atlas und wendet sich nach links.

Mit viel zu großen Schritten stapft er los. Ich folge ihm und kann mich kaum zurückhalten, nach seiner Hand zu greifen.

Der Weg führt auf und ab, von steilen Kliffen hinunter in Buchten, an deren vorderen Kanten sich der Ozean bricht, und dann wieder hinauf über die windumtosten Felsen mit unendlichem Blick in das unfassbare Blau des Wassers und des Himmels. Dazwischen nur ein dunstiger Streifen. Schon nach wenigen Metern erkläre ich den Coastal Walk zu meinem absoluten Lieblingsweg. Wie glücklich muss ein Mensch sein, dessen Lebenspfad diesem Weg ähnelt, der sich von Strand zu Strand, durch warmen Sand und über seltsame Felsformationen hinwegschlängelt. Und wie glücklich muss ein Mensch erst sein, wenn er diesen Weg täglich entlangspazieren kann. Uns begegnen viele von ihnen. Und alle lächeln.

Doch irgendwann ist meine Aufmerksamkeit wieder ganz bei Atlas. Wir laufen im Gleichschritt nebeneinander. Es tut beinahe weh, ihn mit diesen viel zu großen Schritten voranstürmen zu sehen. Sachte verändere ich meine Geschwindigkeit und werde langsamer.

Er ist doch noch ein Kind.

Er darf bummeln, stehen bleiben, sich umschauen, etwas am Boden entdecken, verweilen und sich verspielen, finde ich.

Natürlich habe ich verstanden, dass er so etwas nicht tun würde.

Aber als er sich schließlich meinem Rhythmus anpasst, jubele ich innerlich. Als wäre ich das kleine Kind, dem jemand eine echte Freude gemacht hat.

»Du läufst sehr langsam«, meint er.

»Manchmal ist das schön. Weil man dann mehr von der Umgebung sieht.«

Atlas nickt bedächtig. »Du kennst dich hier ja noch nicht aus und musst erst alles neu ansehen.«

Wir haben Clovelly Beach, die Felsen von Sharkpoint und ein großes Sportfeld hinter uns gelassen, als sich etwas ganz und gar Unglaubliches vor uns auftut. Ich bleibe völlig perplex stehen.

»So etwas Schönes habe ich noch nie gesehen«, entfährt es mir.

Einige Jogger laufen grüßend an uns vorbei.

»Das ist der Friedhof von Waverly«, sagt Atlas ungerührt.

»Wir können vorne an der Kante auf dem Steg entlanglaufen oder weiter oben direkt an den Gräbern vorbei.«

»Würde dich das gruseln?«, frage ich.

Atlas blickt mich mit unergründlichen Augen und niedlich gekrauster Nase an.

»Manche der Gräber sind eingestürzt, aber da sind keine Toten mehr drin. Ich habe nachgeschaut.«

Ich bekomme bei seinen Worten eine Gänsehaut.

Trotzdem möchte ich direkt über den Friedhof laufen. Die am Hang aufgereihten Stelen, Grabsteine und Figuren sehen wunderschön und wie verzaubert aus.

»Okay«, sagt Atlas.

Wir laufen über grünes Gras an den sehr alten, aufwendig gestalteten Grabplatten, großen Kreuzen, Ankern, Engeln und Lämmern vorbei. Alles aus weißem, verwittertem Stein und rissigem Marmor.

»Hier liegt ein Kapitän.«

»Das ist das Grab eines dreijährigen Mädchens.«

»Hier ruhte einmal eine geliebte Mutter, aber die Platte ist schon lange eingestürzt. Ich glaube, jetzt wohnt dort eine Katze drin. Ich habe mal eine gesehen.«

Atlas kennt jedes Grab auf unserem Weg. Er schaut gar nicht hin und zitiert im Vorbeigehen die Steine. Namen, Jahreszahlen, Inschriften.

Die Gräber thronen hoch auf der Steilküste mit weitem Blick über den Ozean. Strahlend weiß heben sich die Engel und Kreuze gegen den blauen Himmel ab. Die Sonne scheint warm, Bienen umsummen Blüten, auf dem unterhalb des Friedhofs angelegten Steg laufen Jogger und Spaziergänger vorbei, das Geräusch der gegen die Felsen schlagenden Wellen dringt an mein Ohr, ein sanfter Wind bläst.

Ich empfinde puren Frieden und weiß nicht, ob ich so etwas schon einmal gefühlt habe.

»Das ist der allerschönste Friedhof, den ich je gesehen habe«, sage ich. »Hier zu liegen, muss großartig sein.«

Atlas bleibt stehen und sieht mich undurchdringlich an.

»Wenn man tot ist, ist es ganz egal, wo man liegt. Man merkt es nicht«, sagt er.

»Hast du gewusst, dass jedes Papier und jedes Stück Plastik, das man auf die Straße wirft, im Ozean landet.«

»Hast du gewusst, dass es früher eine Straßenbahn gab, die bis hierher rausfuhr. Damit alle Leute an den Strand kommen konnten.«

»Hast du gewusst, dass einmal ein obdachloser Mann in den Felsen wohnte und die Möwen auf ihm landeten, weil sie Freunde waren.«

»Hast du gewusst, dass hier jedes Jahr eine große Ausstellung mit Skulpturen zwischen den Felsen ist.«

Atlas ist ein wandelndes Lexikon. Zu jeder Stelle, jedem Stein, zu scheinbar jedem Sandkorn kann er etwas erzählen.

»Du weißt wirklich eine Menge«, sage ich bewundernd.

Er nickt. »Ja, das stimmt.«

Wir bleiben vor einem der Wasserspender stehen, die es hier überall gibt. Und wie an jedem, den wir bisher passierten, trinkt Atlas einige Schlucke.

»Trinken ist wichtig. Du trinkst zu wenig. Dabei kannst du das ruhig tun. Es ist nicht schlimm, wenn man dann muss. Es gibt überall Toiletten.«

Ich muss grinsen. »Das ist gar nicht der Grund, warum ich nichts trinke.«

»Welcher Grund ist es dann«, möchte er wissen.

Wenn Atlas fragt, geht seine Stimme am Ende nicht nach oben. Seine Fragen hören sich nicht wie welche an.

Ich habe aber längst verstanden, dass er eine Antwort möchte. Sie geradezu braucht. Er bleibt stehen, bis ich geantwortet habe.

»Mir schmeckt das Wasser nicht.«

»Wasser hat keinen Geschmack«, widerspricht er.

»Normalerweise stimmt das«, erkläre ich ihm. »Aber das Leitungswasser bei euch hier in Sydney schmeckt für mich nach Chlor.«

Und ein wenig nach Moder. Aber das verschweige ich ihm.

»Wie im Schwimmbad«, fragt Atlas.

Ich nicke.

»Das ist interessant«, sagt er, dreht sich um und geht weiter.

Als wir schließlich um eine letzte Felskurve kommen und sich Bondi Beach zu unseren Füßen erstreckt, bleiben wir stehen und beobachten die Surfer von oben.

»Das war ein sehr guter Cutback«, bemerkt Atlas und deutet auf einen Surfer, der erst auf einer Welle ritt, dann scharf wendete, um wieder in die weiße Zone der brechenden Welle zurückzuschießen.

»Surfst du auch?«, frage ich.

Er schüttelt den Kopf, sodass seine blonden Locken wippen.

»Nur in Gedanken«, sagt er und blickt über die weite Bucht mit den anrollenden Wellen.

Ich glaube zum ersten Mal, so etwas wie Sehnsucht in seiner Stimme zu hören.

Aber vielleicht wünsche ich mir das auch nur.

Ich dürste geradezu nach einer emotionalen Regung in diesem kleinen süßen Jungen.

Atlas wendet mir unerwartet das Gesicht zu. »Ich habe Angst vor dem Ozean.«

In seinen Augen erkenne ich einen Schimmer, den ich zuvor darin noch nicht gesehen habe.

»Das kann ich gut verstehen«, entgegne ich vorsichtig. »Der Ozean ist mächtig.«

»Wer keinen Respekt vor ihm hat, ertrinkt.« Atlas' Stimme klingt kühl, ohne irgendwelche Höhen und Tiefen. Als nenne er schlicht Fakten.

Und ich bin mir unsicher, ob da eben wirklich ein Schimmer in seinen Augen war.

Ein paar Kinder kommen uns entgegen. Jedes schleckt an einem Eis. Atlas schaut ihnen nach.

»Tut mir leid, wir können uns kein Eis kaufen. Ich habe kein Geld«, sage ich.

»Ich weiß. Der Skater hat dir gestern deine Tasche abgeschnitten. Da war dein Portemonnaie drin.«

»Ja, das war ein ziemlicher Schock«, sage ich und versuche, die Gänsehaut wieder loszuwerden, die wegen der Erinnerung über meinen Nacken kriecht.

»Wir können zu Hause ein Eis essen«, sagt Atlas. »Wir haben Vanille, Schokolade und Mango.«

»Das sind ja meine Lieblingssorten!«, rufe ich ein bisschen zu laut.

Obwohl Atlas tatsächlich keinerlei Regungen und Gefühle zeigt, habe ich den kleinen ernsthaften Kerl bereits ins Herz geschlossen.

Und plötzlich wächst in mir ein Wunsch.

Ich möchte Atlas zum Lachen bringen.

Aus vollem Hals.

Wenigstens ein einziges Mal.

Am Ziel unserer kleinen Wanderung nach Bondi Beach lassen wir uns bei der Skatebowl in der Nähe der Bushaltestelle nieder und beobachten die Skater auf ihren Boards. Sie wechseln sich ab, zeigen ihre Tricks und Moves. Besonders einer von ihnen ist richtig gut.

Plötzlich hält er direkt auf uns zu.

Springt vor uns die Kante hoch.

In der Luft hebt er den Kopf.

Wir blicken uns direkt in die Augen.

Mein Herz verschlägt sich und ich bekomme keine Luft mehr.

Tanggrün. Leuchtend, tief und geheimnisvoll wie der Ozean am Grund. Ich habe noch nie in solche wunderschönen Augen geschaut.

Darum dauert es auch eine gefühlte Ewigkeit, bis ich die niedlichen Sommersprossen auf seiner Nase bemerke und sein breites Lächeln. Das ist voller Lebenslust und scheint mir etwas versprechen zu wollen.

Plötzlich wird mir klar, dass ich ihn kenne.

Nein, das stimmt natürlich nicht. Denn ich habe ihn noch nie gesehen.

Und dennoch kenne ich ihn.

Wir uns.

Schon immer.

Wo warst du die ganze Zeit?

Himmel, was denke ich denn da? Muss am Sauerstoffmangel liegen.

Aber er hat mich angelächelt.

Mich.

Zumindest das ist eine Tatsache.

Nicht viel, aber auch nicht nichts.

Plötzlich spüre ich etwas neben mir. Überrascht schaue ich zur Seite.

Dort sitzt Atlas und hat meine Hand genommen.

Als wir wieder nach Hause kommen, erwartet uns Carey. Ich sehe sofort, dass sie besorgt ist. Auch wenn sie das zu verbergen sucht.

»Da seid ihr ja endlich!«

Sie klingt gleichzeitig erleichtert und ärgerlich. Mich packt das schlechte Gewissen.

»Ja, da sind wir«, sagt Atlas. »Ich habe großen Hunger. Wir hatten kein Geld und konnten beim Vietnamesen in Clovelly kein Sandwich kaufen.«

»Du hattest nichts dabei?«, fragt Carey ungläubig.

»Es war zwar knapp, aber wir haben überlebt«, versuche ich, sie zu beruhigen, und merke im selben Moment, wie falsch mein Lachen klingt.

Ich möchte das Thema Geld auf keinen Fall vertiefen und versuche darum, mich in einen Witz zu retten. Aber ich weiß, dass ich mich unverantwortlich verhalten habe. Und das gleich beim ersten Ausflug.

»Ich möchte in Zukunft wissen, wo ihr seid.« Carey schaut mich durchdringend an. »Für Notfälle gibt es in der Küche eine Keksdose mit Geld«, ergänzt sie und dann kommt, was kommen musste. »Charly, ich muss mich auf dich verlassen können!«

»Entschuldige bitte«, sage ich und schlucke.

Jetzt fühle ich mich richtig schlecht. Trotzdem erinnert mich eine Keksdose mit Geld ausgerechnet jetzt an Omis Sparstrumpf unter der Matratze des Heimbettes.

»Und was ist mit deinem Smartphone? Ich habe mehrmals

versucht, dich anzurufen. Könntest du es bitte immer dabeihaben?«

Careys Worte verursachen einen sauren Geschmack in meinem Mund.

Verdammt. Das hier geht gerade gründlich schief.

Ich hatte überhaupt nicht daran gedacht, dass ich als Atlas' Betreuerin erreichbar sein muss. Wie soll ich ihr erklären, dass ich mein Smartphone weggeschmissen habe?

Während ich nach einer Antwort suche, spüre ich Careys Blick auf mir. Sie hat längst erkannt, dass irgendetwas nicht stimmt, und zwar grundsätzlich. Habe ich nun alles vermasselt?

»Charly hat kein Smartphone mehr«, dringt da Atlas' Stimme an mein Ohr. »Jemand hat gestern ihre Tasche gestohlen.«

Ich erstarre innerlich.

»Was!« Carey schreit jetzt beinahe. »Warum hast du nichts gesagt?«

»Ich wollte nicht gleich mit Problemen ankommen«, murmle ich und senke den Kopf. Ich bin es gewohnt, kritisiert und zur Rechenschaft gezogen zu werden. Darum habe ich mir eigentlich antrainiert, Fehler zu vermeiden. Aber das hier?

Verdammt! Verdammt! Verdammt!

Doch Careys Reaktion überrascht mich total, denn sie reißt mich in ihre Arme. »Um Himmels willen, das tut mir so leid, Liebes. Was für ein furchtbarer Start.«

Widerstrebend, aber abrupt löse ich mich aus ihrer Umarmung und schüttele heftig den Kopf.

»Ganz bestimmt nicht. Ich lasse mir das hier nicht kaputtmachen.«

Vor lauter Verwirrung ist meine Stimme ganz heiser. Heute ist mir ein gravierender Fehler passiert. Mit der Schelte dafür kann ich besser umgehen als mit Careys liebevoller Umarmung.

Ich werfe Atlas, der die ganze Zeit neben uns steht, einen Blick zu. Sein Gesichtsausdruck ist unbewegt.

Weil es noch zu früh für das Abendessen ist, hat Carey einen Imbiss gegen unseren Strandhunger vorbereitet. Cracker, aufgeschnittener Käse, Trauben und Hummus. Wir setzen uns damit in den kleinen Hintergarten unter einen mächtigen Baum. Die Blätter über uns rauschen im Wind wie der Ozean. Die Sonne geht bereits unter und wirft mit ein paar letzten orangenen Strahlen um sich.

Mit großem Bedacht ordnet Atlas eine Auswahl verschieden belegter Cracker in einer Kreisform auf seinem Teller an. Er isst sie in einer nur für ihn sinnvollen Reihenfolge. Erst ein Uhr, dann elf. Zwei Uhr, dann zehn. Die zwölf, drei, sechs und neun hebt er bis zum Schluss auf.

»Möchtest du ein Glas Wein?«, fragt Carey, die mich beobachtet, wie ich Atlas beobachte.

Ich habe noch nie Alkohol getrunken. Nicht einmal an meinem achtzehnten Geburtstag. Obwohl ich an dem Abend endlich hätte selbst entscheiden können. Zumindest dem Gesetz nach. Doch meine Eltern kamen nicht mal auf die Idee und ich hatte längst aufgegeben, um solche Kleinigkeiten zu kämpfen. Darum versuchte ich es gar nicht erst.

Es fiel mir zu diesem Zeitpunkt nicht schwer.

Denn in meiner Tasche wusste ich das Flugticket, das mich in die Freiheit bringen würde.

»Sehr gerne«, antworte ich, obwohl ich bisher den Geruch von Wein eher unangenehm fand, und die Geschichten vom Kontrollverlust unter Alkoholeinfluss haben mich auch nicht gerade ermutigt.

Vorsichtig nippe ich an dem Glas. Der Wein schmeckt süßsauer. Nicht besonders überzeugend, aber ich werde schon noch herausfinden, was es damit auf sich hat. Der Geschmack des Weines ist zumindest besser als der des Leitungswassers.

»Möchtest du mir erzählen, was passiert ist?«, fragt Carey.

»Wir sind mit dem Bus nach Clovelly gefahren«, antwortet Atlas wie ein Museumsführer. »Von dort sind wir den Coastal Walk nach Bondi gelaufen. Die Katze war nicht in dem eingestürzten Grab der geliebten Mutter. In Bondi haben wir erst die Surfer und dann die Skater angeschaut. Dann kam der Bus und wir sind wieder nach Hause gefahren. Ich habe Charly erklärt, wie man die Opalkarte benutzt. Und ich habe ihr alles über den Costal Walk erzählt. Es kann aber sein, dass ich etwas vergessen habe.«

Carey blickt ihren Sohn liebevoll an. Ich weiß, dass sie die Frage eigentlich an mich gerichtet hat. Weil ich noch unsicher bin, ob und wie ich ihr vom Überfall erzählen möchte, freue ich mich, dass Atlas mir gerade einen kleinen Aufschub verschafft.

»Das klingt großartig«, sagt Carey. »Und ich bin mir sicher, dass du ihr alle wichtigen Sachen auf der Strecke erzählt hast.«

Atlas nickt und isst den letzten Cracker auf sechs Uhr.

»Wir konnten wegen dem Überfall nichts essen, weil Charly kein Geld mehr hat, darum nehme ich mir noch mehr«, sagt er dann und belegt sich seinen Teller mit einer weiteren Crackeruhr.

Ich spüre den Wein. Er kribbelt in den Füßen und im Kopf. Ich weiß nicht, ob ich das Gefühl mag.

Doch auf einmal möchte ich Carey vom Überfall erzählen.

Atlas begleitet meine Erzählung mit einem Nicken nach jedem Satz. Er hat also wirklich alles mitverfolgt.

»Hast du dich sehr erschreckt?«, fragt Carey.

»Nein«, antwortet Atlas.

»Ja«, sage ich gleichzeitig.

Atlas schaut kurz von seinen Crackern auf.

Dann nickt er wieder. »Wenn man selbst bei was dabei ist, erschreckt es einen mehr, als wenn man es nur beobachtet.«

Carey lächelt.

Ihr Lächeln ist gleichzeitig liebevoll und Trost spendend.

Ein Teil für ihren Sohn und einer für mich.

Als Atlas seinen Teller erneut leer gegessen hat, steht er auf.

»Ich gehe in mein Zimmer«, sagt er.

»Soll ich mitkommen?«, biete ich an und erhebe mich halb.

Doch er schüttelt den Kopf. »Nein, das ist gegen die Regel.«

»Welche Regel?«, frage ich und vermute eine wichtige Bestimmung, die sein Zimmer betrifft.

»Du betreust mich fünf Stunden am Tag. Dafür bekommst du ein Zimmer, etwas zu essen und die Buskarte. Die fünf Stunden sind rum«, antwortet Atlas jedoch und läuft zurück ins Haus.

Richtig. Das hatten Carey und ich online vereinbart. Damals dachte ich noch, dass diese klare Absprache wichtig sei, damit ich auch etwas Zeit für mich hätte. Nun habe ich sie am dritten Tag quasi schon vergessen.

»Er ist so besonders«, murmle ich.

»Du kannst ihn verstehen, nicht wahr?«

»Es fällt mir nicht schwer. Und ich mag ihn wirklich gerne.« Und dann kommt mir dieser besondere Moment an der Bowl in den Sinn.

»Er hat meine Hand genommen.«

»Das ist ja wunderbar. Das macht er nur sehr selten. In ganz besonderen Situationen. Und schon gar nicht mit jedem.«

Careys Augen glitzern, als wären da Tränen. Ihr Gesicht ist

voller Wärme und Liebe. Und plötzlich kann ich diese Wärme tief in meinem Inneren spüren.

Was bestimmt auch ein wenig am Wein liegt. Trotz meiner vorsichtigen Nipperei habe ich das Glas inzwischen geleert.

»Möchtest du wegen des Diebstahls Anzeige erstatten?«, fragt Carey.

Ich schüttele den Kopf. »Nein. Ich wüsste nicht, gegen wen. Ich habe den Typen ja nur von hinten gesehen. Und Skater gibt es hier so viele. Außerdem mag ich die Polizei nicht so gerne.«

Carey lacht. Obwohl sie wahrscheinlich weiß, dass es dafür keinen Grund gibt. In meinem bisherigen Leben bin ich noch nie in einen Konflikt mit dem Gesetz geraten.

»Es ist deine Sache. Aber was machen wir wegen des Geldes? Es gibt natürlich die Keksdose für eure gemeinsamen Ausflüge. Und ich kann dir auch etwas leihen.«

Nun schüttele ich meinen Kopf, ziemlich heftig.

Das ist definitiv ein unangenehmes Gefühl. Mein Gehirn ist langsamer als der Rest und schwappt seltsam nach. Mir wird ein bisschen schwindelig.

Ich muss diese Weinsache unbedingt noch einmal überdenken.

Aber nicht jetzt.

»Das möchte ich nicht«, antworte ich. »Ich finde eine Lösung. Selbst, meine ich.«

Carey fragt nicht weiter. Wahrscheinlich denkt sie, dass ich nur zur nächsten Bank gehen muss, um wieder Bargeld abzuheben. Und dass ich ansonsten eben tappe.

Wenn sie wüsste, was wirklich los ist.

»Ich rede nicht so gerne über Geld«, füge ich noch hinzu.

Obwohl das die Situation noch viel merkwürdiger macht.

»Das ist okay. Es ist ja auch erst mal alles da, was du brauchst.

Sag mir, wenn ich dir morgen noch etwas Bestimmtes einkaufen soll.«

»Ich habe auch draußen alles, was ich brauche. Da sind die vielen Strände, die Parks, diese bunte Stadt. Und überall gibt es Sportanlagen, die man benutzen darf, Wasserspender und öffentliche Toiletten. Man fühlt sich hier so willkommen und aufgehoben.« Ich klinge, als würde ich einen Werbespot für diese Stadt machen. Dabei fühlt es sich genau so an.

Carey lacht. »Die Museen sind auch umsonst.«

»Ich glaube, darum sind die Menschen hier so freundlich und entspannt. Wenn sie auf die Straße treten, sind sie mit dem Nötigsten versorgt.«

4. Tag *(Donnerstag)*

Atlas hat mich wieder nicht geweckt. Carey ist gerade gegangen. Ich bin vom Geräusch des gegen die Hauswand schlagenden Außengitters aufgewacht.

Ich bleibe noch einen Moment liegen und denke über den Jungen nach, der wahrscheinlich unten am großen Esstisch sitzt und Schneeflocken zeichnet.

Auf einmal macht es mich richtig traurig, dass ich ihm nicht zeigen kann, wie gern ich ihn habe. Oder dass er es niemals fühlen wird.

Mein Plan fällt mir wieder ein. Ich möchte ihn zum Lachen bringen. Wenigstens das.

Und wir wollen zusammen frühstücken.

Ich springe aus dem Bett.

Als ich unten ankomme, sitzt Atlas tatsächlich am Tisch und zeichnet. Seine Müslischale ist noch unbenutzt.

»Du hast mit dem Frühstück auf mich gewartet«, stelle ich fest.

»Ja«, sagt er. »Das war die Absprache. Aber nun habe ich sehr großen Hunger.«

Er greift zur Müslidose und nimmt sich eine Portion.

»Du meine Güte, so habe ich das doch gar nicht gemeint«, murmle ich. »Ich dachte, du würdest mich wecken, wenn du Hunger hast.«

»Das hast du nicht gesagt. Nur dass wir heute zusammen frühstücken.«

Auch wenn ich den Kleinen gut verstehen kann, muss ich noch viel lernen. Absprachen mit ihm müssen extrem genau sein.

Während Atlas sein Müsli ganz schlicht mit Milch isst, schneide ich mir wieder eine halbe Mango in Stücke und mische Ahornsirup unter Sahnejoghurt. Dann verrühre ich alles mit Granola-Crunch in einer Schüssel.

Der erste Löffel macht mich unfassbar glücklich.

»Was unternehmen wir heute?«, frage ich mit vollem Mund.

Schon beim Aufwachen habe ich gesehen, dass die Sonne sich hinter schweren Wolken verbirgt. Und während gestern perfektes Sommerwetter herrschte, wirkt das heutige wie ein dunkelgrauer deutscher Spätherbsttag.

Fröstelnd ziehe ich die Schultern hoch. Außerdem habe ich eiskalte Füße. An warme Hausschuhe hatte ich nicht gedacht, als ich meinen Rucksack für Australien packte.

»Wir können in den Redfern Park gehen. Dort gibt es viele verschiedene Vögel. Ich kenne sie alle und kann sie dir zeigen.«

»Das hört sich großartig an«, sage ich.

Obwohl ich einen Moment lang hoffte, wir würden uns einfach auf das Sofa kuscheln und Serien auf meinem Laptop gucken.

Den habe ich zu meinem siebzehnten Geburtstag bekommen. Ich habe mich gleich bei Netflix angemeldet und eine komplett neue Welt ist über mich hereingebrochen. Das Angebot an Filmen und Serien ließ mich im ersten Moment ziemlich ratlos zurück. Als Kind durfte ich kaum fernsehen. Später hatte ich keine Zeit dafür. Nach Schule, Klavier spielen, Sport und gesellschaftlichen Verpflichtungen blieb vom Tag kaum noch etwas übrig.

Aber wahrscheinlich wäre das mit Atlas sowieso nicht möglich. Comicserien vielleicht, aber der gemütliche Kuschelpart würde ihn bestimmt völlig überfordern.

Gestern hat er meine Hand genommen. Wenn ich daran denke, wird mir richtig warm ums Herz. Obwohl das so ein alberner Ausdruck ist, stimmt er. Ich ahne, was für ein großer Schritt das war. Vielleicht der größte, den er je in meine Richtung gehen wird.

»Wir nehmen uns zwölf Dollar aus der Keksdose. Davon kaufen wir Kuchen in der Breadfern Bakery. Die ist neben dem Park«, bestimmt Atlas.

»Wow, zwölf Dollar. Dafür kriegen wir bestimmt eine Menge Kuchen«, sage ich und kratze den letzten Löffel cremigen Glücks aus meiner Müslischale.

Atlas schüttelt den Kopf. »Dafür bekommen wir zwei Lemon Meringue Pies. Sie sind sehr köstlich. Aber nicht groß.«

»Verstehe«, murmle ich betreten.

Zwölf Dollar waren zum Zeitpunkt meines Umtauschs etwa sieben Euro fünfzig. Ist das viel für zwei kleine Kuchen?

Mir wird klar, wie wenig Bescheid ich in solchen Dingen weiß. Beinahe schäme ich mich dafür. Wer immer Geld hat, verliert den Bezug dazu. Oder lernt ihn erst gar nicht. So wie ich.

Vielleicht könnte ich in nächster Zeit wenigstens zum Teil das Einkaufen übernehmen. Ich beschließe, Carey am Nachmittag danach zu fragen.

Ich spüre ein unangenehmes Ziehen im Bauch. So ganz ohne Geld ist meine Situation ein bisschen wie immer. Nicht wirklich echt. Alles nur ein Spiel und die Erwachsenen mit den Keksdosen kümmern sich um das richtige Leben.

Ich muss mir wirklich etwas überlegen. Irgendwie muss ich an eigenes Geld kommen.

Nicht um des Geldes willen. Sondern wegen der Gewissheit, dass ich dann autark bin und mich den wichtigen Dingen meines Lebens zuwenden kann.

Zum Glück hat Atlas schon bestimmt, was wir kaufen.

Die Auslage in der Bakery überwältigt mich nämlich. Allein zwischen drei der köstlich aussehenden Pies könnte ich mich schon nicht entscheiden. Dabei habe ich noch nicht einmal einen Blick auf die Cakes geworfen. Und auch die Pastries sehen sehr gut aus.

In dieser Stadt kann man einfach grandios essen. Besonders Frühstück und Lunch scheinen ein großes Thema zu sein.

Kochen und Backen haben mich schon immer fasziniert. Auch darum habe ich jede freie Stunde meiner knappen Zeit bei Lee in der Küche verbracht. Der andere Grund war der Frieden, den ich in unserem Haus nur dort fand.

Wir laufen über die Straße in den Park.

Atlas trägt das Kuchenpäckchen so vorsichtig in seinen Händen, als seien darin zwei kleine empfindsame Wesen. Ich muss vor mich hin grinsen. Sind es ja irgendwie auch. Die weiche Baiserkrone der Pies könnte ganz leicht zerdrückt werden. Mir ist völlig klar, dass das für Atlas eine Katastrophe wäre. Ich hoffe, dass wir uns an einem der nächsten Picknicktische niederlassen, damit die drohende Gefahr schnell vorüber ist.

»Welche ist deine Bank?«, frage ich ihn, weil ich ahne, dass es die gibt.

»Die da«, sagt Atlas prompt und läuft darauf zu.

Ich setze mich ihm gegenüber und stelle das Päckchen auf den Betontisch zwischen uns.

Als er achtsam, ganz achtsam das kleine Päckchen öffnet,

atme ich erleichtert auf. Die geflämmten Schaumkronen sehen noch genauso kunstvoll aus wie eben im Laden.

»Das ist mein Lieblings-Pie«, erklärt Atlas und reicht mir eine der Gabeln, die wir von zu Hause mitgenommen haben.

Dann wartet er. Ich nehme mir eine Gabel voll Pie und schiebe sie in meinen Mund.

»Mhm, ich glaube, das wird auch mein Lieblingspie«, sage ich.

Atlas nickt, als gäbe es nicht den kleinsten Zweifel daran, und wendet sich seinem Gebäck zu.

Während wir die köstlichen Kuchen verspeisen, schaue ich mich um.

Der Redfern Park ist nicht besonders groß und wird von einer extrem lauten Straße, in der der Verkehr brandet und schäumt, gesäumt. Das Gelände wirkt wie am Reißbrett entworfen. Alles hat seine Ordnung, ist geometrisch und sehr sauber.

Ich erkenne, warum Atlas diesen Park mag.

Die mächtigen Dschungelbäume wirken wie gezähmt. Und doch sind sie unfassbar schön. Feenwaldbäume. Wie aus unzähligen sich windenden Schlangen gewunden. Mit bodenlangen armdicken Luftwurzeln. Wenn man unter ihnen stehend hinaufblickt, verliert man sich im Geäst weit oben. Zwischen den Bäumen exakte Rasenflächen mit einzelnen hohen schlanken Palmen. Obwohl es so grau und kühl ist, sind einige Menschen unterwegs. Manche trotzdem in T-Shirt und Flipflops, andere in dünnen Daunenjacken. Eine Gruppe übt asiatischen Stockkampf. Daneben ein Kreis älterer Thai-Chi-Damen. Drei Väter mit Bärten und sieben sie umtobende Kinder erobern den kleinen Spielplatz in der Mitte. Es gibt viele Betonbänke mit Holzsitzflächen. Darauf die unterschiedlichsten Leute. Im Anzug mit Laptop. Eine feine Dame, die ein Eis isst. Ein Schlafender.

Es riecht ziemlich streng. Wie im Zoo. Vogelscheiße. Sie klebt überall unter den Bäumen.

»Hörst du die Vögel?«, fragt Atlas in dem Moment.

»Klar. Sie machen einen unfassbaren Krach.«

»Das ist kein Krach, sondern ihre Sprache«, korrigiert er mich. »Hast du gewusst, dass jeder Vogel seine ganz bestimmten Rufe hat.«

In dem Moment tritt jedes andere Geräusch zurück und ich werde vom Konzert der Vögel geradezu überwältigt.

Wenn die Geräusche der Welt zu laut werden, verschließe ich mein inneres Ohr. Weil ich sie sonst nicht ertragen kann. Ich habe ein hyperempfindsames Gehör.

Als meine Eltern mir klassische Musik als Baby vorspielten, war das Erlösung und Lösung zugleich. Darum wurde sie mein Leben und ich darin zur Pianistin. Dass meine Flucht vor der lauten Welt in einem musikalischen Gefängnis endete, ist irgendwie paradox. Bis ich ausbrach, um mich dem wahren Leben zu stellen. Mit all seinem Lärm.

Atlas dirigiert mit seinem Finger das Orchester für mich.

»Galah«, sagt er und deutet auf zwei rosa-graue Kakadus.

Ich höre ihr Ticko, Ticko und einen populären Handyklingelton.

»Sie können auch sprechen.«

»Common Starling.«

Atlas lenkt meine Augen und Ohren auf das Tschilpen der Spatzen, die sich neugierig nach unseren Piekrümeln strecken.

Der Myne Bird ruft Duwitt, Duwitt.

Dazwischen das Lachen eines Kookaburras.

Das Gurren der Tauben.

Das klägliche Miauen eines Kätzchens kommt aus dem Schnabel des Currawong Bird.

»Der Magpie singt am schönsten«, sagt Atlas und zeigt auf eine Art Elster.

Und tatsächlich. Als sie ihren Schnabel öffnet, kollert ein wunderbarer Gesang daraus hervor.

»Finde ich auch«, sage ich. »Während die Australischen Raben am grusligsten klingen.«

Atlas nickt.

Dann zeigt er auf eine mächtige Baumkrone. Als ich genauer hinschaue, sehe ich in den Ästen riesige weiße Vögel mit langen Beinen und Schnäbeln hocken.

»Ibisse. Die Leute nennen sie die Ratten der Lüfte«, erklärt Atlas.

»Warum?« frage ich, obwohl ich es mir denken kann.

Unter dem Ibisbaum ist der Boden quasi weiß von Vogelkot.

Da beginnt Atlas überraschenderweise zu singen.

»The woodpecker bird
likes pecking wood.
The blue bird's a bird
that sings pretty good.
Sparrows are birds
that are pretty cool, ay.
But the ibis is a bird
that drinks bin-juice all day.«

»Ihh!«, rufe ich lachend. »Das ist ja eklig. Mülleimersaft. Brrrr.«

Ich muss mich regelrecht schütteln und äuge misstrauisch zu den weißen Riesen im Baum.

Da finden die Töne einer Gitarre ihren Weg durch all die Geräusche in mein Ohr. Die Akkorde zu Atlas' kleinem Lied eben.

»Jemand spielt den Birdsong auf der Gitarre«, stellt er fest, fällt aber nicht noch einmal mit ein.

Der Gitarrenspieler wechselt schließlich den Song. Singt selbst zu seinem Spiel.

Ich bekomme eine Gänsehaut. Wer auch immer da singt und spielt, kann wirklich etwas.

»Wollen wir hingehen und zuhören?«, frage ich.

»Wenn du das möchtest«, sagt Atlas.

Wir werfen den leeren Bäckereikarton in den Müll und laufen langsam über den Rasen dem Gesang entgegen. Wir stellen uns mit ein wenig Abstand vor den Musiker. Dort haben sich bereits die drei bärtigen Väter mit den sieben Kindern und noch einige andere Menschen eingefunden.

Der Spieler sitzt im Schneidersitz im Gras. Er hält den Kopf gesenkt und trägt einen Hut. Vor ihm steht ein Becher. Für die, die ihm etwas geben möchten.

»Du kannst zwei Dollar vom Restgeld nehmen«, sagt Atlas.

Wir haben uns aus der Keksdose einen Zwanzigdollarschein genommen.

»Möchtest du ihm das Geld geben?«, frage ich leise.

Atlas schüttelt den Kopf.

Darum mache ich die fünf Schritte auf den Becher zu.

In dem Moment hebt der Musiker den Kopf.

Tanggrüne Augen.

Der Skater aus Bondi.

Mein Herz schlägt schneller.

Zu schnell.

Meine Beine wollen schlappmachen.

Kurz überlege ich, ob ich einfach umkippen soll.

Er zwinkert mir zu.

Ich starre zurück. Ich kann nicht zwinkern. Ich sollte lächeln, aber mein Gesicht ist wie gefroren.

Er beginnt einen neuen Song.

»Sugar man, won't you hurry
'cos I'm tired of these scenes.
For a blue coin
won't you bring back
all those colors to my dreams.«

Plötzlich spüre ich wieder Atlas' kleine Hand in der meinen. Ich schaue zu ihm runter. Doch er blickt gebannt auf den Musiker. Vorsichtig drücke ich seine Hand. Atlas erwidert den Druck nicht.

Da bemerke ich, dass er die Lippen bewegt, und dann höre ich seine Stimme. Er fällt leise in den Gesang mit ein.

»Silver magic ships you carry
jumpers, coke, sweet Mary Jane.«

Der Gitarrenspieler unterbricht sein Spiel und schaut auf.

»Darfst du denn schon so ein Lied singen?«, fragt er freundlich grinsend.

Atlas versteift sich. Lässt meine Hand los.

Er zieht mich am Shirt fort.

Weg vom Gitarrenspieler.

Seiner Musik.

Seiner Frage.

Und seinen grünen Augen.

»Ist alles gut?«, frage ich, als wir die laute Straße hinter uns gelassen haben und in das Gassengeflecht dahinter einbiegen.

Atlas nickt.

Inzwischen gelingt es mir, winzige Regungen in seinem Gesicht zu erkennen. Er presst die Lippen etwas fester zusammen als sonst. So, als wolle er etwas ganz Bestimmtes nicht sagen. Atlas wirkt angespannt. Irgendetwas hat ihn aufgewühlt. Noch immer die Frage des Skaters?

Ich dränge Atlas jedoch nicht, sondern laufe einfach neben ihm her.

»Ich weiß, warum er das gefragt hat«, sagt er irgendwann. »Das über den Song.«

»Warum denn?«, frage ich.

»Wegen der Drogen.«

»Was für Drogen?«, rufe ich.

»Das Lied handelt von Drogen. Und vom Dealer. Das ist der sugar man.«

»Oha«, sage ich. »Was du alles weißt.«

»Das weiß jeder«, meint Atlas.

Bedauernd schaue ich dem kleinen Kerl nach, der nun wieder mit viel zu großen Schritten voranstürmt.

»Also, ich habe das nicht gewusst!«, rufe ich und laufe hinter ihm her.

Atlas nickt, als hätte er sich das schon gedacht.

Wenn er so etwas tut, ist das ein ganz kleines bisschen gruselig. Denn es kann nicht sein, dass ein achtjähriger Knirps mehr von mir weiß als ich selbst. Doch genauso ist es.

»Der Song war aber sehr schön«, sage ich schnell.

Und die tanggrünen Augen sind es auch. Ich wäre so gerne länger stehen geblieben, hätte dem Spiel zugehört und das schöne Lächeln –

»Hast du gewusst, dass Rodriguez ganz arm war, obwohl er in Südafrika schon über dreißig Jahre lang berühmt war.«

»Wer ist Rodriguez?«, frage ich verwirrt.

»Der Musiker, der das Lied zuerst gesungen hat. Er ist Mams Lieblingssänger.«

»Verrückt.« Ich muss an sich schließende Kreise denken.

Kreise um abrasierte Locken, einen kleinen besonderen Jungen, um tanggrüne Augen und Careys Lieblingssänger.

»Nein, das ist nicht verrückt. Sehr viele Australier lieben die Musik von Rodriguez.«

Dann schaut er doch zu mir auf. »Aber ich habe schon verstanden, dass du aus einer anderen Welt kommst.«

Ich verlangsame meine Schritte. Meine Hand zuckt. Beinahe hätte ich ihm durch die blonden Haare gestrichen.

»Wenn du wüsstest«, murmle ich nur und schaue ihm nach, wie er mit den viel zu großen Schritten in unsere Lane einbiegt.

Ich habe Carey am Abend vorher gefragt, ob ich einen Teil der Einkäufe übernehmen dürfte. Als ich ihr erklärte, dass ich lernen möchte, wie man mit Geld umgeht und was die Dinge kosten, war sie zwar etwas irritiert, aber sofort einverstanden.

Darum laufe ich nach dem Mittagessen mit zwei prallen Baumwolltaschen voller Lebensmittel vom Supermarkt wieder durch die kleine Parkanlage. Mehr oder weniger unauffällig halte ich nach dem Musiker Ausschau.

Okay, eher weniger.

Ich bin sogar so sehr mit unauffälligem Ausschauhalten beschäftigt, dass ich eine hochstehende Gehwegplatte übersehe und stolpere. Zwar kann ich mich selbst wieder fangen, aber die oberen Sachen fliegen überaus auffällig aus den Beuteln. Beschämt stelle ich sie ab und schaue mich um. Hoffentlich hat das niemand gesehen.

»Oh, Darling, lass dir helfen.«

Eine Frau eilt auf mich zu, bückt sich nach dem Päckchen mit Macadamia-Nüssen, der Mango und dem Stück Cheddar, legt alles zurück in meine Beutel.

Ich bin so überrascht, dass ich ihr nur zuschauen kann.

»Danke«, kriege ich gerade noch raus.

»Pass auf dich auf, Liebes«, verabschiedet sich die Frau herzlich.

»Das versuche ich ja«, flüstere ich auf Deutsch.

Da höre ich ihn. Seine Art, die Saiten anzuschlagen, erkenne ich sofort. Dann setzt auch sein Gesang ein.

Sofort rast mein Herz im selben schnellen Rhythmus wie der Song.

Mir wird ein bisschen übel.

Ich kann jetzt nicht zu ihm gehen.

Stattdessen lasse ich mich auf einer der Bänke nieder. Ich schließe die Augen und lausche. Wie so oft berührt die Musik mich tief in meinem Inneren. Sie war für mich immer Nahrung und Luft zum Atmen. Seit wie vielen Tagen verhungere und ersticke ich eigentlich schon? Verrückt, dass ich noch lebe. Ich brauche die Musik doch.

Sie ersetzte mir die Liebe.

Und nahm mir letztlich das Leben.

Es ist verwirrend, denn ich verstehe vieles noch nicht.

Aber das ändert sich gerade.

Leider scheint dies sein letzter Song gewesen zu sein. Danach dringt nur noch der Lärm der Vögel an mein Ohr.

Ich zwinge mich, sitzen zu bleiben, die einzelnen Vogelstimmen herauszuhören. Nicht aufzuspringen und zu ihm zu rennen. Das wäre so albern.

Der Rosenkakadu.

Die Krähe.

Der Spatz.

»Nach Einbruch der Dunkelheit ist es hier noch viel spannender.«

Erschrocken fahre ich zusammen und drehe mich um.

»Sorry, ich wollte dich nicht erschrecken.«

»Kein Problem«, krächze ich heiser.

Ich versuche, genauso frei und offen zu lächeln wie der Junge mit den tanggrünen Augen. Doch ich befürchte, dass ich einfach nur sehr dämlich grinse.

Das scheint ihn aber nicht zu stören. Er steht vollkommen entspannt vor mir. Die Gitarre auf dem Rücken, ein Fuß auf dem Skateboard, Blitze im Grün, das breite Lächeln.

Ich komme mir unfassbar blöd vor, wie ich so vor ihm sitze, und stehe schnell auf.

Dann weiß ich erst einmal nicht weiter. Also schaue ich ihn nur an. Wenigstens nicht mehr von unten.

Seine dunklen Haare könnten eine Wäsche vertragen, genauso wie seine Klamotten. Seine Zähne sind schiefer als die der meisten. Die meisten trugen irgendwann mal eine Zahnspange.

Aber er ist der schönste Junge, den ich je gesehen habe.

»Es tut mir leid, dass dein Bruder meine Frage so scheiße fand«, sagt er schließlich.

Atlas ist nicht mein Bruder, will ich sagen.

Was gibt es denn hier Spannendes im Dunkeln?, will ich fragen.

Aber ich bringe kein Wort heraus.

Mein stummes Grinsen scheint ihn langsam doch zu irritieren. Wahrscheinlich reagieren Mädchen, die er anspricht, normalerweise etwas anders. Denn sein Lächeln franst aus. Er fährt sich durch die Haare. Greift nach dem Gitarrengurt, als müsse er das Instrument neu justieren.

»Ich bin Josh. Falls dich das interessiert.«

Tut es, sehr sogar, mehr als alles andere auf der Welt, will ich sagen, kann aber nur nicken.

Ich würde am liebsten im Boden versinken.

Weil das nicht passiert, schlucke ich.

Noch einmal.

»Charly«, presse ich dann an der Trockenheit in meiner Kehle vorbei.

»Woher kommst du, Charly?«

Aus irgendeinem Grund gibt er nicht auf. Ich sollte wirklich etwas ausführlicher antworten. Denn besonders unterhaltsam oder gar zugewandt wirke ich definitiv nicht.

»Deutschland.«

Das klappt ja prima.

Dieser Josh bringt mich völlig durcheinander.

Meine unfreundliche Art ihn leider auch.

»Okay, kapiert. Bye«, sagt er und verlagert das Gewicht auf dem Skateboard, um sich abzustoßen.

»Nein!«, rufe ich beinahe panisch.

Josh dreht sich mir wieder zu.

»Nein?«, fragt er erstaunt.

»Ich meine ... Was?«

»Was?«

»Ähm, also, was ist hier so spannend? Nach Einbruch der Dunkelheit. Kannst du mir das zeigen? Vielleicht heute Abend?«

Ich bin geschockt von mir selbst. Erst reagiere ich wortkarger als ein einsamer Waldschrat und dann schmeiße ich mich ihm quasi völlig haltlos an den Hals. Wenn er mich nur halb so merkwürdig findet wie ich mich selber gerade, wird er spätestens jetzt das Weite suchen.

Doch sein Lächeln ist zurück. Breit, entspannt, leicht amüsiert und atemberaubend. Trotz der schiefen Zähne.

»Gegen fünf geht die Sonne unter. Kommst du wieder her? Sagen wir um sechs Uhr?«

»Okay.«

Dann holt er Schwung und skatet davon.

Ich schaue ihm nach und frage mich ernsthaft, ob ich irgendwie durchgeknallt bin. Vorgestern klaute mir ein Skater am helllichten Tag mein ganzes Geld. Und heute verabrede ich mich mit einem anderen nach Einbruch der Dunkelheit im Park.

»Nur weil beide Skateboard fahren, heißt das nicht, dass sie auch beide Arschlöcher sind«, murmle ich vor mich hin.

Da rollt ein weiteres Board an mir vorbei. Ein älterer Mann mit langen grauen Haaren und einem ebenso langen Bart grüßt mich freundlich.

Na bitte. Der Beweis.

Ich gebe es zu, ich brauche eine Stunde, um mich fertig zu machen.

Meine Haarstoppeln benötigen zwar keine größere Aufmerksamkeit und normalerweise schminke ich mich nicht. Es wäre auch viel zu riskant, wenn ich heute damit anfangen würde. Wer möchte bei seinem ersten Date aussehen wie ein kleines Mädchen, das heimlich an Mamas Schminkutensilien gegangen ist?

Wenn es überhaupt ein Date ist. Ich bin mir da gar nicht sicher.

Ich habe zwei Jeans, eine Shorts, einen Rock, drei Shirts, zwei Hoodies und einen Pulli dabei. Ein Hoodie ist gerade in der Wäsche. Es bleiben also zwanzig mögliche Outfits. Ich probiere sie alle durch. Wäge das Für und das Wider ab.

Irgendwann muss ich lachen, schelte mich dumm, eitel, bescheuert und entscheide mich für einen Hoodie und eine Jeans.

Wir treffen uns im Park. Und draußen ist es dunkel und eher kalt.

»Ich esse heute nicht mit euch«, sage ich zu Atlas und Carey, als ich die Stiege hinunterkomme und mich noch kurz zu ihnen an den Tisch setze. »Ich habe nämlich eine Verabredung.«

Ich weiß, dass meine Stimme bei diesen Worten etwas wegrutscht. Und auch, dass ich grinse.

Ich habe noch nie ein Honigkuchenpferd gesehen, aber es heißt, dem würde man gleichen, wenn man dermaßen albern vor sich hin grinst, wie ich es gerade tue.

»Oh«, macht Carey und lächelt mich verschwörerisch an. »Das ging aber fix. Wo trefft ihr euch denn?«

»Ach, nur im Park.« Ich deute in die Richtung des Redfern Parks. Mit einem gleichgültigen Winken. Als versuchte ich, dem Ganzen die Bedeutung zu nehmen. Wem will ich hier eigentlich etwas vormachen?

»Klingt sehr spannend. Morgen will ich alles wissen.« Sie stutzt kurz. »Also, natürlich nur, wenn du es mir erzählen möchtest«, schiebt sie dann beinahe entschuldigend hinterher.

»Das weiß ich noch nicht. Ich muss erst mal abwarten, was passiert.«

»Das verstehe ich ganz und gar.« Carey zwinkert mir zu und ich zwinkere zurück.

Dabei möchte ich das. Ihr alles erzählen. Ich weiß, dass Freundinnen so etwas tun. Aber ich habe noch nie eine wirkliche Freundin gehabt. Außerdem habe ich bisher nie etwas erlebt, das es wert gewesen wäre, einer Freundin erzählt zu werden.

Carey ist zwar viel älter als ich, mit ihr kann ich aber reden wie mit noch niemandem zuvor. Eigentlich kommt sie mir auch gar nicht älter vor. Sie behandelt mich nicht von oben herab, versucht mir keine blöden Ratschläge zu geben und nimmt alles, was ich sage, sehr ernst.

Und heute habe ich mein erstes Date. Wenn ich darüber mit niemandem reden kann, muss ich anfangen, Tagebuch zu schreiben. Und das wollte ich noch nie. Ich schreibe einfach nicht gerne.

Um Himmels willen, ich habe mein erstes Date.

Das habe ich.

Doch.

Oder?

Könnte es sein, dass ich Josh falsch verstanden habe?

Dass er mir wirklich nur etwas Spannendes im Park zeigen will? Irgendein Phänomen, das für Touristinnen aus Deutschland sehr interessant ist? Das aber nichts mit ihm und mir zu tun hat?

»Mit wem bist du verabredet«, holt mich Atlas aus dem Chaos in meinem Kopf.

Er schaut mich nicht an, sondern zeichnet Schneeflocken.

»Mit Josh.«

»Wer ist das.«

Atlas sitzt tief über sein Schneeflockenbild gebeugt. Das Blatt ist schon ziemlich voll. Lange wird er nicht mehr brauchen, bis es komplett mit Schneeflocken bedeckt ist.

»Der Junge, der heute im Park Gitarre gespielt hat. Der Skater, den wir auch in Bondi gesehen haben.«

Seine Finger umklammern den Stift mit einem Mal so fest, dass sie ganz weiß sind.

Plötzlich gibt es ein leises Knacksen. Atlas hat den Stift dermaßen aufgedrückt, dass die Mine abgebrochen ist. An der Stelle sind nun ein schwarzer Fleck und ein kleines Loch.

Er rutscht vom Stuhl, zerreißt das Blatt und wirft die Fetzen in den Mülleimer.

»Aber, Atlas –«, rufe ich entsetzt.

Doch es ist zu spät. Das Schneeflockenbild, an dem er viele Stunden zeichnete, ist unwiederbringlich verloren.

Dann holt er sich ein neues Blatt und beginnt in der oberen linken Ecke wieder von vorn.

»Oh nein«, flüstere ich und werfe Carey einen verzweifelten Blick zu.

Ist Atlas etwa eifersüchtig, weil ich allein gehe?

Sie schaut ihren Sohn mit einem ganz seltsamen Ausdruck an. Eine Mischung aus unendlicher Liebe und großem Bedauern.

»Mach dir keine Gedanken«, sagt sie zu mir. »Atlas weiß, was er tut.«

»Ich gehe dann mal«, sage ich leise.

Jetzt bin ich erst recht durcheinander.

»Ich wünsche dir einen schönen Abend!«, ruft Carey mir nach.

Atlas sagt nichts. Er hält seinen Kopf tief über das neue Blatt gesenkt und würdigt mich weder eines Wortes noch eines Blickes.

Die Straße, die Bars und Restaurants sind voller lachender und plaudernder Menschen. Sie heimlich zu beobachten, lenkt mich zum Glück von der seltsamen Szene zu Hause ab. Aber vor allem von dem, was auf mich wartet.

Oder wer.

Auch im Park ist einiges los. Ich stromere suchend herum.

»Hey, Charly aus Deutschland.«

»Hey, Josh aus Sydney.«

Aus irgendeinem Grund hört sich mein Satz in meinen Ohren lächerlich an. Im Gegensatz zu seinem.

Er sitzt auf einer Bank, als hätte er sie für uns freigehalten.

»Ich habe uns die Bank freigehalten«, sagt er prompt.

Ich setze mich neben ihn. Meine Beine zittern. Ich hoffe, er bemerkt das nicht. Unauffällig versuche ich, meine Knie nach unten zu drücken.

»Das ist sehr gut«, sage ich. »So müssen wir nicht orientierungslos herumlaufen wie all die anderen Menschen.«

Bis auf unsere sind alle Bänke frei.

Josh gluckst.

Darüber freue ich mich.

Trotz der strengen Sprachkonversationen mit meinem Vater war ich mir nie sicher, ob mein Humor auch im Englischen funktioniert. Oder das, was ich dafür halte. Du bist viel zu ironisch, hat mal einer, dessen Namen ich vor fünf Tagen vergaß, zu mir gesagt. Aber es kann auch sein, dass der einfach nichts mit meiner Art anfangen konnte. Josh scheint das zu können. Und sie scheint ihm zu gefallen.

»Schön, dass du gekommen bist«, sagt er gerade.

»Das finde ich auch.«

Ich sitze näher neben ihm, als ich es im Hellen tun würde.

So nahe, dass ich ihn riechen kann.

Sein Geruch ist sehr besonders. Er scheint kein Deo oder Rasierwasser zu benutzen. Auch kein Duschgel und kein Waschpulver für seine Klamotten. Er verströmt einen Geruch, der eigen ist und seltsam echt. Irgendwie total privat. Fast ungehörig intim. Ich würde ihn sofort und überall wiedererkennen.

Josh holt etwas aus seinem Rucksack. Ein Rosinenbrot, verpackt in einem Plastikbeutel.

»Das ist ja mal was anderes«, entschlüpft es mir.

Im selben Moment ärgere ich mich darüber. Wie arrogant dieser Satz wirkt. Als hätte ich sonst was für Ansprüche. Dabei habe ich kaum Erfahrungen mit Dates. Genau genommen gab es in meinem Leben gerade mal eines, mit dem, dessen Namen ich vor fünf Tagen vergaß. Danach glaubte ich mich in einer Beziehung. Dabei hätte man das Ganze viel passender als *Freundschaft plus plus* bezeichnen können. Eine Freundschaft mit einem kleinen bisschen Sex und sehr vielen enttäuschten Erwartungen. Und eigentlich auch ohne die Freundschaft.

Josh reagiert nicht auf meinen Satz und ich hoffe von ganzem Herzen, er hat ihn gar nicht gehört.

Auf der Tüte prangt ein roter Aufkleber. Special Offer. Der ganze Laib hat einen Dollar gekostet. Entweder hat Josh nur superwenig Geld. Oder er isst dieses Hefegebäck überaus gerne. So gerne, dass er es auch mit ihm wichtigen Menschen –

»Ginger Beer. Wer nicht wenigstens ein Ginger Beer getrunken hat, ist nie wirklich in Australien gewesen.« Josh unterbricht meine Gedanken und drückt mir eine Flasche in die Hand.

»Ernsthaft?«, frage ich.

»Ich mag es.«

»Danke schön.«

»Kein Ding.«

Auf einmal fühle ich mich echt mies. Was habe ich mir denn vorgestellt? Dass Josh ein üppiges Picknick für uns vorbereitet? Oder mich in eine der superteuren Bars einlädt, die ich im Vorbeilaufen gesehen habe? Ausgerechnet jemand, der im Park den Leuten auf der Gitarre etwas vorspielt? Für eine Handvoll Kleingeld?

Er hatte mir einfach nur etwas zeigen wollen.

Aber ich hatte daraus innerlich gleich eine große Geste gemacht.

Weil ich es gewohnt war. In meiner alten Welt zählte die

Form. Schöne Kleider, große Empfänge, überbordende Picknickkörbe. Das lenkte so wunderbar von allem ab, das fehlte.

Aber vor allem auch, weil ich mir das so sehr wünschte.

Ich trinke schnell aus der Flasche und schlucke meine falschen Erwartungen hinunter.

Dieses Ingwerzeug ist süß und ziemlich scharf.

»Das sieht echt köstlich aus«, sage ich tapfer und greife nach dem Rosinenbrot.

»Das ist nicht für uns.«

»Ist es nicht?« Ich klinge enttäuschter, als ich es bin. Nicht nur, weil ich eben gelogen habe und gar kein großer Fan von Rosinenbrot bin. Sondern weil ich ja nun weiß, wie falsch ich unsere Verabredung verstanden habe.

Wie unsagbar peinlich, wenn er wüsste, wie oft ich mich für unser Treffen umgezogen habe. Während er noch dieselben Klamotten trägt wie heute Nachmittag.

»Wie blöd von mir. Du hast noch nicht zu Abend gegessen. Weil du dachtest, dass wir zusammen etwas essen würden.«

Er sagt das leise und fährt sich dabei durch die Haare. Er wirkt beinahe verzweifelt.

»Dabei wollte ich dir nur mein persönliches Highlight in diesem Park zeigen. Und dieses Gingerbeer mit dir trinken. Sorry.«

Irgendwie läuft alles total schief. Jetzt fühlt er sich meinetwegen auch noch schlecht.

»Also, eigentlich –« Ich breche ab, weil ich etwas gehört habe. Etwas, das hinter uns den Baum heruntertapst, der über uns im Abendwind rauscht. Ganz deutlich kann ich das Schubbern pelziger Leiber und das Kratzen scharfer Krallen hören.

»Da ist irgendein großes Tier hinter uns am Baumstamm«, flüstere ich erschrocken und wage es nicht, mich zu bewegen.

»Ich weiß«, flüstert Josh zurück. »Das sind unsere Gäste. Für sie ist das Rosinenbrot.«

Als ich mich umdrehe, starren mich zwei Paar riesige Augen aus kleinen Pelzgesichtern mit spitzen rosa Näschen an. Darüber so große Ohren, als könnten die Pelzigen damit wegfliegen. Oder wenigstens die ganze Welt belauschen. Denn das mit dem Fliegen scheint sehr unwahrscheinlich. An die kleinen groß beohrten Gesichter schließen sich ziemlich pummlige Leiber und lange Schwänze an. Ein bisschen wie zu groß geratene kuschelige Ratten.

»Was ist denn das?«, rufe ich.

»Darf ich vorstellen: Opossum Eins und Opossum Zwei. Davon leben unzählige in Sydney. Aber diese beiden sind ganz besonders. Sonst würde ich nicht mein Brot mit ihnen teilen.«

Die Tiere sind jetzt auf einer Höhe mit unseren Köpfen. Sie strecken ihre schnuppernden Näschen vor und haben die Plastiktüte mit dem Rosinenbrot fest im Visier. Vor Aufregung strecken sie sogar ihre Pfoten danach aus.

»Die sind ja niedlich.«

Josh gluckst. »Das finde ich auch. Trotzdem werden sie von Kammerjägern gejagt, wenn sie sich in Häusern einnisten. Normalerweise leben sie in hohlen Bäumen.«

»Na ja, wenn der Mensch ihnen den ganzen Lebensraum streitig macht«, sage ich und wende mich der knisternden Tüte zu, um sie zu öffnen.

Da spüre ich plötzlich kleine Hände auf meiner Schulter. Das gibt es ja gar nicht. Die Opossums klammern sich mit den Hinterbeinen in der Rinde des Baumes fest, aber strecken sich so weit nach vorn, dass ihre Vorderpfoten auf mir liegen.

Josh lacht laut auf. »Die haben wirklich Appetit auf Rosinenbrot.«

Er reißt zwei Stückchen vom Laib und gibt sie ihnen. Die Tiere hängen sich kopfüber den Stamm hinab, halten das Brot in ihren kleinen Händen und fressen.

»Eigentlich soll man sie nicht füttern. Sie sind hier im Redfern Park schon ganz zahm. Springen und rennen sogar am Tage herum. Obwohl sie nachtaktiv sind.«

»In die Wildnis können sie nun aber auch nicht mehr zurück. Die kennen sich doch da gar nicht mehr aus. Außerdem sind sie ganz schön dick. Du hast einfach zu oft dein Brot mit ihnen geteilt.«

Ich mag es so gerne, wenn Josh lacht. Ich mag das Geräusch, das er dabei macht, und dass er es überhaupt tut.

Die beiden Opossums haben ihre Stücke verputzt und betteln mit ihren kleinen Pfoten um weitere. Wir geben sie ihnen und trinken unser Ginger Beer. Immer noch lachend.

Josh hält mir die Tüte mit dem letzten Stück Rosinenbrot hin.

»Hier, bedien dich! Die beiden geben dir etwas ab. Ich habe das mit ihnen geklärt.«

»Wirklich? Ich habe gar nichts gehört.«

»Telepathie.«

Seine Stimme hat einen tollen Klang.

Ich liebe sein Grinsen und ich weiß, wie grün seine Augen in der Sonne blitzen.

Mein Herz schlägt gegen meine Brust, als wollte es dort heraus und selbst mal schauen.

Viel zu schnell habe ich dieses Ginger Beer getrunken.

Die Straßenlaternen bilden Kreise und Schlaufen aus Licht.

Plötzlich leuchtet das Display seines Handys im Rucksack auf.

»Sorry«, murmelt Josh, zieht es heraus und checkt seine Nachrichten. »Fuck.«

Es scheint ihm ganz und gar nicht zu gefallen, was er liest, und ich weiß sofort, dass es mir auch nicht gefallen wird.

»Ich muss los.«

»Oh, das ist schade«, murmle ich.

Die Enttäuschung, die gerade in meinen Bauch plumpst, tut richtig weh.

»Das finde ich auch«, sagt er.

In einer romantischen Komödie würde er sich seinem Date jetzt entgegenbeugen und dann fänden sich ihrer beiden Lippen in einem berauschenden Kuss. Das weiß ich, denn immerhin habe ich inzwischen einige davon gesehen.

Wenn es in diesem Leben vielleicht, vielleicht und ganz ausnahmsweise doch einmal so zugehen könnte, dann jetzt. Darum bitte ich. Wen auch immer.

Aber Josh küsst mich nicht.

Stattdessen verstaut er unsere leeren Flaschen im Rucksack. Er zieht ihn sich über die Schulter und greift nach seinem Skateboard.

»Sehen wir uns wieder?«, fragt er.

»Sehr, sehr gerne«, sage ich und erhebe mich langsam.

Mir ist schwindelig. Ich muss das mit dem Alkohol wirklich noch einmal genau überdenken.

»Komm, ich bringe dich noch bis an die große Kreuzung«, sagt Josh.

»Danke, es geht schon«, erwidere ich schnell und strecke den Rücken gerade durch. »Ich mache lieber ein bisschen langsamer.«

»Ist alles okay mit dir?«, fragt er.

»Ja. Ja, alles gut«, versichere ich.

»Also, bis morgen? Ich bin hier und spiele.«

»Atlas und ich kommen gerne«, sage ich etwas nuschelig.

»Gute Nacht, Charly aus Deutschland.«

»Gute Nacht, Josh aus Sydney.«

Es klingt wirklich zu blöd.

Ich kichere immer noch, als er längst davongerollt ist.

Als ich die Stufe zu Careys Häuschen hochlaufe, gerate ich ins Stolpern und knalle gegen das Außengitter.

»Oops und aua«, flüstere ich und öffne möglichst leise die Tür.

Carey und Atlas sitzen auf dem Sofa und lesen zusammen in einem Kinderlexikon.

»Du bist schon wieder zurück?«, fragt Carey erstaunt.

»Ja, Josh bekam eine Nachricht und musste leider weg.«

»Verstehe. Wie schade. In der Küche ist noch Dinner für dich. Vielleicht tröstet das etwas.«

»Sushi«, sagt Atlas, schaut mich dabei aber nicht an.

»Okay, cool«, sage ich und stolpere über die Teppichkante.

»Sorry«, schnaufe ich, als ich mich wieder gefangen habe. »Ich habe eine Flasche Ginger Beer getrunken. Das war wohl zu viel. Nun bin ich etwas beschwipst.«

Carey lacht ihr fröhliches Lachen.

»In Ginger Beer ist gar kein Alkohol. Das ist nur Limonade«, sagt Atlas.

5. Tag *(Freitag)*

Als ich aufstehe, haben Josh und ich bereits geheiratet und freuen uns auf unser erstes Baby. Ich muss kichern. Aber es war zu verlockend, gestern vor dem Einschlafen und heute nach dem Aufwachen an ihn zu denken. Zum Glück weiß niemand, wie schnell ich in meinen Träumereien bin.

Plötzlich kriecht ein Schatten über meine Morgenfröhlichkeit.

Ich habe seit einer Woche kein Klavier mehr gespielt. Auch wenn mein Leben als hoffnungsvolle Konzertpianistin oft genug eine Qual war, das Klavierspiel selbst ist nicht schuld daran. Ich liebe und vermisse es. Sehr sogar. Es hat bisher den größten Teil meines Daseins ausgemacht. Und nun ist es einfach weg und hat ein riesiges Loch hinterlassen. Das zu füllen, ist nicht einfach.

Nicht einmal am anderen Ende der Welt.

Auch dann nicht, wenn man sich dort in einen Gitarre spielenden Skater verknallt.

Der leider das erste Date abbrach.

Das nicht einmal ein erstes Date war.

Ich trete auf den Balkon hinaus und fühle noch etwas tiefer in mich hinein. Da ist es gerade ganz schön angegraut. Genau wie der Himmel über mir.

Allerdings gibt es deutliche Hoffnung auf späteren Sonnenschein. Am Himmel und in meinem Inneren.

Atlas und ich werden nachher wieder in den Park gehen. Und Josh wird auch da sein.

Doch Atlas hat andere Pläne.

»Wir geben heute Abend eine Dinnerparty«, sagt er, als wir gemeinsam am Frühstückstisch sitzen. »Sie ist für dich.«

»Oh, wie schön«, sage ich, obwohl ich mir da nicht sicher bin. Ich mag es nicht besonders, im Mittelpunkt zu stehen. Schon gar nicht, wenn ich kein Klavier vor mir habe. Außerdem kenne ich hier niemanden. Was soll ich mit Gästen sprechen, die meinetwegen kommen und gar nichts über mich wissen?

Aber dann schlucke ich meine Bedenken hinunter.

Carey meint es gut. Sie möchte, dass ich mich wie in einem echten Zuhause fühle. Dazu gehören in Sydney eben auch Dinnerpartys. Die letztlich nichts anderes sind als nette Abendessen mit mehr als einem Gast. Dinnerparty klingt aber viel aufregender. Und wenn etwas aufregend klingt, dann fühlt es sich auch aufregend an. Kleine Dinge groß gedacht. Im Abendkleid in den Supermarkt gehen. Oder Silberbesteck und Porzellanteller in den Campingurlaub mitnehmen. Ich war noch nie campen, aber das Beispiel macht den Punkt ziemlich deutlich. Das Ganze ist zwar enttäuschend, wenn man ein Date falsch verstanden hat, kann das Leben aber oft viel schöner machen, als es vielleicht ist. Kurz kommen mir die Abendgesellschaften meiner Eltern in den Sinn. Aber die sind etwas anderes. Die tun zwar auch so, als ob sie mehr sind, als sie sind. Aber nicht, um sich daran zu erfreuen, sondern um anzugeben und vor anderen zu gelten.

Außerdem habe ich jeden Tag einige Stunden Zeit zur freien Verfügung. Es wäre schon nett, wenn ich hier Leute kennenlernen würde, mit denen ich etwas unternehmen könnte. An den Ozean fahren und schwimmen gehen zum Beispiel. Irgendetwas, das kein Geld kostet.

Ich lächle Atlas an. Er blickt stur in sein Müsli.

»Mam bringt die Getränke und Essen vom Vietnamesen mit. Und wir sollen Cracker und Käse einkaufen«, sagt er in die Schüssel.

»Einverstanden, das machen wir.« Ich versuche es noch einmal und suche seinen Blick. »Atlas, redest du heute wieder mit mir?«

»Wir reden doch«, sagt er.

»Ich meine richtig.«

»Man kann nicht falsch miteinander reden.«

Das stimmt nicht, will ich sagen. Doch dann lasse ich das lieber. Atlas hat ganz eindeutig keine gute Laune.

»Wollen wir nach dem Einkaufen wieder in den Park?«, frage ich stattdessen.

»Nein«, sagt Atlas.

»Davor?«, dränge ich.

Aber Atlas schüttelt den Kopf.

Oh nein, das kann er doch nicht machen. Ich habe Josh versprochen, dass wir kommen.

Aber das hatte ich getan, ohne vorher mit Atlas darüber zu reden. Das habe ich nun davon.

»Es scheint gar keine Sonne«, sagt er.

Gestern doch auch nicht und da wolltest du in den Park, will ich streitlustig erwidern. Nicke dann aber nur.

Hoffentlich sehe ich Josh wenigstens kurz auf dem Weg, um ihm die Situation zu erklären.

Als wir zum Supermarkt laufen, ist er nicht da.

Aber als wir mit unseren Einkäufen wieder zurückkommen, kann ich ihn spielen hören.

»Lass uns Josh Guten Tag sagen«, wende ich mich an Atlas und will schon über die Straße in den Park laufen.

Da beschleunigt Atlas plötzlich und rennt los. Seinen Einkaufsbeutel lässt er einfach fallen.

»Atlas! Warte doch!«, schreie ich hinter ihm her.

Er rennt genau auf die große Straße zu. Was macht er bloß? Läuft er etwa bei Rot über die Straße?

Ich schnappe mir seine Tasche und renne ihm nach. So schnell ich kann. Obwohl das mit drei Beuteln voller Einkäufe kaum möglich ist.

»Atlas!«, rufe ich panisch.

Die Fußgängerampel springt in dem Moment auf Grün, als Atlas dort ankommt. Ungebremst flitzt er weiter.

Ich bin mir sicher, dass er den Weg nach Hause findet. Es ist eine kurze Strecke und man muss nur dreimal abbiegen.

Trotzdem bin ich sehr froh, als ich ihn endlich eingeholt habe.

Sobald ich neben ihm auftauche, wird Atlas langsamer und läuft in seiner üblichen Geschwindigkeit weiter.

Schweigend gehen wir nebeneinander.

Irgendwann greift er nach einem der Beutel. Ohne ein Wort überlasse ich ihm die Tasche. Und ohne ein Wort kommen wir zu Hause an.

Etwas später schlägt Atlas vor, gemeinsam eine Vorspeise zuzubereiten. Ich bin total froh, dass er sein Schweigen bricht und etwas mit mir machen möchte. Und dann auch noch etwas, das mit Kochen zu tun hat.

Wir stöbern durch Vorrats- und Kühlschrank und finden alle Zutaten für einen Bulgursalat mit süßem Gemüse.

Ich zeige Atlas, wie man Datteln und Gemüse in Streifen

schneidet und sie dann karamellisiert. So wie Lee es mir gezeigt hat.

»Du bist sehr talentiert«, lobe ich den Kleinen.

Er nickt. »Vielleicht werde ich Koch.«

Ich bin ganz gerührt. Obwohl Atlas große Probleme hat, Gefühle zu erkennen, sie selbst zu fühlen oder darüber zu reden, obwohl er klare Regeln und konkrete Absprachen braucht, obwohl er so besonders ist und es sicher einige gibt, die nichts mit ihm anfangen können, weiß er sehr genau, was er kann und was er weiß.

Das gelingt vielen anderen nicht. Nicht einmal, wenn sie erwachsen sind.

Oder vielleicht gerade dann nicht mehr.

Ich beschließe, von jetzt an öfter mit Atlas zu kochen.

Als wir mit allem fertig sind, haben wir beide richtig großen Hunger.

»Wir könnten jeder eine Portion essen«, sagt Atlas.

Begeistert nehme ich seinen Vorschlag an.

»Schmeckt wirklich sehr gut«, sagt er, als wir vor unseren Tellern sitzen.

Am Ende ist in der Servierschüssel nur noch ein kläglicher Rest, den wir begutachten. Atlas neutral wie immer, ich etwas bekümmert.

»Mam hat nicht gesagt, dass wir etwas kochen sollen«, meint er.

»Dann erwartet sie das ja auch nicht.«

»So sieht es nicht gut aus für Gäste. Es ist kaum noch was übrig«, sagt Atlas.

»Eigentlich können wir das auch noch aufessen«, sage ich und verberge ein erleichtertes Grinsen.

Atlas nickt.

Wir teilen uns die letzten Gabeln des Salats.

Ich hoffe so sehr, dass zwischen uns alles wieder gut ist.

Als Carey nach Hause kommt, räumen wir das vordere Zimmer auf, decken den großen Tisch, bereiten in der Küche die Snacks vor und richten das Essen vom Vietnamesen in Schüsseln an.

Ehe ich michs versehe, dämmert es draußen und die Gäste stehen vor der Tür. Ich habe gerade noch Zeit, mein schmutziges Shirt gegen einen sauberen Pulli einzutauschen und mir die Hände zu waschen.

Carey wollte die Party für mich ausrichten und hat in ihrem Bekanntenkreis nach Menschen in meinem Alter gefahndet. Darum begrüßen wir ein siebzehnjähriges Mädchen, ihren achtzehnjährigen Bruder und einen neunzehnjährigen Jungen. Außerdem ist noch Careys Freundin Olivia mit ihrem Sohn da. Atlas und er verschwinden oben im Zimmer.

Es herrscht sofort eine fröhliche und gelöste Stimmung.

Die Geschwister heißen Lian und Tom. Der Junge Will. Sie sind wirklich nett, fragen mich nach Deutschland und Europa aus, als käme ich aus dem Land all ihrer Träume und Hoffnungen.

»Viele Australier leiden irgendwann am Inselkoller«, erklärt mir Will. »Mindestens einmal im Leben müssen sie darum sehr lange, sehr weit weggehen, um danach mit einem guten Gefühl zurückkommen zu können.«

»Obwohl diese Insel ein ganzer Kontinent ist?«, frage ich ungläubig.

Will zuckt mit den Schultern und grinst. »Ab vom Schuss ist ab vom Schuss.«

Und manche kommen genau darum hierher, denke ich und erwidere möglichst unbefangen seinen Blick.

Will sieht gut aus. Das blonde Haar liegt genau richtig, quasi kunstvoll verwuschelt. Die blauen Augen strahlen. Pulli und Hose sind teure Marken und stehen ihm gut.

Als er zur Tür hereinkam, wollte ich ihn erst nicht mögen. Zu sehr erinnerte er mich an die Jungs auf den gesellschaftlichen Empfängen, zu denen mich meine Eltern mitschleppten. Freundlich, aufmerksam, wohlerzogen. Mit einem steten Lächeln, das perfekte Zähne freigibt. Aber sonst nichts. Will hätte meinen Eltern sehr gut gefallen. Allein das wäre Grund genug, ihn furchtbar zu finden.

Aus Versehen stellte ich mich ihm als Charlotte vor.

Aber Will ist wirklich sehr charmant und richtig witzig. Nach nur wenigen Minuten gebe ich auf und gestehe mir ein, dass er mir gut gefällt.

Außerdem vermittelt er mir den Eindruck, eine spannende und liebenswerte Frau zu sein. Er fragt viel und hört meinen Antworten zu, als würden die ihn wirklich interessieren. Wenn er mich anschaut, scheint er mich auch tatsächlich zu sehen. Seine Komplimente klingen echt. Ich fühle mich richtig gut und irritierend schön in seiner Nähe. Er gibt mir ein wohliges Gefühl. So etwas wie Sicherheit.

Dabei wollte ich doch so etwas gar nicht mehr brauchen.

Aber das ist eben nicht einfach. Ich bin zwar schon in meinem neuen Leben anwesend, aber noch nicht ganz angekommen. Neues ist aufregend, es kann aber auch sehr verunsichern.

Will ist wie ein wunderschönes Echo aus meinem alten Leben. Wie etwas, mit dem ich mich auskenne und an das ich mich gerne erinnere.

Ich möchte ihn wiedersehen.

Und weil Will Will ist, traue ich mich auch, das am Ende des Abends zu ihm zu sagen.

»Sehr gerne«, antwortet er und umarmt mich zum Abschied.

Ich rieche sein Aftershave. Es duftet so angenehm, dass ich meine Nase gerne länger an seinem Hals ruhen lassen möchte.

Will löst sich von mir, holt sein Smartphone hervor und fragt nach meiner Nummer.

»Oh, sorry, ich habe keine.«

»Keine was?«, fragt er erstaunt.

»Keine Nummer.«

»Oh klar, du musst dir erst eine australische Karte besorgen.«

»Eigentlich muss ich mir erst mal ein neues Smartphone besorgen.«

»Ach, das habe ich ja ganz vergessen!«, ruft Carey und springt auf.

Sie holt ihre Tasche und zieht ein originalverpacktes Handy draus hervor.

»Es ist nur ein ganz billiges«, entschuldigt sie sich und drückt es mir in die Hand. »Aber so ganz ohne, das finde ich einfach nicht gut. Du musst für mich erreichbar sein.« Sie lächelt mich an. »Nicht nur, wenn du mit Atlas unterwegs bist.«

»Danke«, murmle ich gerührt. Es klingt fast wie ein Schluchzen.

»Darf ich?«, fragt Will und hält die Hand auf.

Wieder denke ich, dass er sehr schöne Hände mit gepflegten Nägeln hat. Als würde er zur Maniküre gehen. Vielleicht tut er das ja sogar. Warum auch nicht.

In wenigen Augenblicken hat er die neue Karte aktiviert und seine Nummer eingespeichert. Dann gibt er mir das Telefon zurück.

»Ich bin dein einziger Kontakt. Das gefällt mir irgendwie. Kann das so bleiben?«

Er lächelt mich an und ich lächle zurück.

Doch als ich später im Bett liege, frage ich mich, was mit mir eigentlich los ist.

Habe ich mich gestern Abend tatsächlich von Josh küssen lassen wollen und nur vierundzwanzig Stunden später mit Will geflirtet?

Ich spüre tiefer in mich hinein.

Gibt es irgendetwas, das ich ändern muss, das anders sein sollte?

Aber auch wenn ich vielleicht noch nicht genau weiß, wer diese neue Charly eigentlich ist, die letzten Tage waren genau das, was ich brauche. Mit all den Hochs und Tiefs. Echtes unkontrolliertes wunderbares Leben eben.

6. Tag *(Samstag)*

Weil es Samstag und Carey zu Hause ist, habe ich Gelegenheit, etwas in Ordnung zu bringen. Etwas, das mir unter den Nägeln brennt. Nein, nicht unter den Nägeln, sondern im Herzen, und das auch noch lichterloh.

Gleich nach dem gemeinsamen Frühstück verabschiede ich mich und gehe allein in den Park.

Eigentlich renne ich in den Park.

Völlig außer Atem komme ich dort an. Zum Glück kann ich Josh nicht entdecken. Denn was würde er über ein Mädchen mit hochrotem Kopf denken, das vor Atemlosigkeit nur noch stammeln könnte?

Dass du ihn gerne sehen möchtest.

Dass es dir leidtut, weil du gestern nicht wie versprochen hier warst.

Es ist ganz einfach.

Nein, das ist es nicht und Josh sowieso nicht da.

Ich setze mich auf eine Bank und beobachte die Wiese.

»Bitte, bitte komm«, flüstere ich wie ein Mantra vor mich hin.

Eigentlich ist es um diese Zeit zu früh. Am Nachmittag sind viel mehr Leute im Park unterwegs. Wenn ich mit Musik Geld verdienen wollte, käme ich später.

Vielleicht tut Josh das ja normalerweise auch.

Vielleicht muss ich stundenlang warten.

Vielleicht sogar umsonst, weil er heute ganz woanders spielt.

Ich kann nicht aufhören, diese Gedanken in meinem Kopf umherzuwälzen. Und als Josh dann tatsächlich mit der Gitarre auf dem Rücken und dem Skateboard unter den Füßen angerollt kommt, springe ich beinahe jubelnd auf.

Das ist gelogen.

Ich springe nicht nur beinahe jubelnd auf. Ich renne ihm sogar laut rufend entgegen.

»Es tut mir so leid!«

Josh kann sich ein Grinsen nicht verkneifen.

Dann stehe ich vor ihm.

Grün, grün, grün sind alle meine Kleider.

»Alles cool. Kein Stress«, sagt er.

Ich will schon erleichtert auflachen.

Da spüre ich den Stich. Im zweiten Moment verletzen mich seine Worte.

Ist es ihm denn echt egal, dass ich gestern nicht hergekommen bin?

Aber dann sitze ich neben ihm auf der Wiese. Und er spielt und singt. Viele Leute bleiben stehen. Manche länger, andere werfen nur im Vorbeigehen etwas in den Becher. Egal, was einer gibt, einen Schein, eine Münze, ein Lächeln oder Applaus, Josh senkt jedes Mal den Kopf um einige Zentimeter. Dankend. Entspannt. Gelassen.

Als wäre er eigentlich nur dafür da, sie zu erfreuen.

Als wäre der Becher nebensächlich.

Doch das ist er nicht.

Ich habe ihm dabei zugesehen, wie er ihn aufstellte. So sorgfältig. Wie er sich dabei auf die Lippen biss. Als sei es wichtig. So richtig wichtig.

Ich habe auch die Schatten im Tanggrün bemerkt, die er

jedoch schnell mit einem Grinsen verjagte, als sich unsere Blicke trafen.

Manche der Songs kenne ich. Die singe ich leise mit. Josh quittiert das mit einem Lächeln, das mich glücklich macht und die Schatten vergessen lässt.

Irgendwann verklingt der letzte Akkord.

Es ist schade, dass dieser Moment vergangen ist.

Es ist schön, dass wir uns gleich allein haben werden.

Doch meine Vorfreude ist unbegründet.

»Ich muss leider sofort weg«, sagt Josh und verstaut den Becher mit dem gesammelten Geld in seinem Rucksack.

Er tut so, als täte er das achtlos, aber ich sehe den Blick, den er hineinwirft. Das Stirnrunzeln, als zählte er nach. Dann ein kurzes Zucken wie vor Freude.

»Es ist mehr als sonst. Das habe ich dir zu verdanken. Danke.«

»Keine Ursache«, sage ich leise.

Ich weiß, dass das traurig klingt.

Das soll es auch.

Er wirft mir einen prüfenden Blick zu, hockt sich dann vor mich, greift nach meinen Händen. Ich versuche, nicht zu atmen, will ihn nicht riechen, seine Nähe nicht spüren.

Aber eigentlich will ich nur nicht, dass er geht.

Ich will, dass wir noch zusammen hierbleiben.

Ich will, dass er mich küsst.

Außerdem kann man sowieso nicht so lange die Luft anhalten.

»Hey, nicht traurig sein.«

»Warum sollte ich traurig sein?«, schnappe ich.

Josh grinst. Und da muss ich zurückgrinsen. Gegen das funkelnde Grün und die tanzenden Sommersprossen auf seiner Nase habe ich einfach keine Chance.

»Lass uns Nummern tauschen, dann machen wir was aus und unternehmen etwas richtig Schönes zusammen.«

Das eben war richtig schön, denke ich und nicke.

Eine Minute später habe ich die dritte Nummer in meinen Kontakten.

Als ich nach Hause komme, summe ich noch immer Joshs Lieder.

Die Sonne scheint von einem knallblauen Himmel. Das Grau hat sich endgültig verzogen.

Carey und Atlas sitzen hinterm Haus im Garten unter dem großen magischen Baum. Atlas zeichnet. Carey hat den Laptop auf dem Schoß.

»Du arbeitest auch samstags«, stelle ich fest.

»Als Selbstständige arbeite ich fast immer.«

»Was machst du eigentlich genau?«, frage ich.

Ich setze mich zu den beiden, nehme mir von der selbst gemachten Limonade, die auf dem Gartentisch steht.

»Ich entwickle Konzepte, wie man mit Sozialprojekten so viel verdienen kann, dass sie sich selbst tragen. Ich bin ein sogenannter Social Entrepreneur.«

Ich schaue sie verblüfft an. »Das klingt ja großartig. Ich wusste gar nicht, dass es so etwas gibt.«

Carey nickt. »Du meinst, soziale, nicht gewinnorientierte Unternehmen?«

Ich nicke und komme mir sehr blöd vor.

»Ich habe bisher nicht nur in einem goldenen Käfig gelebt, sondern auch in einer totalen Blase. In keiner Seifenblase, sondern in einer schwarzen aus Öl, aus der man nicht einmal herausschauen konnte. Ich meine, meine einzigen Freunde waren unsere thailändische Köchin, die kaum Deutsch spricht, und ein Klavier.«

Mir kommen die Tränen.

Himmel, das ist aber auch traurig.

Da sehe ich Careys Mundwinkel zucken. Und plötzlich brechen wir in lautes Gelächter aus.

»Sorry. Ich wollte nicht lachen, aber ich muss mir solche Sachen immer gleich als Cartoon vorstellen«, kichert sie.

»Ist schon okay, es klingt ja auch wirklich zu komisch.«

»Nein«, lässt sich da Atlas vernehmen. »Das hört sich an, als wäre dieses kleine Mädchen sehr allein.«

Dieses kleine Mädchen bin ich, denke ich.

Nein, das stimmt nicht.

Nicht mehr.

Dieses kleine Mädchen war ich.

»Sagen wir, es ist tragisch-komisch. Eben so wie das ganze Leben«, sagt Carey.

Ich liege gemütlich auf dem Bett und lese, als das Telefon plingt. Im selben Moment stolpert mein Herz und Joshs Gesicht erscheint vor meinem inneren Auge. Aber als ich die Nachricht öffne, ist es Will, der fragt, was ich gerade mache.

Während wir chatten, habe ich sein Lachen im Ohr und den Duft seine Aftershaves in der Nase. Auf meinem Gesicht spüre ich ein breites Lächeln.

Da klopft Atlas an meine Zimmertür.

»Herein, wenn's kein Schneider ist!«, rufe ich.

Es dauert einen Moment, dann wird die Tür aufgestoßen.

»Ich bin kein Schneider, das weißt du doch«, sagt Atlas. »Warum darf kein Schneider hereinkommen.«

»Man sagt das so bei uns in Deutschland. Also, ältere Menschen sagen das. Aber ich weiß auch nicht, warum. Und ich glaube, die alten Leute auch nicht.«

Omi hat es immer gerufen, wenn ich an ihre Heimtür geklopft habe.

»Warum sagt man es dann, wenn man nicht weiß, warum man es sagt.«

»Das ist eine sehr gute Frage.«

Atlas bleibt in der offenen Tür stehen und blickt mich an.

»Ähm, eine sehr gute Frage, die ich aber leider nicht beantworten kann.«

Atlas nickt. »Ich weiß schon, dass ihr Erwachsenen nicht alle Fragen beantworten könnt. Aber das ist okay.«

Ich klopfe neben mir auf das Bett. Atlas kommt aber nicht zu mir, sondern setzt sich etwas steif ans Fußende.

»Ich habe mir etwas überlegt«, sagt er.

»Oh, eine Idee! Wie aufregend.«

»Hast du gewusst, dass du sehr gut singen kannst. Ich habe das gehört, als du vorhin zurückgekommen bist. Du warst im Park. Und du hast Josh getroffen.«

Ich nicke. Er hat recht. Mit allem.

Ja, ich war im Park.

Ja, ich habe Josh getroffen.

Oh ja, oh ja.

Mit einem Anflug schlechten Gewissens lege ich mein Smartphone zur Seite, ohne Wills letzte Nachricht gelesen zu haben.

»Ja, ich kann gut singen. Ich hatte unzählige Gesangsstunden.«

Atlas nickt, als hätte er das bereits gewusst. »Du hast kein Geld. Ich weiß aber, dass jeder Geld braucht. Du passt auf mich auf und dafür darfst du bei uns essen und schlafen. Und die Keksdose ist für unsere Ausflüge. Aber wenn du allein weggehst, hast du nichts.«

»Das stimmt.«

Ich habe so eine Ahnung, worauf er hinauswill.

»Wir können morgen zum Strand fahren. Zusammen mit Josh. Am Strand sind die Touristen. Die geben mehr Geld. Josh kann spielen und du singst. Wenn ich auch mit dabei bin, geben die Leute sogar noch mehr.«

Er schaut mich mit diesen tiefen dunklen Augen an. Seine blonden Locken kringeln sich im Nacken. Er sieht aus wie ein wunderschöner, sehr ernster Engel. Ich starre ihn an.

»Was sagst du dazu.«

»Ich weiß nicht«, murmle ich. »Die Idee ist nicht schlecht, aber das klingt, als würde ich dich ausnutzen. Außerdem braucht Josh das Geld für sich.«

Atlas schüttelt den Kopf. »Es ist eine sehr gute Idee. Ihr braucht beide Geld. Touristen geben gerne etwas, wenn sie dafür etwas bekommen, das ihnen gefällt. Ihr beide singt gut. Ich sehe niedlich aus. Das weiß ich, weil es viele Leute zu mir sagen. Leute mögen es, wenn jemand niedlich ist. Wir kriegen viel mehr zusammen, wenn wir zu dritt an den Strand fahren. Dann könnt ihr das Geld teilen, wenn Josh es teilen will. Aber vielleicht will er das auch nicht.«

Ich bin völlig baff, auch wenn ich nicht kapiere, warum Josh das Geld nicht teilen wollen würde. Er scheint es allerdings dringender zu brauchen als ich.

»Du hast schon ziemlich viel von der Welt verstanden«, sage ich.

Atlas nickt. »Ja. Vielleicht werde ich kein Gelehrter und auch kein Koch, sondern ein Ideenentwickler.«

»Wie deine Mama. Ideenentwickler, um anderen zu helfen. Das ist wirklich ein ganz toller Beruf.«

Atlas deutet auf mein neues Handy. »Hast du Joshs Nummer.«

»Ja.«

»Dann schreibe ihm jetzt. Wir können gleich morgen zum Strand fahren. Morgen habe ich Zeit. Es ist Sonntag, dann sind viele Leute da. Es wird schönes Wetter.«

»Du hast dir das schon alles genau überlegt«, stelle ich fest.

Atlas nickt.

Ich nehme mein Handy, ignoriere die noch immer ungelesene Nachricht von Will und schreibe Josh.

Meine Finger zittern und mein Magen flattert. Wenn Atlas wüsste, was das gerade für mich bedeutet.

»Hast du geschrieben, dass es meine Idee war«, fragt er.

»Mhm.«

»Das ist gut.«

Ich drücke auf Senden.

Atlas wartet.

Genauso wie ich.

Nein, bestimmt nicht genauso.

Ich fühle mich fast krank vor Aufregung.

Wer weiß, ob und wann Josh antwortet.

Und ob er morgen überhaupt Zeit hat.

»Es geht nicht schneller, wenn man die ganze Zeit auf das Telefon guckt.«

Ich schrecke bei Atlas' Worten richtig zusammen. Wir haben einige Minuten schweigend gewartet.

»Ich weiß«, murmle ich.

Im selben Moment leuchtet das Display auf.

Will.

Dinner heute Abend?

Ich schaue auf und erhasche Atlas' unbewegten Blick.

»Was schreibt er?«

»Das war Will, nicht Josh.« Meine Stimme ist ganz heiser. Als würde ich einen Fehltritt gestehen.

In dem Moment kommt Joshs Antwort.

Super Idee. Treffen wir uns um elf an der Skatebowl in Bondi?

»Wir haben morgen um elf Uhr eine Verabredung«, sage ich zu Atlas und habe Mühe, dabei nicht in Juchzen auszubrechen.

»Was ist mit deiner Stimme«, fragt er.

»Nichts. Warum fragst du?«

»Sie zittert so komisch.«

»Oh, ich hatte nur einen Frosch im Hals.«

Er guckt mich eine Weile schweigend an. Dann nickt er.

»Da war nicht wirklich ein lebendiger Frosch.«

»Nein«, versichere ich schnell. »Auch das sagt man nur so.«

»Das ist gut«, sagt er und rutscht von meiner Matratze. »Ich nehme morgen mein Buch mit. Dann kann ich aufschreiben, wie viel die Leute geben. Jetzt male ich das Schneebild fertig.«

Supergerne. Aber nicht heute Abend, antworte ich Will.

Morgen?

Übermorgen.

Großartig. Ich freue mich.

Ich mich auch.

7. Tag *(Sonntag)*

Josh ist noch nicht da«, stellt Atlas fest.

Es sind viele Menschen am Strand. Jogger, Surfer, Skater. Familien mit Kindern jeden Alters. Junge Leute, alte Leute. Sie erfreuen sich an diesem Sommertag im Winter. Sie spazieren den Coastal Walk entlang, liegen im Sand, schwimmen in den Wellen, treiben Sport, essen Fish and Chips oder sitzen in den Cafés in Bondi.

Alle lächeln.

Alle außer Atlas und mir.

Wir sitzen auf einer kleinen Mauer in der Nähe des Skateparks. Von der Straße führen Wege über die Wiese an der Bowl vorbei und an den Strand.

Dass Josh noch nicht da ist, habe ich sofort erkannt. Quasi schon aus dem Busfenster heraus. Kein Josh. Nicht in der Bowl, überhaupt gar nicht im Skatepark. Auch nicht daneben im Gras. Nirgendwo sein Board oder seine Gitarre, die er abgelegt hat, weil er sich vielleicht schnell etwas zu trinken holt. Josh ist nicht in Bondi. Ich kann seine Anwesenheit nicht spüren.

Mein Herz hängt fest. Zwischen tiefer Enttäuschung und euphorischer Hoffnung.

Das ist doch verrückt.

Ich sitze an einem der schönsten Strände der Welt und bin nicht so glücklich, wie ich es sein müsste.

Man nimmt sich eben immer mit. Egal, wo man hingeht. Mit all seiner Unsicherheit, seinen Verletzungen, seinen Ängsten.

Andererseits bedeutet das auch, dass man überall glücklich sein könnte. Es liegt also gar nicht am Ort. Jedenfalls nicht nur. Jetzt, wo ich beschlossen habe, glücklich zu werden, stelle ich fest, wie schwer das sein kann.

Trotzdem ist es hier natürlich superschön.

Ich weiß, dass ich mich mit meinen Gedanken abzulenken versuche. Darum denke ich sie langsam und sehr genau. Quasi Wort für Wort.

»Da ist er«, sagt Atlas völlig unaufgeregt.

Ich fahre zusammen. Wie jedes Mal, wenn wir gemeinsam länger geschwiegen haben und er dann plötzlich etwas sagt.

Vor allem so etwas Weltbewegendes.

Josh kommt mit der Gitarre auf dem Rücken auf seinem Board den Weg hinuntergesaust. Erst unmittelbar vor uns bremst er ab.

»Sorry, hab mich verspätet.«

Als hätten wir das nicht gemerkt.

»Schön, dass du da bist«, sage ich und versuche, mein Herz zu beruhigen, das klopft, als wolle es alle jemals verpassten Schläge auf einmal nachholen.

»Ich muss nur kurz zu Atem kommen, dann können wir loslegen.«

Er ist also auch außer Atem.

Genau wie ich.

Ich habe komplett die Kontrolle über mein Gesicht verloren. Irgendjemand hat meine Mundwinkel hinter meine Ohren geklemmt.

»Bist du bis hierhergeskatet«, fragt Atlas, wie immer ohne Fragezeichen. »Aus Redfern.«

»Yep«, bestätigt Josh und holt eine Flasche Wasser aus seinem Rucksack.

Atlas nickt, als hätte er sich das gedacht.

Mir ist es vor mir selber peinlich, dass ich für einen Augenblick geglaubt habe, Josh wäre meinetwegen außer Atem. Und nicht, weil er gerade zehn Kilometer auf dem Skateboard zurückgelegt hat.

»Für eine schöne Frau tun wir Männer alles, nicht wahr Kumpel?«, feixt Josh und will mit Atlas abschlagen.

Der reagiert aber gar nicht auf die erhobene Hand.

»Ich bin nicht dein Kumpel«, sagt er stattdessen. »Ich bin hier, damit Charly ihr Geld wiederbekommt.«

Beinahe muss ich lachen. Achttausend Dollar? Mit ein paar Stunden Straßenmusik?

Ich erwarte eigentlich irgendeine Frage von Josh. Was denn für Geld?, beispielsweise. Da sehe ich, dass Joshs Grinsen gefriert. Nur eine kurze Sekunde lang. Danach hat er sein Gesicht wieder unter Kontrolle. Hatte er etwa gehofft, das gesammelte Geld für sich behalten zu können?

Das würde nicht zu ihm passen. Aber plötzlich ahne ich, dass Joshs unbeschwertes Lächeln vielleicht manchmal eine Lüge ist. Dass es dann nur die Sonne ist, die die Schatten im Tang ausleuchtet und seine Augen zum Funkeln bringt. Josh ist nicht nur der nette, fröhliche Typ. Er scheint etwas auf den Schultern zu tragen. Etwas sehr, sehr Schweres.

Und dafür liebe ich ihn noch mehr.

Moment mal. Liebe? Wie komme ich denn auf Liebe? Ich kenne diesen Jungen kaum.

Aber ich fühle mich ihm einfach so unglaublich nahe.

Mir doch egal, ab wann man offiziell von Liebe sprechen darf. Oder ob man sich zuvor wenigstens einmal geküsst haben müsste.

Außerdem gibt es ja immer noch die gute alte Liebe auf den ersten Blick. Und wenn alle Leute davon reden, dann muss die auch irgendwer mal erleben.

Voilà.

Und während ich das alles denke und fühle, kristallisiert sich dazwischen ein ganz anderer Gedanke in meinem Kopf heraus. Denn was Atlas zu Josh gesagt hat, war wirklich ziemlich heftig.

Klar, er nimmt es immer sehr genau und es stimmt natürlich, dass Atlas und Josh keine Kumpels sind. Aber da war etwas in seinem Ton, das beinahe ein Unterton hätte sein können. Obwohl Atlas Untertöne gar nicht kann.

Und vorgestern ist er einfach weggelaufen, als ich kurz zu Josh wollte.

Hat Atlas etwa ein Problem mit ihm?

Erkennt er irgendetwas in ihm, das ich nicht sehe?

»Okay. Verstanden.« Josh überbrückt die unangenehme Stille, die sich zwischen uns ausgebreitet hat. »Bringen wir die Leute zum Weinen.«

»Werden sie mehr geben, wenn sie weinen«, fragt Atlas.

Josh nickt.

»Das ist gut«, sagt Atlas.

Josh spielt und singt einfach drauflos.

Wenn ich einen Song kenne, stimme ich mit ein. Wir haben keine Playlist, sprechen uns nicht ab. Josh hat schon gestern kapiert, dass es eher klassischer Soul und Folk sind, in denen ich mich auskenne. Also wählt er aus diesem Repertoire.

Wir sind gut.

Richtig gut.

Als würden wir schon immer zusammen singen, zusammen sein, zusammengehören.

Das hier bedeutet mir so viel mehr, als sich zu küssen.

Obwohl die Küsse, die ich bisher bekam, wirklich kein Maßstab sein sollten.

Ich zwinge mich, Josh nicht ständig auf den Mund zu starren.

Die Leute bleiben stehen, lächeln, hören zu, singen leise mit.

Josh hat heute keinen Becher aufgestellt, sondern seinen Hut vor uns gelegt. Der füllt sich. Atlas sitzt direkt daneben im Schneidersitz. Er hat sein Buch auf den Knien und den Stift gezückt. Jede Münze, die im Hut klimpert, jeden Schein, der hineinflattert, notiert er.

Wenn er mit dem gespendeten Betrag einverstanden ist, nickt er. Wenn nicht, schaut er auf und den Spender an.

»Das ist nicht viel. Wahrscheinlich haben Sie selbst kein Geld. Danke, dass Sie uns trotzdem etwas abgeben«, sagt er dann.

Oder er fragt. »Gefällt Ihnen die Musik nicht.« Wie immer ohne Fragezeichen.

Die Menschen sehen ihn, hören ihn. Sie geben mehr, als sie vielleicht wollten, und sie lächeln dabei. Atlas hatte recht. Er ist niedlich und Menschen lieben niedliche Kinder. Vor allem, wenn diese dabei einen so ernsten Gesichtsausdruck tragen. Sie halten ihn für eifrig bei der guten Sache. Für süß und ulkig. Sie sehen ihn so, wie sie ihn sehen wollen.

Ich beobachte ihn und möchte ihn am liebsten ganz fest an mich drücken.

Aber weil ich ihn inzwischen wirklich liebgewonnen habe, werde ich das niemals tun.

Irgendwann sehe ich aus den Augenwinkeln zwei Cops auf uns zulaufen. Carey hat uns versichert, es sei in Ordnung, am Strand zu spielen und Geld zu sammeln.

Darum verstehe ich Josh nicht.

Abrupt unterbricht er sein Spiel, schnappt sein Board und haut einfach ab.

Die Menschen ziehen weiter. Für sie bedeutet es nichts.

Atlas nimmt den gut gefüllten Hut an sich.

Die beiden Polizisten wollen gar nichts von uns. Sie essen ein Eis und laufen vorbei.

Von einer Minute auf die andere sitzen Atlas und ich wieder allein auf der Mauer.

»Das war ja seltsam«, sage ich total perplex und sehe mich um, ob ich Josh irgendwo entdecke.

Er wird sicher gleich wiederkommen.

Oder?

Atlas schaut mich an.

»Warum«, fragt er.

»Na ja, weil Josh einfach abgehauen ist. Als wäre er vor den Cops auf der Flucht.« Ich mache eine hilflose Geste mit der Hand.

»Ist er doch auch.«

Ich muss lachen. Als hätte Atlas einen Witz gemacht.

»Weil er ein Dieb ist«, fährt er jedoch fort.

»Ein Dieb? Warum sagst du so was?«

»Weil es die Wahrheit ist«, sagt Atlas. »Josh ist doch der Skater, der dir dein Geld gestohlen hat.«

Noch Stunden später, als wir längst wieder zu Hause sind, drehen sich all meine Gedanken unaufhörlich um diesen Satz. Ich bin fassungslos. Sprachlos. Und komme mir regelrecht blöde vor.

Vielleicht habe ich es geahnt, aber einfach nicht wahrhaben wollen.

Ja, ich habe den Skater nur von hinten gesehen. Und ja, es gibt viele Skater, die sich ähneln. Zumindest von hinten.

Aber nur Josh bewegt sich wie Josh.

Als mir das hätte klar werden müssen, war ich schon verloren. Da hatte ich mich bereits in ihn verliebt. Und Liebe macht bekanntlich blind.

Darum trifft mich der Verrat jetzt doppelt.

Dreifach.

Tausendfach.

Denn Josh wiederum wusste die ganze Zeit, dass ich diejenige bin, die er bestohlen hat.

Und er wusste, dass es nicht nur einfach mein Portemonnaie war, sondern dass es meine gesamte Reisekasse gewesen sein musste.

Als wäre das nicht genug, beklaut er mich einfach weiter.

Meine Zeit. Meine Gedanken.

Und wenn Atlas mir nicht die Wahrheit gesagt hätte, ganz sicher auch mein Herz.

Ich bin unfassbar wütend.

Ich will ihn nie, nie wiedersehen.

Genau das schreibe ich ihm.

Dann lösche ich seine Nummer.

Zumindest beinahe.

8. Tag *(Montag)*

Am nächsten Morgen wache ich viel zu früh auf. Ich kuschele mich unter meine Decke und presse die Augen fest zusammen. Doch an ein weiteres kleines Nickerchen ist nicht zu denken. Ich bin voll im Grübelmodus und hin- und hergerissen. Zwischen maßloser Wut und unglücklicher Verliebtheit.

Das Problem ist nicht, dass irgendetwas zwischen Josh und mir passiert ist und ich deshalb einen weiteren Grund für meine Enttäuschung hätte.

Im Gegenteil. Gar nichts ist bisher passiert.

Das Gefühl, ihn zu kennen, ihm nahe und in ihn verliebt zu sein, ist nur meine eigene Sache.

Was war denn schon dabei?

Wir haben zweimal miteinander gesungen.

Sonst nichts.

Ich grabe mein Kopf ins Kissen. Deswegen kann ich ihm keinen Vorwurf machen. Er hat mir keine falschen Versprechungen gemacht. Meine Erwartungen waren mal wieder meine eigenen Wünsche.

Dass Musik mein Leben ist, kann er nicht wissen und nirgendwo auf der Welt gilt gemeinsames Singen als Eheversprechen. Und falls doch, dann wüsste ich es nicht.

Josh ist nicht schuldig. Jedenfalls nicht in diesem Punkt.

Aber er hat mich bestohlen.

Und er hat mich belogen.

Er weiß, dass er mir alles nahm, was ich hatte. Und er muss doch denken, dass ich wegen der achttausend echt verzweifelt sein muss. Wer wäre das nicht? Normalerweise.

Und trotzdem lächelt er mich an.

Was ist das denn für ein Mensch?

Mein Telefon plingt.

Mein Herz rast.

Es ist Will.

Oh.

Wie schön.

Ich hoffe nicht, dass es die Wut auf Josh ist, die mich schließlich wirklich über seine Nachricht freuen lässt.

Was hältst du vom Botanischen Garten?

Sehr viel.

In zwei Stunden? Dort?

Gerne. Ich komme aber zu zweit.

Wir werden Spaß haben.

Und dann dämmert mir, dass ich uns schon wieder verabredet habe, ohne es vorher mit Atlas abzusprechen. Ich hoffe, dass er gerne in den Botanischen Garten geht.

»Um Himmels willen, ist alles okay, meine Liebe?«, fragt Carey, als ich die Stiege runterkomme. Sie sitzt mit dem Laptop am Frühstückstisch.

Verdammt. Ich habe ewig im Bad gebraucht und heute tatsächlich heimlich Careys Mascara ausprobiert. Eigentlich fand ich, dass es gar nicht so schlecht aussieht.

»Du bist zu Hause«, stelle ich überflüssigerweise fest. Ich bin darüber einerseits froh, andererseits streift mich ein Hauch schlechten Gewissens. Zwar kommt Atlas morgens allein gut zurecht, aber ich habe viel zu lange im Bad herumgetrödelt.

»Homeoffice«, meint Carey achselzuckend.

»Sehe ich so furchtbar aus?«, frage ich.

»Oh nein, Liebes, ganz im Gegenteil. Du hast dich sehr hübsch zurechtgemacht.«

»Es ist dein Mascara«, gebe ich zerknirscht zu.

Carey lacht. »Das ist okay.«

»Danke«, murmle ich, setze mich und habe überhaupt gar keinen Hunger.

»Du siehst wirklich hübsch aus«, wiederholt Carey. »Aber du guckst, als wolltest du jemanden umbringen.«

»Bestimmt Josh«, sagt Atlas, ohne von seinem Frühstück aufzusehen.

Carey schaut irritiert zwischen ihm und mir hin und her.

»Ich dachte, ihr hättet gestern einen schönen Tag am Strand gehabt? Und dreiundachtzig Dollar sind ja auch nicht zu verachten.«

»Pah!«, rutscht es mir heraus.

»Wer von euch beiden erzählt mir die Geschichte denn nun mal am Stück?«, fragt sie.

Gestern bin ich kommentarlos in meinem Zimmer verschwunden.

Ich wollte nicht reden.

Nun deute ich ergeben auf Atlas. Ich habe immer noch keine Worte für die ganze Sache.

»Josh kam zu spät. Dann haben wir Musik gemacht. Und die Leute fanden es sehr gut. Als die Polizei kam, ist Josh abgehauen. Weil er vor einer Woche Charlys Geld gestohlen hat«, erzählt Atlas.

Verrückt, zweiunddreißig Worte, um meine absolute Katastrophe zu beschreiben.

Dass Atlas nicht erzählt, dass ich mich in Josh verliebt habe, ist logisch. Erstens weiß er das nicht. Und zweitens lohnt es sich nicht im Geringsten, darüber auch nur ein Sterbenswörtchen zu verlieren.

Carey klappt ihren Laptop zu und schaut in meine Richtung. Sie bemüht sich, ihr Mitleid zu verbergen. Es gelingt ihr nicht besonders gut, aber ich weiß es zu schätzen.

»Darum hast du nicht mehr mit mir geredet, nachdem wir Josh im Park spielen sahen«, sage ich zu Atlas.

Er nickt.

Und darum ist dir die Mine abgebrochen und du musstest dein Schneebild zerreißen, denke ich.

»Das war auch der Grund, warum du ihn vorgestern nicht im Park treffen wolltest.«

Atlas nickt ein weiteres Mal. »Ich weiß nicht, wie man einen Dieb behandelt.«

Beinahe muss ich bitter auflachen. »Das weiß ich auch nicht.«

»Ich dachte, du hast ihm verziehen. Darum fand ich es eine gute Idee, wenn Josh dir dabei hilft, das Geld wieder zurückzuverdienen.«

»Das war eine tolle Idee«, versichere ich ihm.

Er kann ja nicht wissen, dass wir dafür etwa hundert weitere Mal am Strand spielen müssten.

»Du hast ihn aber gar nicht erkannt«, stellt Atlas fest.

»Nein«, seufze ich.

»Möchtest du ihn anzeigen?«, mischt sich Carey ein.

Ich schüttele vehement den Kopf.

»Wie viel Geld war es denn eigentlich?«, fragt sie.

Ich winke ab. »Das Geld ist wirklich egal«, flüstere ich mit belegter Stimme.

»Du hast dich in ihn verliebt«, stellt Carey fest.

Ich fühle, wie mir die Tränen hochschießen, und kann sie nicht hinunterschlucken.

Hilflos nicke ich.

Sie steht auf und nimmt mich in die Arme.

»Mein Liebes«, sagt sie leise und drückt mich an sich.

Es fühlt sich so gut an, dass sie da ist und mich tröstet. Nach der Umarmung geht es mir wieder besser. Aber der Mascara ist natürlich hin.

»Du siehst aus wie ein Panda«, sagt Atlas.

»Ich sollte mich am besten gar nicht schminken.« Hilflos wische ich mir mit einer Serviette die Augen ab und versuche, das Thema zu wechseln. »Ich habe uns übrigens mit Will im Botanischen Garten verabredet. Ich hoffe, du magst es dort.«

Atlas sieht mich aus großen Augen an und schüttelt den Kopf. Heftiger als sonst.

»Es gibt da riesige Spinnen. Die mag ich nicht«, sagt er.

»Dann werden wir da natürlich nicht hingehen«, murmle ich und eine große Erleichterung erfüllt mich.

Ich schreibe Will.

Es tut mir wirklich leid. Es geht mir heute nicht besonders. Lass uns das verschieben. Beides. Den Botanischen Garten und das Dinner bitte auch.

So gewieft ist auch Charly nicht, dass sie mit Liebeskummer wegen eines anderen eine Tagesverabredung und ein abendliches Date durchstehen würde.

Will wäre nicht Will, wenn er nicht verständnisvoll reagieren würde.

Das hatte ich mir schon gedacht.

Es berührt mich trotzdem.

15. Tag *(Montag)*

Ich fahre mit dem Bus zum Circular Quay an der Sydney Bucht.

Obwohl ich seit zwei Wochen hier bin, habe ich diesen Touristenhotspot noch nicht besucht. Und darum auch nicht die Oper, die auf der rechten Spitze der Bucht thront.

Dafür habe ich noch einmal von vorn begonnen.

Sydney ohne Josh.

Es hat beinahe funktioniert.

Fast glaube ich mir selbst, dass ich nicht mehr an ihn denke.

Manchmal jedenfalls.

Nachdem die erste Woche hier unten sich anfühlte wie eine kleine Ewigkeit, verflog die zweite im Nu.

Atlas und Carey sind mir weiter ans Herz gewachsen. Inzwischen fühle ich mich wie ein Teil ihrer kleinen Familie. Eigentlich kann ich mir ein Leben ohne sie gar nicht mehr richtig vorstellen. Ich wusste genau, was ich bisher vermisste. Aber wie groß mein Bedürfnis nach echter Zugehörigkeit war, überrascht mich.

Die Fünf-Stunden-Regel existiert nur noch als Absprache aus früheren E-Mails. Im Prinzip verbringen Atlas und ich jeden Tag gemeinsam von morgens bis nachmittags. Danach sind wir zu dritt. Carey schlug anfangs noch vor, dass ich mich mit Lian und Tom verabreden könnte. Ich wusste erst gar nicht, wen sie meinte. Bis mir die Dinnerparty wieder einfiel, zu der ja nicht nur Will gekommen war. Am Ende blieb ich aber jeden Abend zu Hause. Eingeigelt in einer kleinen Blase, in der ich mich wohlfühlte. Weil der Rest draußen blieb.

Josh hat sich nicht wieder gemeldet. Natürlich nicht. Ich habe ihm deutlich zu verstehen gegeben, dass ich ihn nicht wiedersehen möchte. Es gibt keine offenen Fragen. Er weiß, was los ist. Was er getan hat.

Aber ich hätte ihm gerne mehr bedeutet.

Trotz allem.

Wie töricht.

Atlas und ich waren kein einziges Mal mehr im Redfern Park. Und zum Einkaufen laufen wir den langen Weg ins Surry Hills Shopping Center.

Dafür haben Will und ich jeden Tag gechattet. Und heute bin ich bereit. Bereit, ihn zu treffen und mich ganz und gar auf eine Begegnung mit ihm einzulassen. Vor allem nach dem Wochenende, das Atlas bei seinem Vater verbrachte. Carey war ebenfalls verabredet und ich hatte viel zu viel Zeit mit mir allein. Niemals hätte ich geglaubt, wie schmerzhaft ich meinen Flügel vermissen würde.

Oder eine Gitarre.

Ich steige aus dem Bus. Am Circular Quay wimmelt es von Menschen. Sie laufen geschäftig zwischen den Buslinien und Fähren hin und her. Dazwischen bummelnde Touristen. Verkäufer mit bunt bemalten Bumerangs aus Plastik oder wahrscheinlich gefälschten Traumbildern der Aboriginals. Ein Didgeridoospieler. Drei jugendliche Aboriginals, die dazu breakdancen. Essensstände. Einlaufende Fähren, die Familien mit quengelnden kleinen Kindern aus dem Taronga Zoo zurückbringen.

Auch wenn ich das Bunte und Lebendige mag, fühle ich mich

etwas fehl am Platz. Menschenmengen sind einfach nicht so mein Ding.

Ich kämpfe mich auf die rechte Seite der Bucht und laufe an teuren Geschäften und eleganten Restaurants vorbei bis ganz nach vorn.

Die berühmten breiten Stufen. Die ungewöhnlichen strahlend weißen Dächer, die an sich öffnende Muscheln erinnern. Herausragende Architektur, aber vor allem der Inbegriff von Musik.

Ich schlucke.

Das Opernhaus.

Endlich.

In meinem Zimmer in Deutschland hängt ein Bild davon. Eine teure Fotografie in einem edlen Rahmen. Mein Vater hat sie mir zu meinem dreizehnten Geburtstag geschenkt. Sie sollte mich jeden Tag an meine Ziele erinnern. Ziele, nicht Träume. Dabei waren sie das. Die Ziele meines Vaters waren meine Träume. Viele Jahre lang.

Ich kämpfe mit Tränen, von denen ich nicht will, dass sie aufsteigen.

»Da bist du ja«, erklingt Wills Stimme hinter mir.

Ich drehe mich um und stürze in seine Arme. Er hält mich einen Moment lang fest und ich atme den Duft seines Aftershaves. Dann schiebt er mich sacht von sich.

»Mit so einer stürmischen Begrüßung habe ich gar nicht gerechnet. Ist aber sehr schön«, sagt er lächelnd.

Ich kann ihm nur in die blauen Augen schauen.

Er legt die Hände um mein Gesicht und wischt zart die beiden Tränen weg, die meine Wangen hinuntergelaufen sind.

»Alles okay?«

Ich nicke. Obwohl das irgendwie albern ist. Wie kann alles

okay sein, wenn jemand stumm weint? Aber ich weiß, wie er es meint, und dafür mag ich ihn noch mehr.

»Schenkst du mir und der Welt dann dein hübsches Lächeln?«

Ich grinse erst schief, doch daraus wird schnell ein Lächeln. Und das meine ich ernst.

»Danke«, flüstere ich heiser.

»Ich danke dir.«

Dann nimmt er meine Hand.

»Gehen wir?«

Wir treten durch das Gatter des Royal Botanic Gardens.

Nun doch etwas unsicher, schaue ich mich um.

»Atlas hat mich gewarnt, hier gäbe es monströse Spinnen.«

Will lacht.

»Ja. Sie sind riesig und sitzen in furchtbar dicken Netzen.«

Ich schüttele mich und er drückt beruhigend meine Hand.

Auch hier stehen die wundersamen Bäume wie aus Schlangen und Drachenschwänzen gebündelt. Nur größer als im Redfern Park.

»Diese Bäume sind so unglaublich schön.«

»Strangler Fig Trees«, sagt Will. »Mir gefallen sie auch.«

»Und wo sind nun diese Spinnen?«

Um die Feigenbäume herum sehe ich nur Wiese und Rabatten mit rot blühenden Blumen.

»Ich sage dir rechtzeitig Bescheid«, raunt Will. »Ich verspreche dir, wenn dir eine etwas antut, wird sie das mit ihrem Leben bezahlen.«

»Mein edler Ritter«, hauche ich.

»Du wirst mir noch dankbar sein.«

Das bin ich ihm schon. So sehr.

Wir laufen am Wasser entlang in die nächste Bucht. Dann

quer durch den Park. Vorbei an Brunnen, Palmenhäusern, armdickem Bambus, Kräutergärten und Kakteenwäldern.

»Hier ist es superschön«, sage ich immer wieder und komme mir kein bisschen blöd dabei vor.

Will führt mich an seinen Lieblingsstellen vorbei. Wir bleiben auf den großen Wegen. Plaudern. Lachen. Die Sonne scheint und er sieht einfach gut aus in seinen legeren Klamotten, die aber alles andere als billig waren. Ich kenne diese Art von teurem Understatement viel zu gut und fand sie immer lächerlich und arrogant. Doch bei Will macht sie mir nichts aus, weil Will sie nicht zu inszenieren scheint.

Aus dem Augenwinkel bemerke ich halb zugewucherte Pfade, die sich durch riesige Farne und geheimnisvolle Dschungelanpflanzungen winden.

Ohne dass ich es möchte, stelle ich mir vor, wie anders dieser Ausflug mit Josh wäre. Wir würden uns in den Pflanzen verbergen, die geheimsten Plätze entdecken und versuchen, so selten wie möglich den Boden zu berühren. Wir würden uns hinter den betörend riechenden Frangipani küssen. Er würde mir Blüten hinters Ohr stecken. Hibiskus. Hinter das linke.

»Stopp!«

Ich fahre zusammen und bleibe abrupt stehen.

»Noch einen Schritt weiter, dann hat sie dich in ihrem Netz«, warnt Will.

In dem Moment stellt sich mein Fokus um.

Bis gerade bin ich wie blind an seiner Hand durch die Gegend getaumelt. Bin gedanklich abgedriftet, träumte mich in eine völlig alberne und absolut verbotene Szene hinein.

Aber jetzt sehe ich sie.

Adrenalin jagt durch meine Adern.

Mir wird übel.

»Ich verstehe, was Atlas meint«, wispere ich heiser.

Vor mir versperrt ein Spinnennetz den Weg. Die Fäden dick wie Omis Zwirn, mit dem sie meine Strümpfe stopfte, obwohl mir meine Mutter ohnehin ständig neue kaufte.

Oder so dick wie Gitarrensaiten. Ich bin mir sicher, sie würden klingen, versuchte ich, an ihnen zu zupfen.

Im tiefen E.

Aber an Gitarren möchte ich jetzt nicht denken.

Im Zentrum des Netzes hockt eine handtellergroße Spinne. Der Körper kreisrund, fett und silbergrau. Lange schwarze Beine, die geknickten Gelenke gelb. Sie starrt mich aus ihren acht Augen an und knackt mit den Scheren am Mund.

Plötzlich beginnt sie, mit ihrem Netz zu schwingen. Hin und her. Sie kommt meinem Gesicht immer näher.

Endlich kann ich meine innere Starre überwinden und taumle zurück.

»Wolltest du mich nicht vor ihnen retten?«, wende ich mich empört an Will, als ich wieder sprechen kann.

»Das wollte ich. Aber du schienst gar nicht hier zu sein. Meine letzte Frage hast du nicht beantwortet. Ich muss wohl für einen Moment vergessen haben, dass du neben mir läufst.«

Er zieht mich spielerisch an sich und legt seinen Zeigefinger unter mein Kinn. Drückt sanft mein Gesicht nach oben, sodass ich ihm einmal mehr in die Augen schauen muss. »So wie du anscheinend auch.«

»Es tut mir leid«, stammle ich und versinke in blauen Himmeln. »Das wird mir nie wieder passieren. Versprochen.«

Ich meine das ernst. Ganz und gar und aus vollem Herzen. Das klopft, sich überschlägt und mir damit den Atem nimmt. Ich starre auf Wills Mund. Mein Magen krampft sich ein wenig zusammen. Es gibt ihn also doch, diesen Hollywoodmoment.

Mit einem lauten Rascheln landet ein Kookaburra über uns auf einem Ast und beginnt zu rufen. Heiser und dreckig. Wie das Lachen eines alten Mannes. Ich zucke zusammen.

Dann sehe ich, wie in Wills Augen ein Grinsen einzieht. Seine Lippen öffnen sich zu einem Lachen.

Hätten wir in dem Moment nicht über den lärmenden Vogel kichern müssen, dann hätten wir uns geküsst.

Hand in Hand laufen wir weiter.

Ich weiß, dass unser Kuss nur aufgeschoben ist. Und das nicht für lange.

Denn ich möchte Will küssen.

Weil ich mich in ihn verlieben will.

Weil ich mich in ihn verliebe.

Wir verlassen den Botanischen Garten Richtung Wooloomooloo Bay. Wie ein Kai liegt in die Bucht hineingebaut ein sehr langes Gebäude. Finger Wharf. Es ist ein dreistöckiger Bau mit vielen Fenstern. Das tragende Gerüst ist türkis gestrichen. In der unteren Etage reihen sich verschiedene Restaurants aneinander. In den oberen beiden scheinen Appartements zu sein. Drum herum ein massiver hölzerner Steg, an dem einige Boote und Jachten vertäut sind, und jede Menge Wasser. Den Großstadtlärm von Sydney kann man sich hier kaum vorstellen.

»Hast du Hunger?«, fragt Will.

»Ja, das habe ich. Und wie.«

»Ein Mädchen, das isst. Ich bin begeistert.« Dann schaut er mich etwas erschrocken an. »Du isst doch wirklich, oder? Du wirst dir nicht nur einen Salat bestellen und den dann nach Farben auf deinem Teller sortieren?«

»Nein. Ich werde keinen Salat nach Farben sortieren. Ich

werde ihn erst gar nicht bestellen. Ich habe nämlich wirklich Hunger.«

Will bleibt stehen und nimmt nun auch meine andere Hand in die seinen.

»Du bist wirklich großartig, Charlotte.«

Charly, denke ich. Ich bin Charly.

»Du läufst stundenlang mit mir, ohne zu jammern, durch den Botanischen Garten, bleibst beinahe cool bei einem Killerspinnenangriff und nun wirst du auch noch etwas mit mir essen. Vielleicht ist deine Frisur etwas gewöhnungsbedürftig. Aber das wächst sich ja wieder aus.«

Obwohl ich kurz hoffte, das würde der Moment vor unserem ersten Kuss sein, muss ich stattdessen losprusten.

Will hat diese großartige Art, die mir so gut gefällt.

Er bringt mich zum Lachen.

Ist das nicht das Wichtigste, um letztlich glücklich zu sein?

»Ich bin wirklich gerne mit dir zusammen«, sagt Will.

»Ich auch. Mit mir, aber auch mit dir.«

Er grinst mich an. »Wirst du mich eines Tages heiraten?«

»Vielleicht.«

Ich will das verschmitzt und mit Leichtigkeit sagen. Denn ich weiß, dass wir nur herumalbern. Aber plötzlich fühlt sich mein Hals ganz eng an und das Wort will kaum hindurchpassen.

Zum Glück ist es nur eins.

»Du musst natürlich noch die asiatische Prinzessin ausstechen, die meine Eltern für mich ausgesucht haben. Aber das wird dir ohne Weiteres mit deinem Lächeln gelingen.«

Die Tische draußen auf den Holzplanken der Finger Wharf sind kaum besetzt. Mit der frühen Dämmerung wird es schnell kühl. Aber wir haben Jacken dabei. Will dirigiert mich auf die Terrasse eines sehr teuer aussehenden italienischen Restaurants. Ein eilfertiger und dennoch entspannt wirkender Kellner begrüßt ihn mit Namen.

Als wir uns setzen, weiß ich plötzlich, dass Will immer an diesem Tisch sitzt, und das sehr oft.

»Lobster und Rosé?«, fragt er mich.

Ich habe mir zusammengereimt, dass er aus einem Elternhaus mit Geld kommt, aber es scheint dem meinen in nichts nachzustehen. Der Gucci-Schriftzug auf seinem Shirt. Der Kellner, der seinen Namen kennt. Die gestärkten Damasttischdecken, die Weingläser aus Kristallglas. Lobster und Rosé.

»Gerne«, sage ich. Warum eigentlich?

Wills Augen leuchten und in seinen Mundwinkeln hockt ein warmes Lächeln.

Ich habe nicht gewusst, dass das Leben meine alte Welt auch in liebevoll im Angebot hat.

Ich wollte ganz neu anfangen.

Alles aufgeben, was ich kannte.

Ich war bereit, mich auf etwas ganz und gar Neues einzulassen.

Ohne jedes Vorurteil, ohne jede Einschränkung.

Das hat mir Verletzungen und Lügen eingebracht.

Nun bin ich wieder hier. In einer Welt, die ich zu kennen glaubte. Die ich gehasst habe.

Und die plötzlich so anders ist. Weil sie eine Seite hat, die für mich ganz neu und wundervoll ist.

Will.

Wir werden essen und es wird köstlich sein.

Will wird flüssige Butter das Kinn hinablaufen und ich werde sie ihm zart, ganz zart wegwischen.

Ich werde den Wein schon nach dem ersten halben Glas spüren und trotzdem ein zweites trinken.

Ich werde mich in seinen Augen verlieren und albern kichern.

Ich werde nicht mehr damit aufhören können, ihm auf den schönen Mund zu starren.

Wir werden uns küssen und kein Dessert mehr bestellen.

Will wird sechshundertdreißig Dollar bezahlen.

Er wird seinen Arm um meine Hüfte legen, mich ganz sanft mit der Hand ins Innere des Werftgebäudes führen, er wird einen Schlüssel aus seiner Tasche holen, er wird sagen, dass seine Familie ein Appartement im oberen Stockwerk besitzt.

Wir werden uns wieder küssen.

Mir wird schwindelig werden.

Wir werden in diesem eleganten Industriegebäude mitten auf dem Wasser mit Blick auf den Botanischen Garten Sex haben.

Und ich werde sehr glücklich darüber sein.

16. Tag *(Dienstag)*

Es regnet.

Am liebsten würde ich mir die Decke über den Kopf ziehen und einfach im Bett bleiben.

Aber das geht nicht. Ich habe eine Aufgabe. Und Menschen, die sich auf mich verlassen und die ich nicht enttäuschen möchte, weil sie meine Familie geworden sind.

Also schleiche ich wie ein Häufchen Elend die Stiege hinunter. Jetzt nur nicht wegrutschen und die steilen Stufen hinunterfallen. Womöglich auf dem Kopf landen.

Obwohl.

Noch schlimmer könnte der gar nicht schmerzen. Ich habe wohl einen Kater. Ich weiß es nicht genau, denn so etwas hatte ich noch nie.

»Alles okay?«, fragt Carey sofort mit ihrem unglaublichen Gespür.

Das ist es natürlich nicht.

Aber.

Eigentlich doch.

Ich habe ja bloß Kopfschmerzen.

Carey gibt mir eine Schmerztablette.

»Wird es gehen?«, fragt sie und ich nicke.

Denn das wird es.

Ich habe Kopfschmerzen und draußen regnet es.

Aber ansonsten ist alles, alles gut.

»Bedeutet dein Hangover, dass du gestern einen guten oder einen schlechten Tag hattest?«, fragt Carey vorsichtig.

»Ich hatte einen sehr schönen Nachmittag und einen etwas seltsamen Abend. An den ich mich leider nicht mehr ganz genau erinnern kann.«

Carey lächelt. »Als Will dich nach Hause brachte, wirkte er zwar etwas besorgt, aber auch so, als hättet ihr einen sehr netten Abend zusammen verbracht.«

Carey zwinkert mir verschwörerisch zu und ich muss beglückt grinsen.

Mir gefällt es, dass sie alles direkt und ehrlich anspricht.

Mit einem Sohn wie Atlas ist das nicht anders möglich. Man muss aussprechen, was man fühlt und denkt. Atlas kann das nicht selbst erkennen.

Trotzdem muss ich mich noch daran gewöhnen. Bei uns wurde nicht über Gefühle geredet. Als wären die irgendwie ungehörig. Im besten Falle hatte man gar keine.

»Wir waren erst im Botanischen Garten, dann im Ottos –«

Carey pfeift anerkennend.

»Wer ist dieser Will«, fragt Atlas.

»Der Sohn eines alten Schulfreundes«, antwortet Carey. »Er war zu unserer Dinnerparty hier.«

Atlas blickt mich über den Tisch hinweg an. »Wir machen keine Musik mehr mit Josh.«

Ich schüttele den Kopf.

»Dann hast du dein Geld also wieder.«

»Eigentlich nicht. Aber irgendwie schon. Es ist nicht mehr wichtig«, sage ich, obwohl ich weiß, dass Atlas meine Worte sicher verwirren.

Mich selbst ja auch.

Atlas nickt trotzdem und reißt vorsichtig ein Blatt aus seinem

Buch, zerknäult es und wirft es ins Altpapier. »Dann ist das erledigt.«

Ich hoffe auch, dass DAS erledigt ist.

Weil es einfach nicht aufhört zu regnen, bleiben wir zu Hause. Carey geht irgendwann ins Büro. Wir puzzeln. Dann kochen wir zusammen den Lunch. So wie beinahe jeden Tag.

Es macht mich glücklich, meine Begeisterung für das Kochen mit Atlas teilen zu können. Gemeinsam in der Küche stehen, Gemüse schnippeln, Zwiebeln anbraten oder Teig kneten, ist eine Form des Naheseins, wie es sonst mit ihm nicht möglich ist. Und wir fabrizieren wirklich äußerst schmackhafte Gerichte.

Heute soll es ein cremiges Gemüsecurry werden. Ich schneide Knoblauch und eine Chilischote in winzige Stückchen. Atlas reibt mit zwischen die Lippen geklemmter Zunge frischen Ingwer.

Als ich später die Küchenabfälle entsorge, fällt mein Blick auf die zusammengeknüllte Seite im Altpapier. Für Atlas ist das Thema damit komplett erledigt. Er wird nie wieder ein Wort über Josh verlieren. Es wäre großartig, wenn auch ich keinen weiteren Gedanken an ihn verschwenden würde.

Doch so einfach ist das nicht. Immer wieder tauchen seine grünen Augen vor mir auf.

Sein breites Lächeln mit den schiefen Zähnen.

Die Sommersprossen auf seiner Nase.

Seine tiefe Stimme, die manchmal leicht vibriert.

Seine lässige Haltung auf dem Skateboard.

Seine Finger, die Gitarre spielen und schwarze Ränder unter den Nägeln haben.

Aber eben auch die Wut, von ihm so enttäuscht worden zu sein.

Warum kann ich ihn nicht einfach abhaken? Immerhin gab es einen Neubeginn, ich habe inzwischen die Hälfte meiner Zeit in Sydney ohne ihn verbracht. Zeit und Liebe scheinen aber in keiner Relation zueinander zu stehen. Verdammt.

Dabei möchte ich am liebsten nur noch an Will denken.

Den charmanten, klugen, witzigen, wunderbaren Will, mit den hellblauen Augen, den blonden Haaren und dem strahlenden Lachen. An seine weichen Lippen, die mich küssten. Seine Hände, die mich berührten. Seine Haut an meiner und an sein Gewicht auf mir, während er die Arme um mich schlang.

Es gelingt. Natürlich gelingt es. Ich bin in ihn verliebt. Und völlig verwirrt über meine Gefühle. Für beide.

Ich muss aufhören, darüber nachzudenken.

Atlas und mir schmeckt mein Curry jedenfalls großartig.

Als er mich am späten Nachmittag abholt, vergesse ich tatsächlich alle schweren Gedanken und Grübeleien auf der Stelle.

Will.

Will.

Will hat einen Picknickkorb dabei. Im ersten Moment kann ich das kaum glauben.

»Warum lachst du?«, fragt er.

»Weil das alles so ein großes Klischee ist«, sage ich belustigt.

»Ein Klischee?«

»Na klar. Du. Und ich. Vor allem du. Wie wunderbar du bist. Und dann dieser Picknickkorb. Wie in einer romantischen Komödie.«

»Nicht wirklich«, widerspricht Will. »Erstens ist es viel zu kalt für ein richtiges Picknick. Zweitens besteht unser Picknick aus Ginger Beer, Tim Tams und Chips –«

»Oh, Ginger Beer«, entschlüpft es mir.

»Magst du das nicht?«

»Doch, doch«, versichere ich und nehme seine Hand. »Aber was sind Tim Tams?«

»Meine Lieblingskekse.«

Ich drücke seine Hand gegen meine Lippen. Küsse seine Finger. »Das ist sogar noch romantischer als Champagner und Gurkensandwiches.«

»Wie kommst du auf Gurkensandwiches?«

»Keine Ahnung.«

»Niemand mag Gurkensandwiches.«

Wir lachen. Will legt den Arm um meine Hüfte.

»Außerdem gibt es noch drittens, das nur bedingt romantisch ist.«

»Was ist drittens?«

»Lass dich überraschen.«

Wir laufen unsere Straße nach rechts, über die Cleveland und in den Prince Alfred Park. Hier stehen nur am Rand Bäume. Es gibt Basketballfelder, Fitnessparcours, ein Schwimmbad. Viele Jogger und Sportler. Menschen, auf dem Weg zum Bahnhof oder in die Stadt. In der Mitte eine große Rasenfläche. Sie fällt Richtung Downtown ab und man hat einen großartigen Blick auf die sich jetzt nach und nach erleuchtende Skyline und den Sydney Tower.

Wir setzen uns auf eine Bank. Will legt eine mitgebrachte Decke um uns. Sie ist warm, weich und duftet nach frischer Wäsche. Er öffnet den Korb und reicht mir ein Ginger Beer.

»Kein Alkohol mehr für dich«, sagt er leise. »Ich glaube, ich muss ein bisschen auf dich aufpassen.«

Ich kuschele mich vorsichtig an ihn.

Er riecht unglaublich gut.

Besser als die Decke.

»War es gestern so schlimm mit mir?«

»Nun ja. Du bist irgendwann einfach eingeschlafen. Obwohl ich dich gerade geküsst habe.«

Er klingt nicht die Spur beleidigt, sondern belustigt. Und einen Hauch besorgt. Das gefällt mir sehr.

Er gefällt mir sehr.

Und immer besser.

»Lieblingskeks?«, fragt er.

Ich nehme mir einen der mit Schokolade überzogenen und mit Schokolade gefüllten Schokoladenkekse und beiße hinein.

»Das sind Australiens berühmteste Kekse. Jeder Australier liebt sie«, sagt Will.

Ich persönlich finde, Australier können vieles besser, als diese Kekse zu backen. Sie schmecken etwas staubig und vor allem viel zu süß. Das würde ich aber nie laut sagen. Nicht wenn jemand so genüsslich seine Lieblingskekse verschlingt und dabei dermaßen entzückend aussieht wie Will.

»Was ist mit drittens?«, frage ich.

»Schau hoch, sie kommen.«

Der Himmel über uns dämmert. Darunter die Silhouetten unzähliger –

»Was ist das denn? Fledermäuse? Vampire?«

»Flughunde.«

»Oh, das müssen ja Tausende sein! Wo fliegen die alle hin?«

»Sie suchen etwas zu essen.«

Ein eiskalter Schauer läuft mir über den Nacken.

»Etwa Menschen und Tiere? Trinken sie Blut?«

Die Flughunde über uns sind perfekte schwarze Schattenbilder gegen den noch hellen Himmel. Sie flattern und gleiten lautlos, schreien und pfeifen aber hin und wieder durchdringend.

Will lacht leise.

»Ernsthaft? Könntest du dir vorstellen, dass in Sydney Tausende Wesen leben, die tatsächlich Menschen aussaugen?«

Immerhin leben in Sydney auch Tausende Wesen, die mit riesigen Augen und süßen Schnauzen um Rosinenbrot betteln.

»Quatsch, das war doch nur ein Witz«, empöre ich mich ein bisschen.

Will legt den Arm wieder um mich.

»Sie fressen nur Früchte.«

Beruhigt schmiege ich mich fester an ihn und betrachte das unglaubliche Schauspiel über uns.

»Also, ich finde drittens sehr romantisch«, sage ich leise.

Irgendwann beginnen wir, uns zu küssen.

Das ist warm, weich und kribbelt angenehm im Bauch.

Ich weiß noch so wenig über dich, denke ich.

Weil ich noch immer denken kann, weil die Welt seltsamerweise nicht stehen bleibt, wenn Will und ich uns küssen.

Obwohl, ein bisschen weiß ich doch von ihm, denke ich weiter. Will erzählte mir, dass er Bauingenieurwesen studiert und neunzehn Jahre alt ist. Dass seine Schwester Chloe heißt. Dass sein Vater große Baufirmen leitet und seine Mutter Galeristin ist. So weit die Fakten.

Ich weiß inzwischen sogar, dass er Tim Tams liebt. Wo im Botanischen Garten der Bambus steht, in den er als Kind seinen Namen ritzte. Ich weiß, wie sich seine Lippen anfühlen und seine Küsse schmecken. Ich liebe unser Lachen.

Vor allem aber weiß ich, dass er ein guter Mensch ist. Dass ich ihm vertrauen kann und er mir niemals etwas Böses tun würde.

17. Tag *(Mittwoch)*

Am Abend gibt es bei Will eine Party. Besser gesagt ist die Party in seinem Elternhaus. Seine Schwester Chloe hat Geburtstag. Und er hat mich eingeladen. Wir werden das erste Mal gemeinsam in der Öffentlichkeit stehen.

Noch während ich das denke, muss ich lachen. Das ist so sehr meine alte Welt, in der man die normalsten Dinge total kompliziert formuliert. Damit es nur ja keine Ähnlichkeiten zum gemeinen Volk gibt. Oder so.

Also noch mal von vorn. Will und ich gehen heute Abend auf eine Party. Punkt.

Okay, die Party findet bei ihm zu Hause statt und ich lerne seine Schwester und ihre Freunde kennen. Das fühlt sich nicht ganz so normal an, wie ich das gerne hätte.

Im Laufe des Tages steigere ich mich so in meine hibbelige Aufregung, dass Atlas immer wieder von seinem Zeichenbuch aufschaut und mich anblickt.

»Du bist aufgeregt. Das ist anstrengend«, sagt er schließlich.

»Tut mir leid. Aber ich bin so nervös.«

»Warum ist diese Geburtstagsparty für dich aufregend. Es ist nicht dein Geburtstag. Du musst nichts vorbereiten. Du kennst die anderen Leute nicht. Aber dein Freund Will ist bei dir«, sagt Atlas.

»Hach, bei dir hören sich die Dinge so einfach an. Bei mir sind sie das aber nicht.«

»Die Dinge sind immer die Dinge. Sie sind einfach«, sagt Atlas.

Ich starre ihn an.

»Verstehe, die Dinge sind es, aber ich eben nicht. Ich mache sie kompliziert«, sage ich.

Atlas beugt sich wieder über sein Zeichenbuch.

Könnte es sein, dass dieser kleine Kerl in all seiner Besonderheit einer ist, der die Wahrheiten des Lebens in sich trägt und sie verkündet? Dass man ihm nur zuhören müsste, um klarzukommen?

Aber wenn das wirklich so wäre, muss er seine Weisheit der Einfachheit teuer bezahlen.

Obwohl ich mir da plötzlich gar nicht mehr sicher bin.

Vermisst Atlas etwas?

Er weiß ja gar nicht, wie es sich anfühlt, leidenschaftlich zu lieben oder tieftraurig zu sein, sich zu begeistern oder Verzweiflung zu empfinden.

Kann man etwas vermissen, das man nicht kennt?

Würde ich Verzweiflung und Traurigkeit vermissen, wenn ich sie nicht mehr fühlen dürfte, jetzt, da ich sie schon kenne?

Auf keinen Fall.

Oder?

Wären dann Hoffnung, Freude und Glück dasselbe, weil man keinen Vergleich mehr hätte?

Nutzt sich tägliches Glück ab?

Jeden Tag Schokoladenmoussetorte zu essen, könnte ich jedenfalls nicht aushalten. Nicht mal die mit Krokantknusper.

Ich blicke auf den süßen blonden Lockenkopf vor mir, auf die Kinderhand, die den Bleistift wie immer viel zu fest umklammert.

»Was zeichnest du?«, frage ich ihn.

»Schnee.«

»Ah. Noch ein Schneebild.«

»Hast du gewusst, dass die Menschen in Schottland vierhunderteinundzwanzig Wörter für Schnee kennen. Dann kann ich auch zwei Schneebilder malen.«

»Auf alle Fälle«, sage ich. »Sogar drei, wenn du magst. Oder vier.«

Was kommt nach den Zahlen bis zur Million und den Schneeflocken?

Wassertropfen.

Sandkörner.

Sterne.

»Was zeichnest du nach dem Schnee?«

»Das zeichne ich dann. Jetzt zeichne ich Schnee.«

»Ich weiß nicht, was ich anziehen soll«, schimpfe ich vor mich hin. »Ich habe überhaupt kein schönes Kleid dabei.«

Natürlich nicht. Ich wollte ja nie wieder ein Kleid anziehen. Schon gar kein schönes.

Aber nun habe ich alle möglichen Kombinationen meiner Klamotten durchprobiert und nichts zum Anziehen für die Party.

»Komm mit«, sagt Carey.

Sie steht in meiner Tür und winkt mir. Ich folge ihr in das Schlafzimmer. Zielsicher greift sie ein Kleid von der Kleiderstange. Hält es vor mich, kneift ein Auge zusammen und legt den Kopf schief.

»Als würdest du ein Kunstwerk begutachten«, sage ich lachend.

»Das tue ich ja auch«, sagt Carey verschmitzt. »Es dürfte etwas zu groß für dich sein, aber das fällt bei dem Schnitt nicht sehr auf.«

Sie reicht mir das schmal geschnittene schwarze Kleid aus Seide. Ich probiere es an. Carey schlingt noch ein Tuch um meine Taille.

»Perfekt«, meint sie.

Das finde ich auch.

»Du kannst übrigens gerne über Nacht bleiben. Ich bin morgen den ganzen Tag hier.«

»Danke schön.«

Ich umarme sie.

»Achtung, Knitter«, sagt sie lächelnd.

Irgendwas ist immer.

Will hat darauf bestanden, mich abzuholen, obwohl Carey angeboten hatte, mir ein Uber zu spendieren.

Jetzt bin ich froh darüber. Er ist mein Anker und ich kann mich an ihm festhalten, während ich aus seinem Wagen steige.

Außerdem kommen wir so durch die Garage ins Haus und müssen nicht die festlich beleuchteten Treppenstufen zur Haustür hochsteigen, wo einen nicht nur ein Butler, sondern auch eine jubelnde Schar Mädchen begrüßt. Zumindest manche der Gäste. Vor allem die eintreffenden Jungs.

»Gleich erst mal an die Bar«, raune ich Will ins Ohr.

Als wäre es immer so.

»Ja, Mann«, sagt er und lacht.

Wir laufen an einem überbordenden Buffet vorbei voller Garnelen, Lobster, Krebse und Austern auf einer Million Eiswürfeln, voller vietnamesischer Sommerrollen und Canapés aller Arten, unfassbaren Salaten, Käselaiben groß wie Räder, Dips, Chips, Crackern, Brotsticks und Obst und weiter an die Bar.

Will öffnet sich ein Craftbier und deutet auf mindestens fünfzehn verschiedene Karaffen in allen Farben.

»Hausgemachte Limonaden. Welche möchtest du? Thymian-Apfel. Himbeer-Rosmarin. Melone-Minze. Brombeer-Ma –«

»Grün«, rutscht es mir heraus.

Will gluckst. »Du wählst deinen Drink nach Farbe und nicht nach Geschmack?« Er nimmt die Karaffe mit der grünen Limonade. Liest das Etikett. »Grünkohl-Ingwer? Wirklich? Na, dann cheers.«

Ich nicke tapfer. Obwohl ich mich schon jetzt davor grause.

Mit den Getränken in der Hand machen wir uns auf die Suche nach Wills Schwester. Auf dem Weg schnappe ich mir vom Buffet schnell ein kleines Sandwich mit Roastbeef. Der Grünkohl-Ingwer-Geschmack ist wirklich nicht meins. Zumindest nicht als Limonade.

Ich habe aufgehört zu zählen, in wie vielen solcher Villen wie dieser ich schon auf Partys und Dinnern gewesen bin. Sie sehen alle seltsam gleich aus. Teure Möbel, oft antik, dazwischen Designerstücke. Moderne Gemälde an der Wand und zwei, drei andere Kunstwerke auf Sockeln. Man könnte immer und sofort Fotos für ein Hochglanzwohnmagazin machen. Die Häuser unterscheiden sich vielleicht etwas im Stil, aber es gibt ein absolut verbindendes Element – sie sind seelenlos. Alles wirkt inszeniert. Nichts Persönliches liegt herum. Keine eingestaubten Erinnerungen, keine Bücher mit gebrochenem Rücken auf der Fensterbank, kein Notizzettel, kein Fleck auf dem Sofa, kein Glasrand auf dem Sideboard. Diese Villen stellen Kunst, Design, Erbstücke und handgefertigte Möbel aus. Irgendjemand mit Geld und Geschmack oder einem engagierten Inneneinrichter wohnt darin. Dieser Jemand lebt darin aber nicht. Wenn er auszieht, wird das Gebäude mitsamt der Inneneinrichtung verkauft. Als gehörte sie zum Haus und nicht zum Menschen.

Ein Schauer jagt mir über den Rücken. Ich versuche, das

unangenehme Gefühl einfach abzuschütteln. Doch es gelingt nicht so leicht.

Es geht nicht um dich. Du bist dieses Mal nicht das Vorzeigetalent, mahne ich mich in Gedanken. Ich muss nicht lächeln, keinen Knicks machen, keine wichtigen Bekannten oder Geschäftsleute beeindrucken. Ich darf hier einfach ich selbst sein. Charly. Wills neue Freundin.

Die von ihm allerdings Charlotte genannt wird. Und die von allen angestarrt wird.

Die Partygäste sind in unserem Alter und es sind viele. Die Mädchen tragen lange glitzernde Kleider ohne Taille, überlange Perlenketten, Pailletten, Federn im Haar und um den Hals. Die Jungs Anzüge mit Westen, Uhrenketten und hochgeschnittenen Hosen.

»Das ist eine 20er-Jahre-Motto-Party«, stelle ich überrascht fest und rempele Will empört in die Seite. »Warum hast du mir das nicht gesagt?«

Will sieht mich gespielt erschrocken an. »Habe ich nicht?«

Ich schüttele den Kopf. Wie entsetzt fährt er sich durch die Haare, bis ich lachen muss.

»Tut mir leid.« Er schaut dermaßen zerknirscht, dass ich mich zurückhalten muss, ihn nicht sofort zu küssen. »Australier verkleiden sich gerne. Zu allen Gelegenheiten. Aber es fällt bestimmt niemandem auf.«

»Ich bin dir nicht böse, aber du liegst extrem falsch. Alle starren mich an.«

»Das liegt aber nicht an deinem Kleid. Und auch nicht nur an deiner Frisur.«

»Woran liegt es denn dann?«, frage ich irritiert.

Obwohl ich es mir doch hätte denken müssen.

»Weil du mit mir hier bist«, sagt Will leise.

Verdammt, was bin ich für eine Idiotin.

Also, ich habe in gewisser Weise schon darüber nachgedacht. Quasi den ganzen Tag. Aber eben nicht bis zum Ende.

Will ist ein gut aussehender, intelligenter und charmanter Junge aus sehr reichem Elternhaus. Er muss hochbegehrt sein. Welch ein Zufall, dass er gerade Single war, als wir uns trafen.

Unauffällig schaue ich mich genauer um. Die Blicke aus allen Richtungen sind nicht nur neugierig. Sie sind abschätzend, verächtlich, gar hasserfüllt.

Plötzlich habe ich einen Stein im Bauch und einen Kloß im Hals. Ich möchte nur noch nach Hause und mit Carey und Atlas am Abendbrottisch sitzen.

Aber ich hänge an Wills Seite auf dieser Party fest und habe den gesellschaftlichen Skandal bereits im Kopf.

Er war kein Single, sondern Teil des Traumpaars dieser Saison der gesellschaftlichen Events. Der andere Part ein Mädchen, so makellos und klug wie er, ebenfalls aus bestem Haus. Hatte er nicht etwas von einer Prinzessin erzählt? Sie waren abgestimmt in allem. Vergangenheit, Gegenwart und Zukunft. Und in der Farbe ihrer teuren Kaschmirpullis. Die Familien der beiden eng miteinander befreundet. Auf die Hochzeit freute sich schon ganz Sydney.

Und dann kam ich.

Obwohl ich durch meine Herkunft in einer ganz ähnlichen Gesellschaft verkehrte, war zumindest das nie meine Welt. Ich wurde nie auf dem Heiratsmarkt zur Schau gestellt.

Ich spielte Klavier.

Meine gesellschaftlichen Auftritte waren erst die des musizierenden Wunderkindes und dann die der hoffnungsvollen Konzertpianistin.

Ich war nie schön, schillernd oder äußerlich auffallend.

Allerdings bin ich das jetzt.

Letzteres jedenfalls.

Niemand sonst trägt einen Acht-Millimeter-Haarschnitt. Nicht einmal einer der Jungs.

Da steht sie auch schon vor mir. Die Prinzessin.

»Guten Abend, Darling«, haucht sie, beugt sich vor und gibt Will einen Kuss auf den Mund.

Mein Herz stockt.

Dann fällt mir ein, dass sich alle Australier, die sich gut kennen, mit einem Kuss auf den Mund begrüßen.

Aber dauert dieser Kuss nicht etwas zu lange?

Das Mädchen ist perfekt. Alles an ihr ist sorgfältig inszeniert. Ihre langen rotblonden Haare, die graublauen Augen, der Schwanennacken, die schmalen Hände mit Nägeln wie Blütenblätter, der schlanke Körper in einem Paillettenkleid, das bei jeder Bewegung zu fließen scheint.

»Darf ich dir Charlotte vorstellen?«, fragt Will und wendet den Kopf in meine Richtung.

Charly, denke ich.

»Nicht nötig, mein Lieber«, sagt die Schönheit. »Das lohnt doch nicht.«

Sie dreht sich um und entschwindet. Man könnte meinen, sie hätte keine Füße, mit denen sie läuft, sondern als schwebte sie einfach davon.

Eine Sekunde lang hätte ich ihr gerne meine giftgrüne eklige Grünkohl-Ingwer-Suppe ins Gesicht geschüttet.

Doch ich kann mich gerade noch beherrschen. Ich möchte nicht als eifersüchtiges gerupftes deutsches Gänschen dastehen.

Leider habe ich die entsprechende Bewegung aber schon begonnen. Ich leite die Bewegung meines Armes blitzschnell um, aber zu retten ist da nicht mehr viel. Ich leere das Glas über mein eigenes Kleid.

»Um Gottes willen, Charlotte!«, ruft Will aus.

»Ist nicht so schlimm«, lüge ich.

Was für ein furchtbarer Abend!

Aber nun ist mein Kleid hinüber, eine gute Gelegenheit, schnell nach Hause zu verschwinden.

»Zeigst du mir bitte das Bad, damit ich mich sauber machen kann?«, bitte ich.

»Natürlich«, murmelt Will.

Er nimmt sanft meinen Arm und führt mich geschickt durch die Gäste. Ich sehe und spüre ihre feixenden Blicke.

»Ich weiß, sie kann eine richtige Bitch sein. Aber wieso hast du –?«, raunt Will mir zu, während er uns freundlich nickend einen Weg bahnt.

»Oh, nein, ich habe gar nicht«, versichere ich etwas zu heftig. »Das war ein Unfall. Mir war kurz schwindelig.«

Was rede ich denn da? Warum kann ich nicht ehrlich zu ihm sein? Dass ich verletzt und unsicher bin, mich hier nicht wohlfühle, dass die Blicke der anderen mir wehtun.

Obwohl mir tatsächlich kurz schwindelig war.

Vor Eifersucht.

Vor Wut.

Und dann vor Scham.

Im Licht des Badezimmers wird deutlich, dass ich mit dem Kleid nicht mehr herumlaufen kann. Die zarte Seide ist nicht gerade grün, aber klatschnass. Sie klebt an meinem Körper wie eine zweite Haut.

Aus Wills Gesicht verschwindet derweil die Verwirrung und ein Lächeln zieht ein.

»Das ist sehr, sehr sexy, aber ich glaube, das geht so nicht«, sagt er mit heiserer Stimme. »Darf ich dir beim Ausziehen behilflich sein?«

Zwar hält er mich mit seinen Händen etwas auf Abstand, damit ich nicht auch noch seinen Anzug beschmutze, aber er küsst mich. Ziemlich leidenschaftlich.

»Ich glaube, das Ausziehen ist kein Problem«, erwidere ich in seine Küsse hinein. »Aber was ziehe ich danach wieder an?«

»Wie wäre es hiermit?«, fragt Will und nimmt etwas von einem Haken an der Wand.

»Ein rosa Pelzbademantel?«

»Er hat eine sexy Kapuze mit Katzenohren«, sagt Will.

Wir müssen lachen. Dann löst er sich von mir.

»Nein, warte hier. Ich suche Chloe und frage, ob sie dir eines ihrer Kleider leiht.«

Als Will verschwunden ist, ziehe ich Careys Kleid aus. Ich hoffe, dass es nicht verdorben ist, sondern eine Reinigung es wieder hinkriegt.

Zum Glück verfüge ich über das unglaubliche Vermögen von dreiundachtzig Dollar.

Auch wenn ich jetzt nicht darüber nachdenken will, warum ich das besitze.

Schlimm genug, dass ich diese grüne Gemüse-Limonade gewählt habe.

Ich weiß nicht, wie lange ich warte. Es kommt mir wie eine Ewigkeit vor. Leider kann ich Will keine Nachricht schicken. Das Handy habe ich in meiner Jacke gelassen und die liegt in seinem Auto.

Es hat schon mindestens fünf Mal gegen die Badezimmertür

geklopft. Ich weiß, dass das nicht das einzige Bad ist und auch nicht das für die Gäste. Ich fahre trotzdem jedes Mal zusammen und habe ein schlechtes Gewissen, weil ich das Klo blockiere.

Ich möchte hier wirklich, wirklich raus.

Aber bis auf den pelzigen Bademantel mit Katzenöhrchen in knalligem Schweinchenrosa gibt es kein weiteres Kleidungsstück.

Schließlich dauert es mir echt zu lange.

Außerdem ist mir plötzlich alles egal.

Es stimmt doch sowieso nichts.

Weder bin ich passend gekleidet noch aufregend schön, vielversprechend aufstrebend oder sonst wie interessant. Niemand hat mich an der Seite des begehrten Will erwartet. Ganz im Gegenteil. Niemand will mich dort sehen.

Mich.

Charly. Und nicht Charlotte.

Mit geschorenem Kopf.

Und einer Barschaft von dreiundachtzig Dollar minus der Reinigung eines Seidenkleides.

Dafür ohne jede Idee, wie und wo mein Leben nach den drei Monaten bei Carey und Atlas weitergehen soll.

Seit einigen Minuten in einen schweinchenrosa Plüschbademantel mit Katzenohrkapuze gehüllt, in dem ich die Treppe hinunterlaufe.

Mit durchschlagendem Erfolg.

Alles verstummt. Selbst die Musik.

Obwohl das nur ein Zufall sein kann. Der mich jedoch komplett verunsichert.

Anstatt wie geplant auf direktem Weg zurück in den Keller und von dort in die Garage zu Wills Auto zu laufen, drehe ich am Fuß der Treppe ab und marschiere ins Wohnzimmer. Hinein in die Menge, die mich anstarrt und sich vor mir teilt, als sei ich das erwachsene Pflegekind einer Pharaonentochter.

In einer Zimmerflucht steht ein Klavier.

Das ist mir vorhin aufgefallen.

Klaviere haben mir immer schon das Leben gerettet.

Auch wenn ich ohne meine Begabung, ohne den Ehrgeiz meiner Eltern und ohne die widrigen Umstände des Geldes vielleicht gar nicht erst hätte gerettet werden müssen.

Wie hypnotisiert laufe ich darauf zu.

Klappe den Deckel auf.

Richte noch einmal die Kapuze mit den Katzenöhrchen auf meinem Kopf.

Und spiele.

Später liegen wir auf Wills Bett.

Nebeneinander.

Unsere Hände ineinander verschlungen.

»Du hast sie alle umgehauen«, sagt er das gefühlt hundertste Mal.

»Nicht ich. Mein Spiel«, erwidere ich.

»Das war nicht nur dein Spiel. Das war deine Seele.« Wills Stimme ist belegt. »Das war einfach der Wahnsinn.«

»Du bist ja nicht zurückgekommen, um mich zu retten. Da musste ich mir irgendwie selbst helfen.«

»Und das hast du getan. Auf ganzer Linie.«

»Zumindest hat mein Spiel sie vergessen lassen, was ich da eigentlich trage.«

Hoffentlich.

Und hoffentlich auch, wer ich bin. Oder was ich tat, als ich mich zwischen ihr Traumpaar drängelte. Zumindest in ihren Augen.

Will lacht. Dann beugt er sich über mich, küsst mich. Und ich küsse ihn.

»Ich wusste schon vorher, dass du witzig bist und wenig auf Konventionen gibst, aber der Bademantel-Auftritt war einfach groß«, raunt er.

Mir gefällt, wie er mich sieht. Obwohl ich nicht weiß, ob ich mich in seinen Worten selbst erkenne.

»Es tut mir wahnsinnig leid, dass ich nicht schneller zu dir zurückgekommen bin. Nein, tut es nicht. Sonst hättest du nicht gespielt. Und zu sagen, dass dein Klavierspiel die anderen nur vergessen ließ, was du trugst, das ist Blasphemie«, flüstert er zwischen unsere Küsse.

»Gotteslästerung? Ist das nicht etwas übertrieben?«

»Auf keinen Fall. Niemals habe ich jemanden so beseelt spielen hören. Und noch nie so gut. Nicht einmal im Opernhaus.«

Er richtet sich etwas auf, damit er mich mit Augen und Händen fixieren kann.

»Sag mir, Charlotte, wer bist du?«

Ich ziehe Will an mich, halte mich an ihm fest wie eine Ertrinkende.

Das wüsste ich auch gerne, denke ich.

18. Tag *(Donnerstag)*

Es ist seltsam, neben einem anderen Menschen aufzuwachen. Ich weiß noch nicht, ob ich das mag.

Der Morgen gehörte sonst immer mir, mir allein. Vor allem diese besonderen Minuten zwischen Traum und Wirklichkeit. Nun muss ich sie mit jemandem teilen.

Allerdings mit dem charmanten Will, der mit zerzausten Haaren und verquollenen Lidern neben mir schläft.

Ich schaue ihn an.

Wie kann ein Mensch nur so hübsch aussehen?

Ich stehle mich aus dem Bett, um kurz im Bad zu verschwinden.

Als ich ins Zimmer zurückkomme, ist Will wach.

»Na, du«, sage ich ein bisschen schüchtern.

»Na, du«, sagt auch er und blinzelt in die Sonne, die zum Fenster hereinscheint.

Es öffnet sich zur Sydneybucht, über die sich die Harbour Bridge spannt. Ich bin von der Aussicht wie gebannt. Segelboote schippern durch das Blau des im Sonnenschein glitzernden Wassers, die weißen Muscheln der Oper winken herüber.

Das ist so großartig, dass man es kaum aushält. Wie kann ein Tag nicht gut werden, wenn er mit dieser Aussicht beginnt?

Ganz plötzlich befürchte ich, dass ich den Beweis antreten könnte, dass das sehr wohl möglich ist.

»Komm wieder her«, nuschelt Will.

Ich verdränge die dunkle Ahnung, reiße mich von der atemberaubenden Aussicht los und krieche zu ihm unter die Decke. Er legt einen Arm um mich, zieht mich eng an sich heran.

Löffelchenstellung. In meinem Bauch beginnen ein Ziehen und Kribbeln.

Und nicht nur dort.

Mir gefällt, was ich spüre.

»Wenn du deinen süßen Hintern weiter so an mich presst, hat das Konsequenzen«, raunt Will.

»Ich liebe Konsequenzen«, schnurre ich und komme mir nur ein klitzekleines bisschen blöd dabei vor.

Das muss man erst mal lernen, was man beim Sex so sagt.

Er küsst meinen Hals, meinen Nacken.

Ich bekomme eine Gänsehaut.

Am ganzen Körper.

Außen und innen.

»Bist du sicher, dass du das willst?«, flüstert Will heiser in mein Ohr.

Das bringt mich aus dem Konzept. Das Atmen fiel mir sowieso schon schwer, aber nun veratme ich mich ganz und gar, was in einem Hustenanfall endet.

Ist es für diese Frage nicht ein bisschen zu spät? Wir haben es doch schon getan.

Wenn auch nicht heute Nacht.

Nach dem skandalträchtigen Abend gestern sind wir völlig erschöpft und eng aneinandergekuschelt einfach eingeschlafen. Erst jetzt merke ich, dass ich mir darüber gar keine Gedanken gemacht habe. Es hat sich so vertraut und selbstverständlich angefühlt.

Aber in der Lobster- und Rosénacht.

Ich kann mich nur leider nicht daran erinnern.

Doch so, wie sich Wills Küsse gerade anfühlen, war es bestimmt sehr schön.

Das hoffe ich zumindest.

Zum Glück halte ich dieses eine Mal den Mund. Plappere nicht drauflos, bevor ich überhaupt nachgedacht habe.

Wir haben nicht miteinander geschlafen, dämmert es mir plötzlich.

In der Wharf ist nichts passiert.

Ich bin nämlich eingeschlafen.

Vorher.

Unfassbare Erleichterung breitet sich in mir aus.

Etwas in mir weigert sich, dem Gedanken nachzugehen, woher die Intensität dieser Erleichterung rühren könnte.

Denn während ich vor mich hin denke, küsst mich Will immer leidenschaftlicher. Wahrscheinlich hält er mein Schweigen für eine Antwort.

Für ein »Ja, ich will«.

Aber das will ich gar nicht.

Nicht mehr.

Ich löse mich aus seinen Armen. Rutsche ein Stück von ihm weg und drehe mich auf den Rücken. Unsicher werfe ich ihm einen Seitenblick zu.

Doch Will ist eben Will und einfach großartig. Er nimmt meine Hand und drückt sie zart.

»Das ist okay«, sagt er leise. »Wir haben alle Zeit der Welt.«

Ich nicke. Obwohl das nicht stimmt. Ende September läuft mein Visum ab. Außerdem –

»Frühstück?«

Ich nicke wieder. Auf einmal habe ich großen Hunger.

Da stiehlt sich das typische Lächeln in Wills Mundwinkel. »Wirst du dabei den Bademantel tragen?«

Chloe leiht mir ein Shirt und eine Jeans. Das tut sie wahrscheinlich ihrem Bruder zuliebe. An ihrem Gesichtsausdruck und ihrem falschen Lächeln erkenne ich, dass sie mich nicht mag.

Sie könnte das schöne Mädchen von gestern Abend sein. Ich bin mir nicht sicher. Heute sieht sie anders aus. Verkatert, müde, ungeschminkt, die Haare zu einem unordentlichen Knoten gebunden. In einem karierten Pyjama.

Sie redet nicht mit mir und will noch immer meinen Namen nicht wissen. Ich frage mich, ob mein Klavierspiel sie beeindruckt hat, ob sie gestern begeistert klatschte. So wie die anderen. Ich suche in ihren Augen nach einem Funken Respekt. Aber die bleiben seltsam leer. Ich hoffe, diese Leere rührt nur vom Kater.

Ich fühle mich nicht nur ihretwegen unbehaglich. Ich glaube mir ja selbst nicht. Diese Rolle als Wills neue Freundin fühlt sich wie eine Lüge an. Auch wenn ich gerade gar nicht weiß, wer die erzählt.

Ich atme tief durch. Keine Ahnung, ob eine erhöhte Sauerstoffzufuhr im Chaos tatsächlich irgendetwas Gutes bewirkt. Zumindest stoppt sie für einen Moment meine Selbstzweifel.

Ich bin Charly. Der wunderbare Will scheint mich wirklich zu mögen. Doch für ihn bin ich Charlotte.

Und das möchte ich nicht mehr sein. Weil Charlotte in einem anderen Leben unglücklich war.

Aber kann man sich selbst verlassen?

Kann man lernen, sich zu lieben, wer auch immer man ist, was auch immer man erlebt hat?

Ich blicke zu Will, der gut gelaunt nach den Autoschlüsseln und meiner Hand greift.

»Gehen wir?«

Ich nicke und versuche, so unbeschwert und leicht zu sein wie er.

Aber irgendetwas ist passiert, seitdem ich weiß, dass wir noch nicht miteinander geschlafen haben.

Als ob eine Tür, von der ich glaubte, dass sie sich geschlossen hätte, mir noch immer offen stünde.

Als gäbe es nicht nur einen Weg, den ich gehen kann.

Als käme ich an eine Gabelung und hätte die freie Wahl.

Rechts oder links?

Und was bedeutet das nun?

Wir fahren nach Paddington und schlendern die Oxford Street entlang. Hand in Hand. Die Sonne scheint. In einem kleinen, sehr schicken Café essen wir Avocadotoast mit pochierten Eiern und knusprigem Bacon.

Dazu trinken wir auf meinen Wunsch hin ein Glas Champagner.

»Kein Alkohol für dich«, wehrte Will zwar erst ab.

»Irgendwann muss ich mich doch mal daran gewöhnen. Außerdem fühlt es sich verwegen und sehr besonders an. Champagner zum Frühstück«, erwiderte ich lachend, meinte es aber gar nicht so.

Stattdessen hoffte ich, dass der Champagner meine Grübeleien und dieses dumpfe Gefühl im Bauch vertreibt. Will hat natürlich recht. Der Alkohol und ich sind bisher kein gutes Team gewesen. Ich dachte, ich hätte Sex mit ihm gehabt, weil ich zu betrunken war, um mich erinnern zu können. Wie furchtbar ist denn so etwas bitte?

Letztlich nippe ich nur am Glas. Der Champagner schmeckt sowieso nicht.

Wenn Will mich anschaut, sind seine Augen noch blauer. Ich

genieße sein unbeschwertes Lachen und wie liebevoll er mit mir umgeht. Es ist absolut verrückt, aber Will scheint tatsächlich in mich verliebt zu sein.

Ich möchte, dass du glücklich bist, denke ich.

Ich fühle mich geborgen bei dir, denke ich.

Darum geht es.

Oder?

Ich weiß noch zu wenig von der Liebe. Und darum auch nicht, ob das hier Liebe werden kann.

Ich bemerke die Blicke der anderen Gäste. Kann ihre Gedanken hören. So ein gut aussehender Mann und dann dieses seltsame Mädchen?

Ich versuche, es zu ignorieren. Die anderen sollten mich nicht interessieren.

Aber es tut weh.

Auf einmal bin ich mir gar nicht mehr sicher, ob die anderen tatsächlich gucken.

Vielleicht glaube ich nur, dass sie uns zweifelnd anschauen, weil ich selbst zweifle.

Ist es das?

Zweifle ich?

In einem netten Laden kauft Will ein Kleid für mich. Ich kann es ihm nicht ausreden.

Es hing im Schaufenster. Als sein Blick darauf fiel, war er spontan begeistert.

»Das ist dein Kleid. Du brauchst eines. Und ich möchte es dir gerne schenken. Keine Widerworte.«

Er küsste mich und zog mich in das Geschäft.

»Sie müssen es zugeben!«, rief er der Verkäuferin entgegen. »Dieses Kleid ist für dieses einmalige Mädchen gemacht.«

Die Verkäuferin lachte. Weil es stimmte oder auch nicht. Das war ihr egal. Sie lachte, weil Will das mit einem macht. Man muss und möchte einfach mit ihm lachen.

Ich ziehe das Kleid an. Es passt.

Will bezahlt achthundertfünfzig Dollar mit Karte. Chloes Klamotten lassen wir einpacken. Das Kleid behalte ich an.

Als wir kurz darauf einen Freund von ihm treffen, höre ich mich sagen: »Ich bin Charlotte.«

Wir gehen zu dritt noch einen Kaffee trinken.

Will findet mich wunderbar und sagt das auch immer wieder.

Wir küssen uns zum Abschied lange vor Careys Häuschen.

Es ist niemand zu Hause. Ich gebe Will einen letzten Kuss in der Tür, steige die Stiege hinauf und lasse mich in meinem neuen Kleid auf das Bett fallen.

Da liege ich und will nichts anderes als schlafen.

Schon bald höre ich unten die Tür erneut aufgehen und Atlas' Schritte auf der Stiege.

Ein Klopfen an meiner Zimmertür.

»Charly, bist du da.«

Und für einen Moment weiß ich das nicht. Die Schritte entfernen sich wieder.

»Wir haben Lemon Meringue Pie von der Breadfern Bakery mitgebracht«, sagt Atlas, als ich schließlich hinunterkomme.

»Hm, das klingt köstlich«, sage ich.

Atlas schaut von seinem Schneebild auf.

Ich kann erkennen, dass es ein neues ist. Nicht an seinem Fortschritt, sondern an der Art, wie es gezeichnet ist. Und das freut mich total. Als hätte ich den Zugang zu einem Geheimcode gefunden.

»Du siehst nicht gut aus«, stellt Atlas fest.

»Das ist ein neues Kleid«, erkläre ich und streiche darüber. »Gefällt es dir nicht?«

»Das Kleid ist sehr schön«, sagt Atlas.

»Oh«, mache ich und fange Careys Blick auf.

Der ist fragend und ein bisschen besorgt.

Himmel, sehe ich wirklich so schlimm aus?

»Also, dein Kleid habe ich bei Will vergessen, Carey, es ist ... also, ich ... ich hole es morgen«, stammle ich.

»Es ist nur ein Kleid«, beschwichtigt Carey.

Endlich setze ich mich zu den beiden an den Tisch.

Mein Kopf ist schwer. Ich habe zu wenig und zu unruhig geschlafen. Nur mal ganz kurz stütze ich ihn auf meine Hände. Ich bin so müde.

Dann gebe ich mir einen Ruck und ziehe den Teller mit dem Pie zu mir heran, den Atlas mir mitgebracht hat.

»Danke schön«, sage ich und esse eine kleine Gabel von der Zitronencreme.

»Wie war es denn gestern?«, traut sich Carey endlich neugierig zu fragen. »Wie findest du das Haus? Es ist großartig, nicht wahr? Ganz schön beeindruckend, fast ein wenig einschüchternd, oder?«

Ich bin froh, dass sie die zweite Frage gleich selbst beantwortet. So muss ich es nicht tun. Ich nicke nur. Dass ich in einem ganz ähnlichen Haus aufgewachsen bin, möchte ich ihr nicht erzählen.

Ich möchte eine von ihnen sein.

»Die Party war ganz okay. Sehr pompös. Das ist nicht so meins. Aber Will ist wunderbar«, füge ich noch hinzu, denn ich weiß, dass sie auf eine Antwort wartet.

»Ja, das ist er.«

Sie klingt zu ernst und ich bemerke ihren besorgten Blick. Sie setzt an, als wolle sie noch etwas sagen. Doch dann schüttelt sie den Kopf.

»Möchtest du mir erzählen, was los ist?«, fragt sie schließlich.

Ich nehme mir eine weitere Gabel von dem süßen Pie.

»Ach, ich weiß auch nicht, was mit mir los ist.«

»Okay«, sagt Carey. »Aber du weißt, dass ich da bin, wenn du reden möchtest.«

»Das ist lieb, danke.«

Ich spüre Atlas' Blick auf mir, schaue auf und lächele ihn an.

Wie immer lächelt er nicht zurück. Ich kann beinahe sehen, wie es hinter seiner Stirn arbeitet.

Dann schüttelt auch er den Kopf und wendet sich wieder dem Schnee zu.

19. Tag *(Freitag)*

Atlas und ich treffen Will an der Fähre. Wir fahren hinüber in den Taronga Zoo. Es war Wills Idee.

Ich kann mich an nur zwei Zoobesuche in meinem bisherigen Leben erinnern und freue mich darauf wie ein kleines Kind.

Im Gegensatz zu Atlas.

»Magst du denn keine Tiere?«, hake ich nach, als wir uns einen Platz auf dem Deck suchen.

»Doch, Tiere sind interessant. Jedes ist anders. Manche sehen sehr schön aus. Manche sind sehr gefährlich.«

»Und warum gehst du dann nicht gerne in den Zoo?«, fragt Will.

»Hast du gewusst, dass rote Riesenkängurus fünfzig Stundenkilometer schnell sind und zehn Meter weit springen können.«

»Verstehe«, sagt Will. »Und im Zoo ist kein Platz dafür.«

Atlas nickt. »Im Zoo sind auch viele Leute. Tiere sind aber lieber ohne Menschen.«

»Du bist sehr klug.« Will scheint Atlas auf Anhieb zu verstehen.

»Ja. Ich kann mir gut Sachen merken. Darum bin ich auch in der Schule der Beste.«

Will und Atlas sitzen nebeneinander. Ernst und aufrecht alle beide. Mit ihren blonden Locken könnten sie Brüder sein. Sie unterhalten sich, als würden sie das schon immer tun. Ich habe gehofft, dass die beiden gut miteinander klarkommen. Nun rührt es mich total, wie achtsam Will mit Atlas umgeht. Ich betrachte ihn unauffällig und möchte ihn küssen.

Als wir gestern Abend noch schrieben und er fragte, ob wir alle zusammen in den Taronga Zoo fahren, wollte ich ihm von Atlas erzählen. Wie besonders er ist. Doch das war gar nicht nötig. Zwar hat Will Atlas nur sehr selten gesehen, aber er wusste einiges über ihn. Immerhin kennen sich Carey und Wills Vater von früher.

Inzwischen hat die Fähre die Bucht halb durchkreuzt.

»Wir können ja gleich mit der nächsten Fähre zurückfahren, wir müssen nicht in den Zoo«, schlage ich vor.

»Hast du schon mal ein Känguru gesehen. Oder einen Koala. Einen Ameisenigel, ein Wombat oder ein Schnabeltier«, fragt Atlas.

Ich schüttele fünfmal den Kopf.

»Dann gehen wir in den Zoo«, bestimmt er.

Will drückt meine Hand. Und als ich mich ihm zuwende, strahlt er und deutet einen Kuss an.

Der Zooeingang liegt oben auf einem Hügel. Von der Fährstation kann man sich mit einer Gondel hinaufbringen lassen. Atlas möchte nicht damit fahren.

»Ich habe sehr starke Beine«, sagt er. Also laufen wir die Straße hoch.

Von oben führen verschiedene Wege durch den Zoo wieder nach unten. Wir marschieren einfach los. Oder besser gesagt, lassen wir uns von Atlas ziehen. Er weiß, wo jedes einzelne Tier sein Gehege hat, und kennt auch die Fakten dazu.

Atlas will keine Flugshow sehen. Er möchte keinen Koala streicheln, keine Selfies an der bronzenen Schimpansenmutter machen, er möchte nicht den Kletterpfad durch die Baumkronen über den Gehegen klettern.

Nach fünfundvierzig Minuten stehen wir wieder an der Fähre.

»Wow, das war Weltrekord«, sagt Will und streicht sich nun doch etwas ratlos durch die Haare.

»Was war Weltrekord«, möchte Atlas wissen.

»Ich bin noch nie so schnell durch den Zoo gerast. Aber ich verstehe, warum er dir nicht gefällt«, sagt Will.

»Hast du alle Tiere gesehen«, fragt mich Atlas.

Ich nicke. Ja, das habe ich.

Ich habe auch allein für mich über die Erdmännchen gelacht, habe ganz sacht durch das Fell eines Koalas auf dem Arm einer Pflegerin gestrichen, habe mich vor einem riesigen Känguru erschreckt, das um eine Ecke gehüpft kam, ich habe mit den Giraffen die Aussicht über die Bucht bestaunt, mit den Schimpansen lustige Gesichter gezogen und heimlich ein Selfie auf einem steinernen Elefanten geschossen.

»Ich habe dir gut zugehört und sehr viel über die Tiere Australiens gelernt«, sage ich leise.

Will drückt meine Hand. Ich schaue ihn an. Und vielleicht ist da eine Traurigkeit in meinem Blick. Denn er zieht mich plötzlich fest in seine Arme, wo ich ganz leise ein Aufschluchzen unterdrücke.

Über zwei verlorene Kindheiten.

»Ich möchte gerne Fish and Chips essen«, sagt Atlas.

»Das machen wir«, sagt Will und schiebt mich sacht aus der Umarmung.

Die Fähre läuft aus.

»Wie war euer Tag?«, fragt Carey, als wir zu einem Nachmittagssnack am Tisch sitzen.

»Charly kennt jetzt die australischen Tiere und wir hatten Fish and Chips«, fasst Atlas unseren Ausflug kurz zusammen.

Carey lächelt ihren Sohn liebevoll an und schaut dann zu mir.

Ich merke, dass sie mir die Traurigkeit aus dem Gesicht liest. Denn die ist immer noch da und wird größer. Carey ist mir inzwischen so vertraut, ich erkenne an ihrem Blick, dass sie irgendwie versteht, warum die da ist.

Obwohl mir das nicht mal selbst so wirklich klar ist. Sie hat zu viele Schichten.

Als Atlas mit seinen großen Schritten durch den Zoo stapfte, nach rechts und links deutend, sein Wissen verkündend, schnitt mir das ins Herz. Drum herum all die Kinder, die staunten, lachten, tobten, spielten, die Ballons trugen und Helme für den Robe Trail.

Und Will, der mich anlächelte und sich mit Atlas unterhielt, ihn für sein Wissen lobte, als wäre alles ganz normal.

Und eigentlich war es das ja auch. Eine Normalität, die in ihrer Besonderheit viel Schönes hat.

Die mich dennoch traurig macht.

Weil ich eben auch mich sehe als kleines Mädchen. Das gerne in den Zoo gegangen wäre, Ballons getragen und Kletterpfade gemeistert hätte.

Wir beide können und konnten das nicht.

Atlas, weil er so ist, wie er ist.

Ich, weil meine Eltern mich nicht ließen.

Dann gibt es noch Kinder, denen das Schicksal nie die Chance dazu gegeben hat. Irgendwoher steigt das Bild eines kleinen sommersprossigen Jungen mit tanggrünen Augen vor mir auf.

Ich bin dankbar und voller Liebe für Will. Weil er so viel versteht. Weil er diesen Tag mit strahlendem Lächeln begleitete.

Ich kapiere allerdings nicht, warum diese blöde Traurigkeit nicht verfliegt.

Warum sie größer zu werden scheint.

Warum die Erinnerung an Wills Küsse nicht hilft.

Ich spüre Careys Blick und sehe Atlas Schneeflocken malen und –

»Moment mal, das sind ja gar keine Schneeflocken. Was zeichnest du denn, Atlas?«

»Vogeleier. Hast du gewusst, dass es über vierzigtausend unterschiedliche Vogeleier gibt. Kleine und große, mit Punkten und Linien oder ohne und in allen Farben.«

»Dann malst du sie später noch mit deinen Buntstiften aus?«, fragt Carey hoffnungsvoll.

Atlas schüttelt den Kopf. »Nein, ich zeichne sie verschieden grau.«

»Das ist auch gut, mein Schatz«, sagt Carey leise.

Atlas hat viele Buntstifte. Sie sind unbenutzt. Er zeichnet ausschließlich in Grau.

»Ich weiß, dass die Welt viele Farben hat. Ich finde Grau gut. Es ist ruhig«, erklärt Atlas.

»Du machst das so, wie es für dich gut ist«, beschwichtigt Carey ihn.

Während wir miteinander reden, zeichnet er unentwegt mit fest umklammertem Stift.

»Habt ihr gewusst, dass ein Straußenei so viel wiegt wie siebentausendfünfhundert Kolibrieier.«

»Das ist ja ein Ding«, murmle ich.

Erst jetzt fällt mir Atlas' gepackte Tasche auf, die neben dem Tisch steht.

»Was macht die Tasche denn da?«, frage ich verwirrt. »Du warst doch erst letztes Wochenende bei deinem Vater?«

»Es gibt ein Fußballturnier.«

»Du spielst Fußball?« Ich bin völlig perplex. Warum wusste ich das nicht? Wir hätten doch längst mal kicken können. Im Redfern Park zum Beispiel. Oder wo auch immer.

Allerdings habe ich im Haus noch keinen Ball entdeckt.

»Nein. Es ist ein Eltern-Kind-Turnier von der Uni.«

»Ach«, mache ich.

Ich bin enttäuscht. Weil ein Wochenende ohne Atlas bedeutet, dass ich eigene Pläne machen muss. Dabei müsste mich das doch freuen. Will und ich könnten die Tage miteinander verbringen. Nur wir zwei.

»Freust du dich auf die Extrazeit mit deinem Papa?«, frage ich, um mich von meinen Gedanken abzulenken.

Atlas schaut nicht auf. »Wir gehen auch wandern. Dad ist sehr klug. Er erklärt mir alles.«

»Professor an der Uni. Er scheint das gesamte Weltwissen im Kopf zu tragen, weiß aber nicht, wo in der Küche das Salz steht«, sagt Carey lachend.

»Ich weiß, wo das Salz steht«, sagt Atlas. »Und Juna. Das ist Dads Lee.« Die letzten Worte richtet er an mich. Ich muss lachen. Während unserer Kochevents habe ich ihm natürlich von Lee erzählt.

»Ein großes Glück, dass er sie hat.« Carey spricht genauso liebevoll von Atlas' Vater wie von ihrem Sohn.

»Ihr versteht euch gut, oder?«, frage ich.

»Ja, wir haben uns immer gut verstanden.« Carey antwortet wie immer ganz offen. »Wir haben Fehler gemacht und schließlich unsere Beziehung beendet. Aber wir werden uns immer auf eine besondere Art lieben.«

Atlas zeichnet das Oval eines sehr großen Eis. Wahrscheinlich das eines Emus. Dann schaut er auf.

»Manchmal ist eine Liebe so groß, dass man nicht zusammen sein kann«, sagt er.

Mir fällt fast mein Glas aus der Hand.

»Das hat mir Dad erklärt«, fügt Atlas hinzu. »Und dass jeder Fehler macht. Und dass das okay ist. Das Wichtigste ist, dass man sich zuhört. Dann kann der eine sich entschuldigen und der andere ihm verzeihen. So geht richtige Liebe.«

Draußen auf der Straße hupt es.

»Dad ist da«, sagt Atlas. »Bis Sonntag.«

Bevor ich reagieren kann, hat er seine Tasche und das Zeichenbuch geschnappt und ist hinausgestürmt.

»Huch«, mache ich überrascht. »Das war ja ein richtiger Gefühlsausbruch.«

Carey räumt unsere Teller zusammen und sieht sichtlich stolz aus. »Er hat heute einen sehr guten Tag.«

Nachdem wir die Küche aufgeräumt haben, verschwindet Carey im Bad. Sie hat eine Verabredung.

So wie ich auch. Will möchte mit mir ins Kino, das hat er mir vorhin geschrieben. Kurz zwickt es, weil er das einfach so bestimmt hat. Aber dann bin ich froh darüber. Ich habe gerade keinen Kopf für eigene Ideen. Ob mit Will oder ohne ihn.

Denn etwas dreht Kreise darin.

Etwas, das Atlas gesagt hat.

Über die große Liebe.

Ich spüre ein Kribbeln im Bauch aufsteigen und weiß im ersten Moment nicht, ob sich das gut oder schrecklich anfühlt. Oder was es bedeutet.

Aber plötzlich will ich in den Park. Ganz unbedingt.

Ich muss mich dort einer Sache stellen. Da ist etwas, das ich seit Tagen zu ignorieren versuche. Das aber in mir hockt und größer und größer und größer wird. Das dieser unfassbaren Traurigkeit in mir hilft zu wachsen. Auch wenn die ganz unterschiedliche Facetten hat.

Zumindest eine davon könnte ich im Park klären.

Hoffentlich.

Kurzerhand schreibe ich Will, sage den Kinobesuch ab und schlüpfe in meine Chucks.

Im Park ist es trubelig wie immer. Spaziergänger, Skater, Jogger, Liebespaare, Kinder, die Opossums füttern. Nicht das, weswegen ich hier bin.

Er ist nicht da.

Auch wenn ich gar nicht weiß, was ich sagen sollte, wenn ich ihn träfe.

Aber das ist sowieso egal. Denn ich treffe ihn nicht.

Josh ist nicht da.

Ich habe seine Nummer noch. Aber ich kann sie nicht wählen. Es geht einfach nicht.

Obwohl es das Wichtigste überhaupt zu sein scheint, Josh wiederzusehen.

Aber er hätte hier sein müssen.

Wenn er es auch gewollt hätte.

In meinem Bauch bildet sich ein schwarzes Loch, in das alles hineingezogen wird und verschwindet.

Am Ende bin ich hohl.

»Du bist so eine Idiotin.«

Ich laufe wieder zurück. Langsam und schleppend. Als könnte hier in den Gassen noch etwas auf mich warten. Als wäre alles möglich, solange ich noch nicht wieder am Haus bin.

Und als ich ein Skateboard hinter mir in der Dunkelheit höre, überschlägt sich mein Herz.

Vor Panik.

Vor Hoffnung.

Die plötzliche Erinnerung an den Überfall lähmt mich.

Die Hoffnung, Josh wiederzusehen, flutet meinen Bauch.

Ich beginne, unkontrolliert zu zittern.

Das Board kommt neben mir zum Stehen.

Die innere Zerrissenheit lässt mich aufschreien.

»Sorry, was für eine Scheißidee, im Dunkeln hinter dir herzufahren«, sagt Josh und springt vom Board.

Und dann reißt er mich in seine Arme.

Meine Beine geben nach und ich stehe nur noch, weil er mich festhält.

»Ist nur eine Übersprungshandlung wegen des Überfalls«, presse ich heraus und halte mich an ihm fest, noch immer zitternd und eingehüllt in seinen Geruch, den ich so sehr vermisst habe.

Josh ist unglaublich dünn, das merke ich jetzt. Er scheint wahnsinnig stark zu sein, aber er ist nicht trainiert wie Will.

Seine Umarmung gibt mir keine Geborgenheit. Sie löst stattdessen ein Ziehen und Pochen in meinem Bauch aus. So intensiv und voller Sehnsucht, dass ich aufschluchzen muss.

»Oh, Mann, ich habe echt nicht nachgedacht. Sorry. Auch noch genau an derselben Stelle«, murmelt er.

Beinahe lache ich wegen der Absurdität der ganzen Sache laut los.

»Erklärst du es mir?«, frage ich. »Warum? Warum hast du mein Geld gestohlen und warum hast du mich angelogen?«

Ich spüre, wie sich sein Körper versteift.

Aber er nickt.

Wir setzen uns auf die Stufen vor Careys Haus.

Unsere Oberschenkel berühren sich, doch er legt weder den Arm um mich noch nimmt er meine Hand.

»Du hast da an der Cafétheke dein fettes Portemonnaie rausgeholt, ich bin direkt hinter dir vorbeigefahren. Es war nicht zu übersehen, dass da verdammt viel Geld drinsteckte, ich habe einfach nicht mehr nachgedacht, sondern ... Ich kann dir nicht sagen, wofür, ehrlich, aber ich brauchte das Geld. Es war ... wichtig. Sehr wichtig. Nicht für mich. ... ich weiß, das klingt bescheuert und ich würde mir selbst auch nicht trauen. Aber mehr kann ich dir nicht sagen. Außer dass das Geld weg ist. Es tut mir leid.«

Ich kann gar nicht sagen, was seine Worte in mir auslösen. Ich kann irgendwie nicht richtig fassen, was er da gerade sagt.

Sagt er überhaupt etwas Genaues?

»Ist okay«, sage ich, völlig überrascht von mir selbst, dass ich ihm einfach so verzeihe.

»Was?« Josh schreit fast. »Wie meinst du das? Es ist okay, dass ich dir achttausend Dollar gerippt habe? Wie kann das okay sein?«

»Es ist nur Geld.« In dem Moment fühle ich es auch.

»Nur Geld? Scheiße. Wie kannst du das sagen? Hast du so viel, dass es keine Rolle für dich spielt?«

Obwohl er seinen Oberschenkel wegzieht, kann ich spüren, wie sehr er zittert. Sein ganzer Körper bebt. Josh ist dermaßen aufgeregt, dass er mir beinahe Angst macht.

Was ist denn hier los?

Er hat mich bestohlen und belogen und jetzt rastet er aus, weil ich ihm verzeihe? Wollte er etwa bestraft werden? Erst mal sühnen, bevor ihm verziehen wird?

Doch als hätte er einen Schalter umgelegt, beruhigt er sich ganz schnell wieder.

»Du musst denken, ich sei total durchgeknallt. Schreie dich an, obwohl ich der Arsch war.«

»Na ja«, murmle ich und schaue ihn vorsichtig von der Seite an.

»Ist nur so verrückt, dass du mir einfach so verzeihst.« Er starrt auf den Boden.

»Finde ich auch. Tue ich aber trotzdem.«

Das ist die Wahrheit. Ich verzeihe ihm nicht nur. Ich bin sogar bereit, ihm zu vertrauen.

Ganz und gar.

Ich brauche nicht einmal eine Erklärung. Nicht mehr. Weder für den Raub noch für die Lüge. Ich bekomme ohnehin keine. Josh schweigt.

In meinem früheren Leben habe ich auf die schmerzliche Tour gelernt, dass Geld nicht für Glück verantwortlich ist. Wenn Josh so verzweifelt war, dass er Geld klauen musste, dann war es bei ihm besser aufgehoben.

Er muss mir also nichts erklären. Als gäbe es da ein inneres Verstehen, das keiner Worte bedarf.

Ein absolutes Vertrauen.

Als wären wir eins.

Was denke ich denn da?

Ich drehe mich zu ihm. Hoffe, dass er endlich meine Hand nimmt. Wünsche mir, dass er mich anschaut, den Arm um mich legt und mich küsst.

Aber Josh starrt weiterhin auf den Boden und presst die Hände zwischen seine Oberschenkel. Er wirkt wie ein gespanntes Drahtseil.

Ich richte mich etwas auf, versuche, das Weiche, das sich gerade in mir ausbreitet, wegzuatmen.

Es gelingt nur halb.

Ich wäre ihm so gerne näher.
Aber Josh hält Distanz.
Innen und außen.
»Wollen wir morgen etwas zusammen unternehmen?«, fragt er unvermittelt.
»Gerne.« Ich seufze es fast.
»Schwimmen in Clovelly?«
»Okay.«

Als Josh viel zu schnell wieder abgedüst ist, nehme ich mein Smartphone heraus. Es hat mehrfach vibriert. Nachrichten von Will, der mir eine gute Nacht und süße Träume wünscht. Er ist nicht sauer. Er akzeptiert, dass ich Gründe hatte.

Will schrieb mir liebe Worte, als ich von Josh geküsst werden wollte.

Das schlechte Gewissen fährt mir dermaßen heftig in den Bauch, dass ich mich beinahe übergeben muss.

20. Tag *(Samstag)*

Er stoppt neben mir, als ich in Clovelly die Straße zum Strand hinunterlaufe.

»Da bist du ja«, sage ich.

Josh grinst nur, lässt sein Board hochspringen und klemmt es unter den Arm. Dann laufen wir stumm nebeneinanderher.

»Sand oder Beton?«, fragt er, als wir am Beach stehen.

»Beton«, sage ich.

Ich liege nicht gerne im Sand.

Sand stört, pikst, knirscht und verklemmt Dinge. Die beiden bisherigen Strandurlaube meines Lebens wurden mir vom ewigen Gezeter meiner Mutter über die Unzulänglichkeit von Strandsand verleidet. Ich verbrachte beide Ferien letztlich neben dem Pool auf der Terracotta-Terrasse der jeweiligen Ferienvilla.

Vielleicht liegt Charly gerne im Sand. Der Gedanke streift mich kurz. Doch ich schiebe ihn weg. Gerade erscheint er mir unfassbar kompliziert.

Der Strand von Clovelly erinnert an ein langes Schwimmbecken. Die Felsen, die diese kleine Bucht umgeben, sind von Beton eingefasst. An der Schmalseite ist ein Stück Sandstrand. Auf der offenen Seite drängen die Wellen des Pazifik herein.

Wir breiten unsere Handtücher vor einer Felswand aus, gegen die wir uns lehnen können.

Ich habe meinen Bikini drunter und ziehe Rock und Pulli aus.

Die Sonnenstrahlen sind warm. Aber der Wind lässt mir eine Gänsehaut wachsen.

Ich weiß, dass ich eine gute Figur habe. Meine Mutter hat darauf geachtet. Gesunde Ernährung und Sport. Ich habe ihre ständige Kontrolle gehasst, aber gerade bin ich ihr zum ersten Mal dankbar dafür. So unsicher ich unter Menschen oft bin, so wohl fühle ich mich in mir selbst. Auch im Bikini.

Ich gucke heimlich, ob Josh guckt.

Tut er nicht.

Er lässt sein Shirt an.

Bisher haben wir kaum etwas gesagt.

Ich frage mich, ob und wann das seltsam wird.

Viele der Stadtstrände haben einen zusätzlichen Pool. Die sind in die Felsen geschlagen wie in Bronze oder türkis gefliest wie der spektakuläre Trainingsort der Bondi Icebergs. Immer sind sie mit dem Salzwasser des Ozeans gefüllt. Hier in Clovelly tummeln sich Kinder darin. Direkt vor uns albern einige Mädchen in Schuluniformen an der hohen Betonkante zum Ozean herum.

»Es sind aber schon noch Ferien, oder?«, frage ich.

»Kann sein.« Josh zuckt mit den Schultern.

Überrascht schaue ich ihn an.

Auf einmal wird mir klar, dass ich gar nichts über ihn weiß. Nicht einmal, wie alt er ist.

»Ich bin schon seit einer Weile raus«, sagt er abwehrend.

»Hab nur wegen der Uniformen gefragt«, erkläre ich schnell.

»Die haben eher nichts mit der Schule zu tun, glaube ich. Ganz im Gegenteil«, sagt er.

Und grinst.

Endlich.

Die Ernsthaftigkeit zwischen uns verunsichert mich so langsam.

Die Mädchen halten sich an den Händen und springen laut kreischend von der Kante ins Meer.

»Verstehe«, sage ich. »Kleine Schulmädchenrevolte.«

Ich schaue den vielleicht Dreizehnjährigen zu, die sich lachend mit Wasser bespritzen und dann klatschnass die Leiter wieder hinaufklettern. Sie sind so unbeschwert und fröhlich. Das versetzt mir einen richtigen Stich. Nicht weil ich es ihnen nicht gönne. Sondern weil ich es selbst nie erlebt habe.

Doch ich möchte so nicht empfinden. Nicht mehr.

»Wie alt bist du eigentlich?«, frage ich.

»Siebzehn.«

»Oha«, entfährt es mir.

Josh ist jünger als ich. Das hätte ich nicht gedacht. Nicht nur, weil er älter aussieht. Er wirkt so unfassbar selbstständig. Ich hatte ihn auf Anfang zwanzig geschätzt.

Ich denke an den Becher, den er aufstellt, wenn er Gitarre spielt. Die achttausend, die er wirklich gebraucht hat. Wozu?

Wie lebt er?

Was macht er?

»Da habe ich mich wohl an eine ältere Frau rangemacht«, unterbricht Josh meine Gedanken.

Das Grün funkelt zwischen seinen langen Wimpern hervor. Wie jedes Mal, wenn ich ihn anschaue, bin ich ganz erschüttert, wie maßlos schön er ist. Schön und echt. So unfassbar echt. Nichts an ihm ist glatt oder oberflächlich. Seine dunklen Haare sind völlig zerzaust, sogar ein wenig verfilzt. Die einen Tick zu breiten Lippen sind zu einem Grinsen verzogen und einer seiner Zähne schimmert dunkler als die anderen. Um seine

Nase herum leuchten die Sommersprossen orange. Intensiver Josh-Geruch steigt mir in die Nase.

Ich möchte ihn so gerne berühren.

»Was ist mit Schwimmen?«, fragt er jedoch.

Ich nicke etwas zu heftig und stehe auf.

Josh holt eine Taucherbrille aus seinem Rucksack.

»Vielleicht haben wir Glück«, sagt er und grinst.

Dann zieht er sein Shirt aus und etwas passiert mit mir. Gefühle fluten mich wie die Wellen die Bucht. Überschlagen sich und verwirbeln alles.

Josh steht nur in Boardshorts vor mir.

Und das sehnsüchtige Ziehen in meinem Bauch steigert sich ins Maßlose.

Ich möchte ihn anfassen und streicheln.

Ich möchte, dass er mich umarmt.

Dass er mich küsst.

Überall.

Er ist tatsächlich sehr dünn. Allerdings viel muskulöser, als ich erwartet hatte, und darum irgendwie noch dünner. Ich glaube, Narben auf seiner Haut zu entdecken. Aber ich bin mir nicht sicher. Denn seine Oberarme, sein Brustkorb und sein Rücken sind komplett tätowiert.

Es sind gute Motive, kunstvoll gestochen. Es überrascht mich, wie sehr sie mir gefallen. Wie sehr mir ein komplett tätowierter Körper gefällt. Tattoos kamen in meinem bisherigen Leben nicht vor.

Aber ich habe den Eindruck, dass diese mehr bedeuten, als sie sind.

Eine zweite Haut.

Schutz.

Abgrenzung.

Als hätte Josh entschieden, nie wieder nackt zu sein.

Und unberührbar.

»Wow!«, bringe ich nur heraus, nachdem ich ihn eine gefühlte Ewigkeit angestarrt habe.

Er wirkt verlegen. Dann grinst er.

»Ein Kumpel von mir ist Tätowierer. Ich bin so was wie sein Skizzenbuch.«

Er rennt unvermittelt los und springt kopfüber ins Wasser. Die Schulmädchen pfeifen ihm nach.

Ich steige Stufe für Stufe die Treppe hinunter. Der Ozean ist kalt. Ich ziehe die Schultern hoch und den Bauch nach innen. Als könnte das wärmen.

Josh taucht wieder auf. Sieht mich und lacht.

»Der einzige Weg, mit kaltem Wasser umzugehen, ist, reinzuspringen!«, ruft er.

Ich springe.

Es stimmt. Wenn man einmal ganz untergetaucht ist, ist es auch nicht mehr kalt.

Josh reicht mir die Taucherbrille.

»Hier gibt es echt viele Fische. Wir baden in einem Aquarium«, sagt er.

Mir ist ein bisschen mulmig. Obwohl es ja nicht so viele Fische gibt, die auf Menschen losgehen oder gerne in Fußzehen beißen. Haie werden sich doch nicht in diese sehr schmale Bucht verirren.

Oder?

Josh lacht.

»Guck nicht so erschrocken. Es ist sehr nett von den Fischen, dass sie ihren Lebensraum mit uns teilen.«

Er taucht ab und ich setze die Brille auf.

Für den Moment kann ich überhaupt nichts mehr sehen,

weil sie von innen beschlägt. Da zieht mir Josh die Brille sanft wieder vom Kopf.

»Du musst vorher reinspucken«, erklärt er.

Er tut genau das und verreibt die Spucke auf dem Glas. Dann spült er die Brille kurz aus und gibt sie mir zurück.

»Jetzt beschlägt sie nicht mehr. Setz sie auf und folge mir. Wir haben tatsächlich Glück.«

»Danke«, sage ich.

Er taucht erneut unter.

Es ist nicht tief. Durch das Glas wirkt der Boden noch näher, als er eigentlich ist. Auch die Fische um uns herum sehen viel größer aus, als sie sind. Jedenfalls hoffe ich das. Es sind wirklich ziemlich viele. Drei verschiedene Arten kann ich ausmachen, die einzeln oder in kleinen Schwärmen zwischen den Algen und dem Tang des felsigen Bodens herumflitzen.

Dann muss ich hoch und Luft holen.

Josh winkt mich zu sich.

»Schau genau unter uns«, sagt er.

Ich hole noch einmal tief Luft und halte den Kopf wieder unter Wasser.

Im ersten Moment erschrecke ich mich zu Tode. Ein riesiger Fisch. Direkt unter mir. Und was für einer. Er ist bestimmt einen Meter lang. Und blau. So blau wie ein Stück Himmel unter Wasser. Ultramarin. Überseeisch.

Ich verschlucke mich und greife nach Joshs Hand. Hustend und prustend komme ich wieder nach oben.

»Was ist denn das für einer?«, frage ich.

»Ein Blue Groper, er ist hier der größte.«

»Und er ist total blau!« Ich schreie das fast.

»Darum ja auch der Name. Hoffentlich haben wir ihn jetzt nicht vertrieben.«

»Wenn, dann war ich das allein und nicht wir«, sage ich.

»Nun ja«, meint Josh und zuckt unfassbar rührend mit den Schultern.

»Noch mal abtauchen?«, fragt er.

Der Blue Groper ist noch da. Nur ein Stück weitergeschwommen. Sucht zwischen dem Seegras nach etwas Essbarem. Er hat so dicke Lippen, dass ich beinahe lachen muss. Um seine Augen trägt er orangene Strahlen.

Wir folgen ihm, bis er die Bucht wieder verlässt.

Da bricht sich eine Welle über mir und ich verschlucke mich schon wieder.

Josh deutet zur Seite und wir schwimmen zu den Felsen, ziehen uns hinauf und stehen im Wind.

»Zu kalt?«, fragt er.

Tapfer schüttele ich den Kopf. Obwohl er meine Gänsehaut sehen und mein Zähneklappern hören kann.

Wir sind am Eingang der Bucht. Von hier kann man auf den offenen Ozean hinausschauen. Die Wellen brechen sich tosend um uns herum.

Die Felsen sind löchrig mit spitzen und scharfen Kanten. In manchen haben sich tiefe Kuhlen gebildet. Die stehen voller Wasser. Kleine Fische, Seeigel, Anemonen und Krabben schwimmen darin herum.

Wir laufen sie ab und schauen hinein. Die Sonne und der Wind trocknen meine Haut.

»Siehst du«, sagt Josh und deutet in die kleinen Seawater Ponds.

Ich sehe.

Die Krabben.

Die Anemonen.

Und ihn.

Dessen Augen gegen den echten Tang farblich haushoch gewinnen.

Obwohl ich wieder eine Gänsehaut bekomme, ist mir nicht mehr kalt.

»Die sind viel schöner als die Aquarien im Zoo«, sage ich.

»Zoos sind sowieso scheiße«, sagt Josh.

Wir sitzen wieder auf unseren Handtüchern. Gegen die Felswand gelehnt. Josh hat die Augen geschlossen und hält sein Gesicht der Sonne entgegen.

Er ist wirklich kein großer Plauderer und es scheint ihn auch nicht zu kümmern, ob mir unser Schweigen unangenehm ist.

Ist es nicht, stelle ich fest.

Wir können gut miteinander schweigen.

Immer wieder schaue ich heimlich zu ihm rüber. Studiere seine Tattoos. Stelle mir vor, wie ich seinen Nacken entlangfahre, seine Muskeln, die knochigen Schlüsselbeine. Mit meinen Fingern, meinen Lippen.

Aber Josh bleibt auf Distanz.

Irgendwann bin ich so unruhig, dass ich beinahe rausplatze, ob wir uns ein Eis kaufen wollen. Im letzten Moment verkneife ich mir die Frage. Für so etwas hat Josh kein Geld. Das weiß ich.

Blöderweise habe ich mir nichts zum Trinken mitgebracht. Das Salz hat meinen Mund ausgetrocknet. Ich habe unglaublichen Durst.

»Ich gehe mal rüber zur Wasserstelle und trinke was«, murmle ich und stehe auf.

»Ich habe Tee, wenn du magst«, sagt er und greift nach seinem Rucksack.

»Gerne, das Wasser aus den Spendern ist ein bisschen modrig.«

Er lächelt und drückt mir einen Blechbecher in die Hand.

Dann gießt er sich und mir aus einer Thermoskanne Tee ein. Gesüßte Pfefferminze. Perfekt.

»Danke«, sage ich.

Die Thermoskanne ist altmodisch. Aus Plastik und mit Blümchen bedruckt.

Omi hatte auch so eine.

Josh verabschiedet sich an der Haltestelle. Bus fahren ist teuer. Und er ist mit dem Skateboard unterwegs.

Erst als ich im Bus sitze, kann ich wieder etwas klarer denken.

Ich weiß nicht, wann wir uns wiedersehen.

Aber ich habe seine Nummer. Die ist jetzt wieder benutzbar.

»Sehen wir uns wieder?«, hatte ich ihn zum Abschied gefragt.

»Wenn du das möchtest.«

Und was willst du? Das sagte ich aber nicht laut.

Nun sitze ich hier, lasse mich durch den Nachmittagsverkehr nach Hause fahren und schaue aus dem Fenster. Draußen dämmert es.

Josh ist in meinem Kopf, in meinen Gedanken. Er kreist durch meine inneren Bahnen und kribbelt in meinem Bauch. Mir ist richtig übel davon.

Ich will ihn wiedersehen.

Mit ihm reden und schweigen.

Lachen und Musik machen.

Ich möchte seinen breiten Mund küssen und ihm in die grünen Augen schauen.

Ich will, dass er mich streichelt, berührt, mich überall anfasst und küsst.

Aber Josh tut all das nicht. Er macht nicht einmal vorsichtige Versuche.

Er hat mich gestern Abend in seine Arme genommen. Aber da dachte er wohl, dass ich vor Schreck gerade ohnmächtig werde. Er wollte wahrscheinlich nicht, dass ich seinetwegen noch einmal zu Boden gehe.

Als müssten einem dazu die Beine wegbrechen. Ein gebrochenes Herz schafft das auch.

Ich glaube in seinen Augen zu lesen, dass er mich mag. Wirklich mag. Und ich habe ihn erwischt, wie er mir auf die Lippen starrte. Das bedeutet doch, dass er mich auch küssen will.

Oder?

Josh verwirrt mich total.

Er gibt mir das Gefühl, mir nahe sein zu wollen. Aber wenn es dann dazu kommen könnte, rückt er ab.

Jedes Mal.

Was hat er nur für ein Problem mit mir?

Denn das scheint er zu haben.

Ein Problem.

Mit mir.

Auf mich wirkt er nämlich nicht so, als sei er grundsätzlich schüchtern oder noch unerfahren, was Sex und Liebe betrifft. Im Gegenteil.

Ich habe gesehen, wie er den anderen Mädchen nachschaute. Und wenn sie zurückschauten, lachte er sie offen an.

Also scheint er den Abstand nur zu mir zu halten.

Trotzdem ist es, als würden wir zusammengehören.

Als wären wir die Teile eines Ganzen.

Und das seit ewig. Jedenfalls schon immer.

Mein Smartphone vibriert. Ich zucke zusammen.

Will.

Das schlechte Gewissen rast durch meine Adern.

»Hey, Süße, was machst du?«, fragt er.

»Ich sitze im Bus«, antworte ich etwas kurz angebunden.

»Ah, okay.«

Will ist nicht sauer oder verwundert. Will lacht. Weil Will das Leben so sieht. Positiv und gut.

»Ich war schwimmen. In Clovelly«, erkläre ich ungefragt.

»Warum ausgerechnet dort? Warum nicht Bondi oder Tamala?«

»Ich mag Clovelly einfach«, sage ich leise.

»Verstehe. Ist nicht gerade mein *favorite spot.* Süße, ich hole dich um sechs ab, okay?«

Der unangenehme Druck in meinem Bauch wird noch größer. Ich habe etwas vergessen. Irgendetwas, das wir ausgemacht haben. Aber ich möchte ihm das nicht sagen.

»Ich freue mich.« Als wüsste ich Bescheid.

»Warte erst mal ab. Keine Ahnung, ob das wirklich so nett wird. Aber falls es sehr schrecklich ist, werde ich dich ausgiebig trösten.«

Etwas ratlos stecke ich mein Telefon wieder ein.

Eigentlich will ich mich nur unter meiner Bettdecke verkriechen. Die Stunden mit Josh noch einmal durchleben. Ohne jedes schlechte Gewissen.

Aber das geht nicht. Denn da ist Will. Und wir haben ein Date. Ein eventuell schreckliches.

Was könnte das bloß sein?

Dabei ist diese Frage ganz überflüssig. Denn egal, was wir machen, es wird sowieso schrecklich. Ich werde ihm sagen müssen, dass –

Ich stocke gedanklich. Ich weiß eigentlich gar nicht, was ich ihm sagen muss.

Es ist ja nichts passiert.

Ich habe nichts getan.

Aber gedacht.
Und gefühlt.
Vor allem gefühlt.
»Ach, verdammt«, flüstere ich vor mich hin.
Kann man in zwei Jungs gleichzeitig verliebt sein?
Charly scheint das zu können.
Aber wie konnte das nur passieren?
Warum ist mein Leben nach nur drei Wochen auch am anderen Ende der Welt total kompliziert?
Dabei möchte ich leicht sein, frei und unbeschwert. In einer Schuluniform in die Wellen des Ozeans springen. Oder in Abendkleidung. Vielleicht sogar in dem weißen Kleid, das ich auf meinem letzten Konzert trug.
Ich kann es direkt vor mir sehen.
Wie ein Foto.
Vor der untergehenden Sonne. Obwohl die hier gar nicht ins Wasser fällt, sondern hinter den Hügeln der Stadt verschwindet. Ostküste eben.
Trotzdem.
Im orangefarbenen Abendlicht.
Hand in Hand mit
Josh.
Der sicher noch niemals in einem Anzug steckte.
Ich muss kichern bei dem Bild.

Als Will mich abholt, trage ich das Kleid, das er mir gekauft hat. Ich habe mir die Wimpern getuscht. Und das gar nicht mal so ungeschickt. Meine Haare sind inzwischen gut zwei Zentimeter lang. Zum Glück stehen sie nicht ab wie bei einem Igel, sondern liegen eng am Kopf. Noch ein paar Wochen und ich habe einen schicken Pixie Cut.

Mir gefällt, was ich im Spiegel sehe.

»Du siehst toll aus«, sagt auch Will und küsst mich vor Careys Haus.

Sanft und gierig zugleich. Genau so, wie ich geküsst werden möchte.

Es fühlt sich gut an, von Will geküsst zu werden.

Ich verbanne alle anderen Gedanken und erwidere seine Küsse. Nach einer Weile spüre ich, wie ich mich entspanne. Will, ich bin ganz bei dir. Und genau da möchte ich sein.

In dem Moment fällt mir auch wieder ein, wohin wir unterwegs sind. Seine Eltern haben uns zum Essen eingeladen. Ein gesellschaftliches Event. Damit kenne ich mich aus und weiß mich zu benehmen.

»Los geht's in die Höhle der Löwen«, sagt Will schließlich und startet den Motor.

»Sind sie das, Löwen?«, frage ich.

»Ja. Gesellschaftliche Löwen.« Er wirft mir einen leicht beunruhigten Blick von der Seite zu.

»Keine Sorge«, sage ich lachend. »Ich bin eine weltberühmte Dompteurin.«

Ich fühle mich tatsächlich sicher. Schon als kleines Kind wurde ich immer wieder vorgeführt. Musste wichtige Hände schütteln und mit Menschen plaudern, die sich gerne mit einem musikalischen Wunderkind sehen ließen. Ich bin durch die harte Benimmschule meiner Mutter gegangen und weiß genau, welches Besteck ich bei einem Zehn-Gänge-Menü benutzen muss und welches der vielen Gläser das für das Wasser ist.

Seltsam, dass ich wieder in diesem Milieu verkehre. Aus dem ich mit so viel Aufwand geflohen bin.

Ob das so vorherbestimmt ist?

Kleben die Verhältnisse, in die man hineingeboren wurde, einem auf der Haut?

Der Gedanke macht mir Angst.

Wie sehr schmerzt es wohl, sich zu häuten?

Aus dem Wagenfenster schaue ich auf die Lichter der Stadt. Der Anblick macht mich melancholisch. Eine Sehnsucht erfüllt mich. Nach etwas, von dem ich nicht weiß, was es ist.

Außerdem kreist eine Frage in meinem Kopf herum. Warum laden mich Wills Eltern zum Essen ein?

Will und ich sind uns nahe und ich bin gerne mit ihm zusammen. Aber wir kennen uns noch nicht lange. Es gibt keinen Grund, ein offizielles Treffen zu arrangieren.

Oder?

Was hat Will ihnen von mir erzählt? Dass ich die Frau seines Lebens bin?

Ich muss kichern und werfe ihm einen Seitenblick zu.

»Freut mich, dass du so gute Laune hast«, sagt er grinsend.

Ich lege meine Hand auf seinen Oberschenkel. Er ergreift sie und hält sie fest.

Als Will den Motor ausstellt, schaue ich mich überrascht um.

»Wir sind ja bei euch zu Hause, ich dachte, wir gehen in ein Restaurant«, sage ich und bleibe sitzen.

Will schnallt sich ab und lehnt den Kopf gegen die Nackenstütze.

Ich schaue ihn an.

Er hat die Augen geschlossen und plötzlich ist da ein erschöpfter Zug um seinen Mund, den ich noch nicht kenne.

Ich streiche ihm über die Augenbrauen, die Nase entlang, um den Mund herum und über die Lippen. Er stöhnt ganz leise auf, behält die Augen geschlossen und genießt meine Berührung.

Die angespannte Falte zwischen seinen Augenbrauen glättet sich aber nicht.

Ich weiß, wie du dich fühlst. Wir sitzen im selben Boot, denke ich und streichle weiter sein Gesicht.

Aber Moment mal.

Ich sitze gar nicht mehr drin.

Man kann das Boot verlassen, Will.

Dann gestehe ich mir ein, dass das nicht so einfach ist.

Warum bin ich denn wieder hier bei ihm im Auto?

Weil er mir gefällt.

Weil ich ihn mag.

Weil ich mich wohl bei ihm fühle.

Ist das wirklich so, kleine Charlotte, die du dachtest, wenn du deine Locken abrasierst, dich Charly nennst, um den halben Globus fliegst, dein Handy und die Kreditkarte wegwirfst und dir dein Geld klauen lässt, dann hättest du dein Boot bereits verlassen?

Kann es sein, dass dir Will gefällt, weil er dich mag und dir das zeigt?

Weil er dich nicht irritiert?

Dir Sicherheit gibt mit seiner wohlerzogenen Fröhlichkeit, seinem Respekt, seiner Liebenswürdigkeit und mit dem Geld, das er für dich ausgibt?

Eine Welt, in der du dich leider viel zu gut auskennst.

Das Boot, in dem ich, Charly, nicht mehr sitzen möchte.

»Steig aus!«

»Wie bitte, Süße?«

Will öffnet die Augen und schaut mich überrascht an.

»Sorry, ich … ich weiß auch nicht«, stammele ich.

Er lächelt. Der erschöpfte Zug um seinen schönen Mund und die Falten zwischen den Augenbrauen sind wie weggepustet.

Ich lächle zurück.

Er beugt sich mir entgegen. Lehnt seine Wange an meine.

»Wir werden uns nicht den Abend verderben lassen, egal was passiert«, raunt er.

Er streicht mit den Lippen über mein Jochbein, meine Wange hinunter. Ich spüre die Gänsehaut in meinem Nacken. Hebe den Kopf und ihm meinen Mund entgegen.

Wir küssen uns. Sanft und voller Zärtlichkeit.

Will, ich mag dich. Ich mag dich wirklich gerne.

Aber ich weiß nicht, ob das hier Liebe ist.

»Auf keinen Fall«, flüstere ich.

»Dann los.«

Als wir hineingehen, hören meine Gedanken nicht auf, im Kreis zu jagen.

Sie hinterlassen einen bitteren Geschmack in meinem Mund.

Wills Eltern sind ein Abbild der meinen. Mit dem Vorteil, dass ich keinerlei persönlichen Bezug zu ihnen habe. Mit großer Distanz betrachte ich sie wie Objekte, von denen man nicht beurteilen kann, ob sie einen erschrecken oder langweilen.

Sein Vater sieht aus wie Will. Nicht einmal viel älter im gedimmten Licht des Esszimmers. Er lacht zu laut.

Seine Mutter lächelt viel und hält sich aufrecht. Gerader Rücken. Gerade Schultern. Gerader Nacken. Sie muss nachts Muskelkater haben. Oder eine Muskulatur aus Stahl.

Wir speisen. Drei sicher köstliche Gänge. Von einem Butler serviert. Aber ich habe keinen Hunger.

Eine seltsame Ruhe breitet sich in mir aus. Je länger wir höflich konversieren, desto mehr entspanne ich mich. Es ist beinahe gruselig.

Ich erkenne das Verhör, das sich hinter den scheinbar harmlosen Plauderfragen verbirgt. Wills Eltern wollen in Wirklichkeit nicht wissen, was meine Hobbys sind, wo genau ich in Deutschland wohne oder wie mir Sydney gefällt.

Hier geht es um mehr.

Wer bin ich?

Wer ist meine Familie?

Was sind meine Zukunftspläne?

Bin ich die Richtige für ihren Sohn?

Ich fische die Prinzessböhnchen aus der Soße, in der das Surf and Turf liegt. Kaue lange darauf herum.

Und lächele.

Dabei antworte ich meisterhaft mit vielen Worten und wenig Inhalt.

Genau das wollte ich nie, nie wieder tun.

»Schmecken dir das Sirloin und die Prawns nicht, Liebes?«, fragt Wills Mutter.

Wie unterschiedlich »Liebes« klingen kann. Wenn Carey es sagt, ist es wie eine Umarmung. Wills Mutter gießt damit kaltes Wasser über mich.

Zum Glück perlt es an mir ab.

»Ich bin Vegetarierin«, antworte ich.

Meine Worte überraschen mich von allen Anwesenden am meisten. Will sah mich Fleisch essen.

»Wohl um die Welt zu retten«, tönt sein Vater und lacht.

»Nein«, erwidere ich höflich. »Mir tun die Tiere leid.«

Ein leises Echo flüstert in meinem Kopf.

Zoos sind scheiße.

Ich bin mir sicher, dass jemand, der Tiere eingesperrt nicht erträgt, sie auch niemals essen würde.

»Liebes, deine Frisur, ist das der neuste Trend in Europa?« Die Frage von Wills Mutter reißt mich aus den Gedanken. Sie klingt falsch und ich höre die ungesagten Worte.

Als sie mich vorhin erblickte, blieb ihr beinahe der Mund offen stehen. Was ihr natürlich niemals passieren würde. Aber wie unter Zwang fährt sie sich ständig durch die eigenen perfekt gepflegten langen Haare.

Langsam habe ich genug.

Von alldem hier.

Diesem Theater.

Diesen Zwängen.

Dieser Welt der unterdrückten Emotionen.

»Nein«, sage ich mit dem letzten Rest Freundlichkeit, den ich aufbieten kann. »Ich hatte erst vor Kurzem Läuse.«

Ich höre Will neben mir ein Geräusch machen. Er hat versucht, eine Regung zu unterdrücken. Ich hoffe, es ist ein Lachen.

Ich sehe das angeekelte Gesicht seiner Mutter. Das Grinsen seines Vaters, ich kann seine Gedanken beinahe hören. Amüsant und drollig. Aber sicher nicht gesellschaftsfähig.

»Es tut mir leid. Mir geht es nicht besonders gut. Ich möchte gerne nach Hause«, sage ich.

Vor Careys Haus bleibe ich noch einen Moment im Wagen sitzen. Wir haben die Fahrt über geschwiegen. Das war neu. Und furchtbar.

Auf Wills Gesicht hat sich wieder der erschöpfte Zug geschlichen.

»Sie haben uns doch den Abend verdorben«, sagt er schließlich.

Nicht nur den, Will.

»Es war meine Schuld. Ich habe sie provoziert«, gestehe ich leise.

»Warum hast du das getan?«

Er klingt drängend.

Ich schlucke.

Irgendein kleines Tier hüpft vor uns im Licht der Laternen über die Straße und verschwindet unter einem Busch. Ich wäre gerade so gerne dieses kleine Tier.

»Ich weiß, dass das nicht okay war«, sage ich.

»Meine Eltern sind keine bösen Menschen. Sie leben in diesen Kreisen, haben dieses Leben. Das muss man akzeptieren. Und man kann sich daran gewöhnen.«

Will spricht leise. Wie zu sich selbst.

Es sind auch seine Kämpfe.

Nein.

Es waren seine Kämpfe.

Er hat sie innerlich bereits ausgefochten und sich entschieden.

»Ich kann das nicht, Will. Ich komme damit nicht zurecht. Und ich möchte so nicht leben.«

»Das musst du doch auch gar nicht. Sie würden jemanden wie dich sowieso niemals akzeptieren. Nicht als meine –«

»Als deine Frau«, beende ich für ihn den Satz.

Will nickt vorsichtig.

Oh, du lieber, wunderbarer Will. Wo bist du denn schon in deinen Träumen? Existiert da bereits eine gemeinsame Zukunft?

»Aber ich bin doch noch total jung«, sage ich. »Und wir kennen uns erst seit einer Woche.«

Will nickt. »Das wollte ich auch gar nicht ...«

Er beendet seinen Satz nicht.

»Ich hab dich wirklich lieb, Will. Total. Aber ich weiß noch nicht, wo das zwischen uns hinführen wird. Ich weiß jedoch sehr genau, wo ich nicht hinwill«, sage ich.

Weil ich genau davor abgehauen bin.

Will sitzt neben mir und bewegt sich nicht. Er ist wie erstarrt.

Erneut breitet sich Schweigen zwischen uns aus. Es tut weh.

»Das ist meine Welt«, sagt er irgendwann leise. »Ich werde die Baufirmen meines Vaters übernehmen, in den Kreisen meiner Eltern verkehren, die längst die meinen geworden sind. Darauf wurde ich vorbereitet und ich habe mich dafür entschieden. Schon vor langer Zeit.«

»Ich weiß.«

Plötzlich muss ich aufschluchzen. Da dreht er sich zu mir und nimmt mich in die Arme.

Unser Kuss schmeckt salzig.

Irgendwann löst er sich aus diesem Kuss, zieht mich aber fest an sich, hält meinen Kopf.

»Ich war nicht ganz ehrlich zu dir«, raunt er.

»Wie meinst du das?«, frage ich in sein Ohr.

Eine plötzliche Kälte kriecht in mir hoch.

»Ich habe mich ernsthaft in dich verliebt. Gleich am ersten Abend bei der Dinnerparty von Carey. Du bist so anders, so unkonventionell und witzig. Deine abrasierten Haare und dass es dir nichts auszumachen scheint, was du trägst. Dein ungeschminktes Gesicht und dein ehrliches Lachen. Vielleicht dachte ich, du könntest mich retten.«

»Wovor willst du gerettet werden?«, frage ich ihn noch immer flüsternd.

Will küsst zärtlich meine Wange, meinen Mundwinkel.

Dann lässt er mich los. Lehnt sich in seinen Sitz zurück und schließt die Augen.

Ich ahne, was kommt, und verstehe ihn. Besser, als er sich das vorstellen kann. Denn ich werde ihm nicht erzählen, wer Charlotte war. Ich möchte sie nicht heraufbeschwören. Ich bin Charly.

»Vor meinem Leben, meiner Zukunft.«

Ich nicke. Das kann er nicht sehen. Er hat ja die Augen geschlossen.

»Ich bin verlobt, Süße. Momentan ist Harper in England. Oxford. Aber wir heiraten im Sommer.«

Ich spüre, wie ich erneut nicke. Allerdings mechanisch. Obwohl er das immer noch nicht sehen kann. Ich dachte, ich wüsste, was jetzt kommt, aber das ist extremer, als ich erwartet habe.

Viel extremer.

Es haut mich total um.

Meine Beine fangen an zu zittern.

Ich drücke die Hände fest auf meine Knie. Es nutzt nichts.

»Das war alles gar nicht echt?«, flüstere ich heiser.

»Doch. Für mich war es das«, erwidert er heftig. »Für mich ist es das. Ich bin in dich verliebt, aber –«

»Wir wären niemals ein Paar geworden«, unterbreche ich ihn.

»Ja. Nein.«

Hatte er nicht vor nur wenigen Minuten noch so etwas gesagt?

Sollte ich ihn nicht retten?

Wozu dann das Treffen mit seinen Eltern?

Angestrengt versuche ich, mir seine Worte vor unserem Kuss wieder in Erinnerung zu rufen.

Es gelingt mir nicht.

»Dieses Abendessen, was sollte das?«

»Carey hat meinem Vater erzählt, dass du bei ihnen wohnst. Darum war ich auf eurer Dinnerparty. Im Gegenzug wollten sie dich gerne einladen. Sie sind sehr gastfreundlich.«

Wie konnte ich das nur vergessen? Carey und Wills Dad sind Freunde. Das Geplauder heute Abend war tatsächlich genau das. Geplauder. Mit dem deutschen Babysitter einer Freundin.

In mir überschlägt sich alles. Gedanken, Gefühle, Empfindungen. Ich muss sofort aus diesem Auto raus. Weg von Will und seinen Worten.

»Wir sehen uns«, stammele ich und öffne die Wagentür.

Bevor er noch irgendetwas sagen kann, schlage ich sie wieder zu.

Will lässt den Motor ungewohnt aufheulen und fährt davon.

Ich kann noch nicht reingehen und setze mich auf die Stufen vor Careys Haus.

Eigentlich müsste ich nach Wills Geständnis erleichtert sein. Dachte ich nicht noch vor einigen Stunden, dass ich ihn belüge? Dass ich ihm die Wahrheit sagen müsste? Über Josh und mich? Ich habe mich richtig elend deswegen gefühlt.

Obwohl es Josh und mich ja gar nicht gibt.

Warum tut es also trotzdem so weh?

Warum fühlt es sich an, als hätte Will mich belogen und betrogen?

Dabei hat er das gar nicht.

Ich habe ihn die ganze Zeit nur falsch verstanden. Vielleicht auch falsch verstehen wollen.

Weil Will mir guttat. Weil wir eine schöne Zeit miteinander hatten. In die ich einfach zu viel hineininterpretierte. Hallo, Charlotte.

Heute Nachmittag auf dem Heimweg vom Strand dachte ich

noch, dass ich ein Problem hätte, weil ich vielleicht in zwei Jungs auf einmal verliebt wäre.

Dabei ist mein Problem ein ganz anderes.

Ich habe einfach keine Ahnung von der Liebe.

Und ich kann mich nicht auf mich selbst verlassen. Weder auf meine eigenen Gefühle noch auf meine Fähigkeiten, die Gefühle von anderen zu kapieren.

Das ist das Schlimmste.

21. Tag *(Sonntag)*

Carey liegt auf dem Sofa, als ich am nächsten Morgen herunterkomme. Sie sieht nicht gut aus. Müde und verkatert.

Wir haben uns seit Freitagabend nicht mehr gesehen.

»Hey«, murmelt sie und versucht sich an einem Lächeln. Das gerät ziemlich schief.

»Auweia«, sage ich. »Bist du okay?«

Carey nickt und hält sich dann stöhnend den Kopf.

»Also, beinahe.«

Da müssen wir beide grinsen.

»Kaffee ist in der Küche.«

Ich hole mir einen und setze mich zu ihr.

»Wenn man älter wird, wird es nicht automatisch anders. Man will genauso leben, lieben, feiern. Aber man braucht viel länger, um sich davon zu erholen«, philosophiert Carey und richtet sich mühsam auf.

»Ich brauche dringend eine riesige Portion Chips mit Mayonnaise.«

»Zum Frühstück?«

Carey nickt wieder. Dieses Mal vorsichtiger.

»Kein Problem. Ich kann dir welche machen.«

»Nein, nein, die aus dem Ofen sind nicht fettig genug. Ich gehe kurz ins Fish-and-Chips-Café.«

Sie will aufstehen, aber ich halte sie auf.

»Bleib liegen, ich hole dir schnell welche.«

Nach den Chips geht es ihr besser. Mir auch.

Pommes zum Frühstück helfen wirklich. Egal bei was.

»Hattest du wenigstens ein schönes Wochenende?«, frage ich.

»Ich bin mir noch nicht sicher«, gesteht Carey und lächelt mich an. »Und du? Was macht dein Herz?«

»Das ist jetzt doppelt gebrochen«, murmle ich mit Grabesstimme.

»Oh, nein. Hast du dich etwa doch in Will verliebt?«

»Ich weiß es nicht. Vielleicht leide ich auch nur an verletztem Stolz«, sage ich.

Dann erzähle ich ihr die ganze Misere.

»Dabei war ich mir wegen Will die ganze Zeit unsicher. Ich bin wirklich gerne mit ihm zusammen. Es ist jedes Mal richtig schön. Aber ich hatte auch ein superschlechtes Gewissen wegen meiner Gefühle für Josh. Als Will mir dann gestern erzählt hat, dass ich nur so eine Art Experiment oder Zeitvertreib für ihn wäre, tat das total weh.«

Carey kann sich ein Grinsen nicht verkneifen. »Sorry, Liebes. Das ist das alte Lied. Was man nicht kriegt, wird interessant. Ich glaube trotzdem, dass du Will unrecht tust. Er ist letztlich ein feiner Kerl.«

»Er hat mich geküsst, obwohl er verlobt ist!«, rufe ich.

»Ich weiß, Liebes, ich weiß. Harper und er sind schon ewig zusammen. Mir kommt es vor, als wären sie noch Kinder gewesen, als allen klar war, dass sie heiraten würden. Sie haben über die Jahre beide immer mal wieder mit anderen geflirtet. Als wollten sie herausfinden, was das alles ist, bevor es im nächsten Sommer ernst wird.«

Sie sieht mich an. Wie um zu prüfen, ob ich verstehe, was sie sagt.

Und das tue ich irgendwie.

»Er hat mir wirklich keine falschen Versprechungen gemacht. Wir hatten einfach eine meganette Zeit zusammen. Mit einigen verbotenen Küssen, okay, aber er hat mich zu nichts gedrängt. Ist ja meine Sache, wenn ich da mehr draus gemacht habe.« Ich seufze. »Ich verstehe diese Sache mit der Liebe einfach noch nicht.«

»Du hattest noch keinen Freund, oder?«

Ich hebe hilflos die Schultern. Was soll ich dazu sagen? Doch, hatte ich. Aber mein Freund hatte keine Freundin.

»Warst du mal so richtig verliebt?«

Ich schüttele den Kopf. »Nicht wirklich. Nur in Gedanken.«

»Hätte ich dich warnen müssen?«, fragt Carey und guckt richtig erschrocken. »Mir war nicht klar, was du für Will empfindest. Ich dachte doch, da wäre ...« Sie lässt den unfertigen Satz im Raum hängen. Da hängt er gut. Genauso wie ich.

»Nein. Das funktioniert ja nicht. Ich hätte bestimmt nicht auf dich gehört. Ich muss das doch alles selbst herausfinden. Ich bin jetzt erwachsen. Ach, ich weiß doch auch nicht.«

»Manche Sachen lernt man leider nie«, seufzt Carey. »Egal, wie alt man ist. Das Alter ist sowieso nur eine Zahl und sagt wenig über einen Menschen aus.«

Ein Schatten huscht über ihr Gesicht. Vielleicht war ihr Wochenende nicht ganz so schön.

Aber dann lächelt sie wieder und ich frage nicht nach.

»Meinst du, ich bin auch in Josh nur deshalb verliebt, weil er mich nicht will?«, frage ich stattdessen.

»Diese Frage kannst nur du selbst dir beantworten. Was sagt denn dein Herz?«

Das schreit schon den ganzen Morgen in meiner Brust herum. Nun höre ich ihm endlich genauer zu.

»Ich fand ihn von der ersten Sekunde an großartig. Also, ich meine, als ich ihn in Bondi gesehen habe, in der Surfbowl. Nicht bei unserem ersten Treffen, also nicht bei dem Überfall, da habe ich ihn ja gar nicht richtig gesehen.«

»Manchmal verlieben sich Frauen in Männer, die kriminell sind oder so handeln. In Bankräuber. Sogar in Mörder«, sagt Carey und schaut mich ein wenig seltsam an.

Ich muss lachen.

»Ich bin mir sehr sicher, dass das nicht der Grund ist. Im Gegenteil. Deswegen wollte ich ihn ja nicht wiedersehen. Aber das kriege ich nicht hin. Er ist mir zu wichtig. Wenn er nicht da ist, fehlt etwas. Als wäre er ein Teil von mir. Und das schon immer.«

»Du bist wirklich in ihn verliebt«, sagt Carey.

Das Lächeln, das sie mir schickt, ist voller Zärtlichkeit. Und voller Sehnsucht.

»Dann musst du um ihn kämpfen.«

»Aber was ist, wenn er mich nicht will?«

»Das wäre äußerst gemein vom Schicksal und nicht zu ändern. Aber um das genau zu wissen, musst du ihn zumindest danach fragen.«

Das hört sich verdammt richtig und logisch an.

»Wer traut sich denn so was?«

»Das meine ich mit Kämpfen. Sei ehrlich. Einfach ehrlich. Ist sowieso das einzig Wahre. Immer. Egal, in welcher Lebenssituation. Auch wenn es wehtut«, ermutigt Carey mich.

Wir schauen uns an. Ich nicke. Das habe ich inzwischen auch gelernt. Von ihrem Sohn. Der gar nicht lügen kann.

Und der gerade zur Tür hereinkommt. Erschrocken schaue ich auf die Uhr. Es ist tatsächlich schon später Nachmittag und unsere Pommes waren gar kein Frühstück gewesen.

»Hallo, Mädels«, sagt er.
Ich starre ihn an. War das etwa ein Späßchen?
Atlas' Gesicht ist allerdings so ernst wie immer.

Wir verbringen den Rest des Tages, wie Atlas es gerne mag.

Er zeichnet an seinem Eierbild. Erzählt vom Fußballturnier, dem Besuch im Museum und den Summer Rolls im vietnamesischen Viertel.

Ich versuche, etwas zu lesen.

Carey liegt dösend auf dem Sofa.

Ruhe und Frieden liegen in der Luft.

Wenigstens dort.

In mir drin sieht es etwas anders aus.

Und als Atlas nach dem Abendessen in seinem Zimmer verschwindet, halte ich es nicht länger aus.

»Ich muss noch mal raus«, sage ich und Carey nickt.

»Pass auf dich auf«, sagt sie.

Ich weiß, dass das keine Phrase ist.

Josh sitzt im Park auf einer Bank unter einer Laterne.

Als hätte er auf mich gewartet.

Genauso wie ich es mir gewünscht habe.

Im ersten Moment kann ich das gar nicht glauben und gehe einfach weiter.

»Läufst du echt an mir vorbei?«, ruft er ungläubig hinter mir her.

Ich bleibe stehen und drehe mich zu ihm um.

»Ich dachte, du bist eine Sinnestäuschung, und wollte nicht drauf reinfallen.« Langsam nähere ich mich der Bank.

Josh grinst.

Frag ihn, denke ich. Jetzt gleich. Bevor dich der Mut verlässt.

Aber ich komme nicht dazu.

Josh greift nach meiner Hand und zieht mich zu sich. Schwungvoll lande ich neben ihm. Unsere Oberschenkel berühren sich, unsere Nasen beinahe. Er hält noch immer meine Hand.

»Darf ich?«, fragt er.

»Ja.«

Sein Gesicht kommt dem meinen noch näher.

»Ich meine, dich küssen«, raunt er.

»Du darfst alles«, flüstere ich.

Und endlich, endlich küssen wir uns.

Die Welt bleibt stehen.

Oder die Zeit.

Aber nicht mein Herz, das so schnell schlägt, dass ich keine Luft mehr bekomme.

»Ich muss kurz atmen.«

Ich nehme einen Zug, der nichts bringt, weil er zu flach ist.

Es geht nicht, ich kann nicht atmen.

Weil sich alles, was in mir ist, auf meinen Bauch konzentriert, in dem ein unfassbarer Sturm wütet.

Also küssen wir weiter.

Halten uns dabei fest wie Ertrinkende und das Einzige, das ich will, ist er. Danach kann ruhig der Tod kommen.

Josh.

Ich spüre ihn.

Rieche ihn.

Schmecke ihn.

Josh.

Josh.

Josh.

Ich brauche wirklich Luft.

Luft.

Und ihn.

Mit Haut und Haar.

Zum ersten Mal verstehe ich, was das bedeutet. Jemanden wirklich zu wollen. So sehr, dass nichts anderes mehr einen Sinn ergibt.

»Hey, ihr beiden, geht doch lieber nach Hause«, sagt das Opossum im Baum hinter uns oder die alte Dame, die gerade an der Bank vorbeiläuft.

»Das wollte ich auch gerade sagen«, murmle ich. »Komm mit, es ist nicht weit.«

Ich hoffe, dass es für Carey okay ist, wenn ich ihn mitbringe.

Wir laufen schweigend. Das kenne ich schon. Es ist gut. Mit Josh kann ich schweigen. Weil wir uns alles sagen, was wichtig ist. Den Rest verstehen wir mit unseren Herzen.

Wir halten uns an den Händen.

Und ich weiß nicht, ob die Zeit schon weiterläuft und die Welt sich wieder dreht.

Oder ob noch alles stillsteht und den Atem anhält.

Im Haus ist es dunkel. Carey schläft schon. Unter ihrer Tür dringt kein Licht mehr hervor.

Wir schleichen in mein Zimmer, finden im Dunkeln das Bett und lassen uns darauf fallen. Eng umschlungen.

Wir küssen uns. Heftig, drängend. Als hätten wir nur wenige Sekunden, in denen wir uns alles geben müssen.

Sein intensiver Geruch hüllt mich ein, der durch nichts zerstört wird. Keine Seife, kein Deo, kein Waschmittel. Ich habe noch niemals etwas so Wunderbares gerochen.

Irgendwann und irgendwie haben wir uns ausgezogen.

Ich spüre ihn.

Seine Haut an meiner.

Sein Gewicht auf mir.

Seine Hände, die nach mir greifen.

Meine Finger, die seine Schultern entlangstreichen, seinen Rücken hinunter, über seine Rippen, seine Hüftknochen.

»Fass mich an«, stöhnt er mir ins Ohr.

Und ich tue es.

Er bedeckt mein Gesicht mit Küssen, meinen Hals, meine Brüste.

Seine Zunge gleitet an mir hinunter.

Seine Haare kitzeln meinen Bauch.

Tiefer.

Tiefer.

Er öffnet meine Oberschenkel und gleitet dazwischen.

Ich hatte recht. Er weiß, was er tut.

Ich höre kurz mein eigenes Stöhnen, bevor wieder nur Blut in meinen Ohren rauscht.

Oder das Meer.

Dazwischen mein Herzschlag.

So schnell.

Viel zu schnell.

Josh zwischen meinen Beinen.

Seine Lippen.

Seine Zunge.

»Möchtest du kommen?«, fragt er.

Hör nicht auf, bitte, hör nicht auf.

Er hört nicht auf und ich komme in seinem Mund.

»Meinst du, Carey hat was gehört?«, flüstere ich, als ich wieder atmen kann.

»Wäre das schlimm?«

»Wahrscheinlich nicht. Und du? Willst du auch?«, frage ich und greife wieder nach ihm.

Josh lacht leise. »Das nächste Mal. Mit dir zusammen, okay?«

»Ich hätte gar keine Kondome gehabt«, gestehe ich.

Josh lehnt sich kurz aus dem Bett, greift im Dunkeln nach seiner Hose.

»Aber ich. Behalt sie hier.«

Er legt sich wieder zu mir und den Arm um mich. Hält mich fest, streichelt mit dem Daumen über meinen Nacken.

Ich will das gar nicht denken, aber ich sage es trotzdem.

»Hast du immer welche dabei, wenn du unterwegs bist?«

Josh schweigt einen Moment.

»Ich habe sie mitgenommen, weil ich gehofft habe, dass wir uns treffen. Aber ich schütze mich. Immer. Schutz ist das Wichtigste.«

Seine letzten Worte klingen ziemlich hart. Als würde er nicht vom Sex sprechen. Sondern von etwas ganz anderem.

Dem Leben an sich zum Beispiel.

Aber dann beugt er sich über mich und küsst mich.

Seine Küsse sind unglaublich. Weich und fest zugleich. Ich will, dass er damit nie wieder aufhört.

Ich liebe dich.

Hoffentlich habe ich das nur gedacht und nicht gesagt.

22. Tag *(Montag)*

Ich spüre noch vor dem Aufwachen, dass er nicht mehr da ist.

Ich bin in seinen Armen eingeschlafen.

Jedenfalls beinahe.

Die ganze Wahrheit ist, ich konnte in seinen Armen nicht schlafen. Aber ich konnte mich auch nicht aus ihnen lösen. Wir umklammerten uns, als wären wir ohne einander in der Nacht verloren.

Jede seiner Regungen holte mich aus dem Schlaf zurück. Und Josh bewegte sich viel. Er schlief unruhig und voller böser Träume. Er zuckte, schlug um sich, murmelte und wimmerte. Oh, Josh, was verfolgt dich in der Nacht?

Irgendwann muss ich aber wohl weggenickt sein. Denn ich erwache und er ist nicht mehr da.

Die Balkontür steht offen. Der lange weiße Vorhang weht im Wind. Wie ein romantischer Gruß.

Ich muss kichern und kuschle mich noch einmal in mein Kissen.

Josh.

Es war wunderschön mit dir.

Unsere Küsse.

Deine Küsse.

Diese unfassbare Nähe.

Ich rolle mich wie ein Embryo zusammen und spüre den warmen Wellen nach, die durch meinen Körper pulsieren.

Als ich die Stiege hinunterkomme, ist das Haus verwaist. Stimmt ja, heute ist wieder Schule. Das habe ich ganz vergessen.

Auf dem Tisch liegen Atlas' Stundenplan und eine Einkaufsliste. Außerdem ein Zettel für mich.

Liebes,
bitte hole Atlas von der Schule ab.
Lunch ist im Kühlschrank.
Love, Carey.
PS: Ich hoffe, du hattest eine schöne Nacht.
Hörte sich jedenfalls so an. 🙂

Für einige Sekunden bin ich wie gelähmt. Carey hat uns gehört. Auweia.

Aber es klingt nicht so, als hätte sie ein Problem damit, dass Josh hier war. Obwohl sie weiß, dass er der Dieb meines Geldes ist. Zum Glück macht sie sich keine Vorstellung darüber, wie viel es tatsächlich war.

Ich sollte ihn ihr unbedingt vorstellen.

Wenigstens das.

Ich laufe mit den vollen Einkaufsbeuteln nach Hause. Die Sonne hat sich noch nicht entschieden, ob sie sich an den tiefen Wolken vorbeidrängeln möchte oder nicht. Das macht nichts. Ich könnte zur Not ihren Job übernehmen. Ich strahle aus jeder Pore.

Josh ist nicht im Park.

Ich setze mich kurz auf eine Bank und checke mein Handy. Er hat auch noch nicht auf meinen Morgengruß geantwortet.

Vielleicht hat er sich noch mal hingelegt. Wahrscheinlich hat er in der Nacht genauso wenig geschlafen wie ich.

Er hat mir nicht erzählt, wo er wohnt. Vermutlich bei seinen Eltern, wenn er erst siebzehn ist. Allerdings wären das dann ziemlich seltsame Zustände bei ihm zu Hause. Er geht schon lange nicht mehr in die Schule und verdient Geld mit Straßenmusik.

Wieder einmal wird mir die Blase bewusst, in der ich mein bisheriges Leben verbrachte. Ich habe nicht einmal genug Fantasie, um mir vorzustellen, wie Josh leben könnte.

Ich muss ihn unbedingt danach fragen.

Ich bleibe zu lange im Park. Hoffe, dass er noch kommt.

Aber irgendwann muss ich los. Da sind gefrorene Pommes und Eiscreme in meinen Taschen. Außerdem wird es Zeit, Atlas von der Schule abzuholen.

Ich schicke Josh eine zweite Nachricht.

Sehe aber, dass er die erste nicht gelesen hat.

Ich tue alles, was ich tun muss. Aber ich kann mich auf nichts konzentrieren. Auch nicht auf Atlas' Erzählung von seinem ersten Schultag im neuen Trimester.

Ständig schaue ich auf mein Handy. Obwohl es laut gestellt ist und vibrieren würde, wenn eine Nachricht einginge.

Es fällt mir total schwer, ihm nicht noch ein weiteres Mal zu schreiben.

Aber wozu?

Die anderen beiden Nachrichten hat er auch nicht geöffnet.

Warum antwortet er nicht?

Ist er sauer auf mich?

Bereut er, was geschah?

Bin ich nur ein Abenteuer für ihn?

Oder ist ihm etwas passiert?

Oh, Himmel, das muss es sein. Wahrscheinlich ist ihm etwas passiert. Aber wie soll ich das herausfinden?

Als Carey nach Hause kommt, stöhne ich vor Erleichterung fast auf.

»Alles klar?«, fragt sie.

»Nein, gar nichts ist klar. Josh meldet sich nicht. Ich mache mir Sorgen. Wahrscheinlich ist ihm etwas passiert!«

Sie schaut mich an. Ich kann ihren Blick nicht richtig deuten. Mitfühlend? Bedauert sie mich?

Sie nimmt mich fest in die Arme. »Liebes, auch wenn du das vielleicht nicht hören willst, es ist ihnen nie etwas passiert.«

»Aber warum sollte er sich denn sonst nicht melden?«

Ich höre selbst, wie flehend meine Stimme klingt.

Wünsche ich mir etwa, dass ihm eher etwas Schlimmes zugestoßen ist, als dass er mir freiwillig nicht zurückschreibt?

Von wegen, Liebe ist selbstlos. Zumindest am Anfang ist sie das definitiv nicht.

Atlas schaut von seiner Zeichnung nicht auf, aber er hat trotzdem zugehört.

»Machen wir mit Josh wieder Musik«, fragt er.

Die Liste, die er in Bondi schrieb, die er aus seinem Skizzenbuch riss und in den Mülleimer warf. Erledigt. Wenn es sein müsste, würde er eine neue anlegen. Es wäre schön, wenn das Leben wirklich so einfach wäre.

»Ich möchte das gerne, aber ich weiß nicht, was Josh möchte«, antworte ich ehrlich.

»Geh ruhig los, Liebes, und such nach ihm. Du findest sonst ja doch keine Ruhe«, sagt Carey.

»Danke«, flüstere ich und bin schon zur Tür hinaus.

Da ist er. Josh sitzt im Park an seiner angestammten Stelle und spielt.

Ich setze mich auf eine Bank und beobachte ihn aus der Distanz.

Wieder trifft mich seine unfassbare Schönheit, seine Echtheit mitten ins Herz.

Seine Stimme.

Er singt einfach großartig.

Er … Ich …

Ich weiß nicht, ob er mich gesehen hat. Oder ob er spürt, dass ich ganz nahe bin.

Ich würde ihn spüren.

Warum hat er mir nicht geantwortet?

Weil sowieso klar war, dass wir uns am Nachmittag sehen?

Vielleicht mag er keine Smartphones.

Nein, das ist Unsinn. Er hat seines immer in Reichweite. Bekommt ständig Nachrichten, checkt und beantwortet die auch.

Nur meine eben nicht.

Bin ich ihm nicht so wichtig?

Ist alles, was ich spüre, nur Illusion?

Plötzlich sehe ich Will vor mir. Und wie sehr ich mich in seinen Gefühlen oder Absichten getäuscht habe. Oder täuschen wollte. Oder …

Will hat sich aber immer gemeldet. Sogar öfter, als ich es erwartet habe. Will kaufte mir ein Kleid und trank mit mir Champagner. Auch wenn der mir nicht schmeckte.

Vielleicht nahm sich Josh nur, was er von mir bekam. Erst mein Geld, dann meine Liebe und schließlich … Aber er hat nicht mit mir geschlafen. In der letzten Nacht nahm er sich nichts, sondern gab mir etwas.

Vielleicht war das ja so eine Art Entschuldigung. Eine Wiedergutmachung wegen des Diebstahls.

Dann wäre er ziemlich teuer. Achttausend Dollar für seine Küsse. Na gut, minus dreiundachtzig und dem, was das Brekki Roll am ersten Morgen kostete.

Plötzlich muss ich lachen.

Was denke ich denn da für einen Unsinn?

Bleib ruhig, hör seiner Musik zu und wenn er mit seinem Spiel fertig ist, dann fragst du ihn.

Der letzte Ton ist verklungen, die Leute gehen weiter. Josh packt seine Sachen zusammen.

Ich sitze noch immer auf der Bank. Mir ist kalt. Die Sonne kam nicht heraus.

Josh schultert seinen Rucksack, kickt sein Board.

Er fährt einfach weg! Der Gedanke sticht in meinen Bauch wie ein Messer.

Aber Josh bremst vor mir ab und lässt sich neben mich auf die Bank fallen.

»Hey«, sagt er.

»Hey«, sage ich.

Er schaut mich nicht an. Fixiert irgendeinen Punkt weit weg.

»Alles gut?«, fragt er.

Nein! Es ist nicht alles gut.

Wie könnte es?

Du hast dich den ganzen Tag nicht gemeldet. Du nimmst mich nicht in den Arm, hältst stattdessen Abstand.

Ich verstehe nichts, gar nichts.

»Ja«, sage ich.

Frag ihn! Los, frag ihn!

»Atlas hatte heute seinen ersten Schultag nach den Ferien.« Warum sage ich das denn?

»Ist ein kluger Junge«, murmelt Josh.

Er guckt mich immer noch nicht an.

»Ja, das ist er.«

Warum reden wir, wenn es nichts zu sagen gibt?

Aber das gibt es doch. Mehr, als ich ertragen kann.

»Warum hast du nicht –«

»Sorry, ich muss los.«

Wir sagen es gleichzeitig.

»Klar«, flüstere ich.

»Bis dann«, sagt Josh.

Bis dann? Wann soll das sein, dieses Dann? Und wie wird es sich anfühlen? Genauso furchtbar wie das Gerade?

Das will ich nicht.

Heute Morgen war ich noch unendlich glücklich.

Wer soll denn so ein Achterbahnchaos aushalten?

Josh, ich ...

Er ist längst fort.

Ich bin wie taub. Nicht nur auf den Ohren. Habe irgendwie den Kontakt zu meinem gesamten Körper verloren.

Seltsam, dass ich trotzdem laufen, einen Fuß vor den anderen setzen kann.

Ich fühle mich fremd.

In der Welt.

In mir.

Ich weiß nicht, wohin.

Ich habe nichts.

Kein Ziel und kein Zuhause.

Also laufe ich weiter.

Immer weiter.

Ich habe komplett die Orientierung verloren. Eine Gasse, die ich nicht kenne. Irgendwo am Rand des Stadtteils. Die Häuschen sehen kaputt aus, vermodert, die Vorgärten liegen voller Müll. Es dämmert bereits. Außer mir ist niemand hier. Keine Ahnung, ob auch ich besser nicht hier sein sollte.

Ich will gerade mein Handy hervorholen, um rauszufinden, wo genau ich bin, als ich ihn sehe. Nicht richtig, aber da ist eine Bewegung in meinem linken Augenwinkel und ich weiß einfach, dass er das ist. Obwohl das gar keinen Sinn ergibt. Aber ich habe keine Zeit, mich darüber zu wundern.

Ich stecke mein Handy wieder ein und wende mich nach links. Dort zwischen zwei kleinen Häuschen ist ein schulterbreiter Gang. Davor einige Zaunlatten. Allerdings kaputte. Auch wenn Josh das eben auch tat, darf ich da nicht einfach so durchspazieren. Das ist Privatgelände und es ist keine gute Idee, das zu betreten. Schon gar nicht in einer Gegend wie dieser. Aber das ist mir gerade egal. Ob Josh hier wohnt?

Langsam schlendere ich hinüber, schaue mich nach allen Seiten um und husche zwischen die Häuser.

Der Gang führt in einen Garten. Zumindest auf ein Stück ungepflegtes Grün mit verschiedenen Büschen und Bäumen und einer Menge Müll. Auf der Terrasse des Häuschens zu meiner Rechten sind Leute.

Ich verstecke mich schnell in einem Busch. Hoffentlich kann mich niemand hier drinnen entdecken. Zum Glück ist es inzwischen fast dunkel.

Fünf junge Typen hängen auf einem durchgesessenen Sofa und alten Sesseln herum. Sie tragen alle einen ähnlichen Klamotten-Stil. Shirts, Caps, enge Jeans und Sneakers. Sie trinken Bier, grölen herum und schlagen sich ständig ab.

Einer von ihnen ist Josh.

Er trinkt kein Bier und grölt auch nicht, sondern scheint mit einem der Typen zu verhandeln. Dann wechseln verschiedene Dinge die Besitzer. Was Josh gibt, kann ich nicht erkennen. Aber er steckt einige Geldscheine in seinen Rucksack.

Ich bin weitab der Straße aufgewachsen, habe vielleicht von vielen Dingen keine Ahnung, aber ich bin nicht blöd.

Josh dealt.

Der andere Typ leckt seinen kleinen Finger an, steckt ihn in ein kleines Tütchen und reibt dann kurz über das Zahnfleisch seines Oberkiefers.

Verdammt.

Hier geht es nicht nur um Gras, das ist Koks. Das kapiere sogar ich.

Der Deal ist abgewickelt. Bevor Josh gleich wieder durch den Gang verschwinden will, muss ich das vor ihm tun.

Ich kämpfe mich aus dem Busch, renne zurück, um die nächste Ecke und die Gasse entlang, immer weiter, bis ich auf eine größere Straße komme. An deren Ende sehe ich ein Shopping Center, das ich endlich wiedererkenne. Der Bus an den Strand fährt daran vorbei. Von dort muss ich ungefähr noch einen Kilometer geradeaus laufen, bis ich wieder zu Hause bin.

Zehn Minuten, in denen ich zu Atem kommen und mir überlegen kann, was ich jetzt machen soll.

Doch schon nach einer Weile bleibe ich stehen.

So geht das alles nicht.

Ich habe mich auf ihn eingelassen. Und das nicht nur einmal und unwissend, sondern sogar mit einem riesigen TROTZDEM. Ich wusste, dass er Scheiße baut. Immerhin bin ich eines seiner Opfer. Trotzdem habe ich nach ihm gesucht, ihm verziehen und ihn mit in mein Bett genommen. Weil da etwas zwischen uns ist, das größer ist als mein Fassungsvermögen.

Ich kann jetzt nicht einfach nach Hause laufen und ihn vergessen. Oder was auch immer am klügsten wäre.

Ich möchte verstehen, was los ist. Wer Josh ist. Warum er tut, was er tut.

Ob ich ihm irgendwie helfen kann.

Typisch, Mädchen wollen immer gleich die Typen retten. Keine Ahnung, wer das sagte. Das interessiert mich auch gar nicht.

Ich liebe Josh.

Oder bin in ihn verliebt. Wie auch immer.

Josh ist mir wichtig.

Wenn ich ihn retten kann, dann tue ich das. Egal wie typisch, unsinnig oder bescheuert das sein könnte.

Weil ich, Charly, so sein möchte.

Bevor ich mit meinen Gedanken fertig bin, laufe ich schon zurück. Schnellen Schrittes.

Hoffentlich ist er noch da.

Er kommt mir entgegen. Skatet über die gesamte Fahrbahn.

»Josh!«, rufe ich.

Er hört mich nicht. Hat Airpods in den Ohren. Er sieht mich auch nicht. Ist fixiert auf seinen Weg oder das nächste Ziel. Innerhalb weniger Sekunden ist er an mir vorbeigesaust.

Ich drehe erneut um und renne ihm nach. Zurück zum Shopping Center.

Zum Glück herrscht hier Verkehr. Die Autos rollen im Scheinwerferlicht dicht an dicht. Auf den Wegen laufen viele Menschen. Dazwischen Fahrradfahrer. Josh kommt nicht mehr so schnell voran.

Ich allerdings auch nicht. Ich remple gegen Menschen und

stoße fast jemanden von seinem Rad. Ich renne, so schnell ich kann. Meine Lunge brennt.

Aber ich werde ihn nicht einholen können.

Urplötzlich ist er verschwunden, wie vom Erdboden verschluckt. Das kann nicht sein.

Ich renne bis zu der Stelle, an der ich ihn aus den Augen verlor.

Natürlich ist da kein Loch im Boden. Aber ein kleiner Laden. Nur ein Schaufenster und eine schmale Tür. Die Scheiben sind bemalt. Richtig schöne Illustrationen mit weißem Stift. Schwarze Vorhänge verhindern den Blick ins Innere. Vielleicht das Studio seines befreundeten Tätowierers? Oder ein weiterer Kunde?

Ich drücke die Klinke nieder. Die Tür ist abgeschlossen.

Ich klopfe an die Scheibe.

Nichts passiert.

Ich rufe ihn an, schicke ihm eine Nachricht. Sein Handy ist entweder ausgeschaltet oder hat keinen Empfang.

Ich könnte einfach vor dem Laden warten. Wenn er nur einen weiteren Deal abschließt, ist er gleich wieder draußen.

Nach fünf Minuten ist er noch nicht wieder da.

Fünf Minuten sind eigentlich keine lange Zeit. Es sei denn, jede fühlte sich wie hundert Jahre an.

Nach fünfhundert Jahren öffnet sich neben dem Laden eine schmale Metalltür. Die habe ich noch gar nicht gesehen. Um nicht superauffällig im Weg herumzustehen, lehne ich mich etwas an die Scheibe, als würde ich auf jemanden warten.

Ein Paar kommt durch die Tür. Ich erhasche in der Dunkelheit nur einen kurzen Blick auf sie. Sie sehen aus, als kämen sie aus dem Gestern. Als hätten sie noch nicht geschlafen und auch diesen Tag noch nicht gelebt. Dafür eine ewig lange

Nacht. Sie setzen ihre Hoodies auf und verschwinden zwischen den anderen.

Die kleine Metalltür fällt langsam zu.

Ich springe vor und schiebe einen Fuß dazwischen.

Dann denke ich nicht lange nach, sondern husche hindurch. Dahinter ein winziger Hof. Müll, ein Haufen leerer Kartons. Zwei Türen. Eine in das Gebäude mit dem kleinen Laden. Eine in das daneben. Ich rüttele an beiden. Sie sind verschlossen.

Der Schreck fährt mir in die Glieder. Ich sprinte zur Metalltür zurück, drücke die Klinke. Sie öffnet sich nicht.

Ich bin in dem Innenhof gefangen.

Okay, atmen, ruhig bleiben.

Zur Not kann ich Carey anrufen und ihr sagen, wo ich bin. Das Warum denke ich mir dann später aus.

Ich schaue mich noch einmal genauer um.

Neben der kleinen Metalltür entdecke ich eine Tastatur. Man braucht also einen Code, um aus dem Innenhof rauszukommen.

Die beiden Türen in die Häuser haben so etwas nicht. Zumindest nicht von außen.

Aus einer Eingebung heraus schaue ich mir den Haufen mit den Kartons genauer an. Und richtig. Sie liegen nicht zufällig herum. Dahinter verbergen sich einige Stufen nach unten. Am Ende eine tief liegende Tür. Wahrscheinlich in einen Keller.

Ich wage mich die Treppe hinunter. Drücke die Klinke. Die Tür öffnet sich. Zum Glück. Ein kurzer unbeleuchteter Gang, an dessen Ende mir ein verrauchter schwerer Samtvorhang ins Gesicht schlägt. Ich schiebe ihn zur Seite und stehe an dem Ort, der das graue Pärchen ausgespuckt hat.

Ein Club. Zu verborgen, um legal zu sein.

Es sind nur wenige Menschen hier. Sie sitzen an der Bar, haben Drinks vor sich und rauchen. In einer Ecke küssen sich zwei Typen. In einer anderen scheint jemand zu schlafen. Hier ist die alte Nacht noch nicht vorbei. Die neue hat noch nicht begonnen. Wahrscheinlich eine ewige, ohne dazwischenliegende Tage.

Hinter einem weiteren Samtvorhang hinter der Bar kommt Josh hervor.

»Hey«, sage ich, als sei alles ganz normal.

Er reißt die Augen auf und guckt sich panisch um.

»Was machst du denn hier?«, fährt er mich an.

Er kommt um den Tresen herum, greift nach meiner Hand und zieht mich mit sich.

»Das tut weh«, beschwere ich mich und versuche, ihm meine Hand zu entziehen.

Doch Josh lässt nicht los.

»Du musst hier raus«, knurrt er und strebt zum Ausgang.

In dem Moment wird der Vorhang dort zur Seite gerissen und eine Stimme ertönt.

»Good Morning, Guys, bitte mal eure Papiere.«

Sie klingt freundlich und entspannt. Aber das hier ist nicht entspannt. Ganz und gar nicht.

»Fuck, die Cops«, zischt Josh.

Er rennt zurück Richtung Tresen und zieht mich mit sich. Er reißt den Vorhang hinter der Bar beiseite und schubst mich vor sich her ins dahinterliegende Dunkel.

»Lauf!«

Ich stolpere eher, als dass ich laufe. Da sind Stufen und Josh drückt von hinten. Oben angekommen, renne ich gegen eine geschlossene Tür. Josh stößt sie auf und mich hinaus.

Wir stehen erneut in einem Minihof. An einer Seite eine Mauer. Wahrscheinlich zu einer Seitengasse.

»Da rüber«, bestimmt Josh.

Die Mauer ist echt hoch. Keine Ahnung, wie ich darüberklettern soll. Josh legt kurzerhand die Hände um meine Taille und stemmt mich nach oben. Ich klammere mich an die Kante und ziehe mich hoch. Zuerst fliegt sein Board über die Mauer, dann ist er neben mir. Eine Sekunde später landet er unten auf der Straße.

»Spring!«, ruft er.

Es ist zu hoch. Ich traue mich nicht. Zögere, halte mich fest.

»Los, spring!«, ruft er noch mal und schaut sich hektisch um.

Ich kann hier nicht auf der Mauer hocken bleiben und es ist keine Zeit, langsam hinunterzuklettern. Josh ist auf der Flucht. Und ich hänge da plötzlich mit drin.

Mit einem überwältigenden Bonnie-und-Clyde-Gefühl im Bauch springe ich.

Ich lande falsch, muss mich mit den Händen auf dem Boden abfangen und höre ein Knacksen. Seltsamerweise spüre ich nichts. Josh greift nach meinem Arm, zieht mich vom Boden hoch und mit sich. Wir rennen um den nächsten Block.

Da kommt der Schmerz. Er ist so heftig, dass ich ohnmächtig werde.

23. Tag *(Dienstag)*

Ich bin im Krankenhaus. Die linke Hand und der ganze Unterarm klemmen in Gips.

Vorhin war ein Arzt zur Visite da. Er war noch jung, sah aber sehr ernst aus. Wie ein Junge, der Erwachsener spielt. Beinahe musste ich lachen. Dafür kann ich aber nichts.

Ich stehe unter Drogen.

Eine Braunüle führt in meinen rechten Arm. Stetig tropft es aus zwei Beuteln, die über mir hängen.

Der Arzt hat es mir erklärt. Mein Kreislauf war völlig kollabiert, darum haben sie mich zur Beobachtung hierbehalten. Das linke Handgelenk ist gebrochen. Es wird heilen. Ich solle mir keine Sorgen machen. Zwar wird die Beweglichkeit meiner Finger etwas eingeschränkt bleiben, aber ich kann ein völlig normales Leben führen.

Danke, ich mache mir keine Sorgen.

Ich weiß nur nicht, wie ein normales Leben ohne Klavierspielen aussehen soll.

Ich versuche, das gerade zu lernen.

Aber ich bin mir unsicher, ob ich auf einem guten Weg bin.

Bin ich überhaupt auf einem Weg? Gerade habe ich die Orientierung verloren. Und den Überblick erst recht.

Jemand sollte an meinem Bett sitzen. Josh. Oder Carey. So was wie Eltern. Aber die habe ich in meinem alten Leben zurückgelassen.

Wie gesagt, ich stehe unter Drogen. Noch erscheint mir das alles ziemlich witzig.

Aber morgen wird die Braunüle gezogen.

Es klopft an die Tür.

»Herein!«, rufe ich.

Es ist Will.

Ich freue mich so sehr, ihn zu sehen, dass ich fast aus dem Bett falle. Damit habe ich selbst nicht gerechnet. Müssen wohl die Drogen sein. Denn noch liegt der Zugang und es tropft stetig aus dem Beutel.

»Ach, Süße, was machst du für einen Blödsinn«, sagt er und ist mit wenigen Schritten bei mir, nimmt mich in die Arme. »Carey hat mich angerufen.«

»Achtung, Arm links ist kaputt und im Arm rechts steckt der Drogenzugang«, sage ich schnell.

Als wäre er irgendwie unvorsichtig. Dabei ist er das gar nicht.

Und da merke ich, dass ich mich wirklich freue, ihn zu sehen, und dass ich ihm nicht böse bin.

Wie könnte ich auch. Wir haben letztlich beide dasselbe getan. Er, weil ihn die frühe lang beschlossene Ehe erschreckt. Ich, weil ich Angst vor meinen Gefühlen für Josh hatte. Zu Recht, wie ich weiß. Dennoch.

Will gehört zu den guten Zeiten hier. Es wäre furchtbar, wenn das, was wir haben, einfach so vorbei wäre. Dass er gekommen ist, zeigt mir, dass es weitergeht. Wir müssen es nur irgendwie anders definieren und noch einmal zurückgehen. Vor unsere Küsse. Oder weiter. Von hier an eben ohne.

»Schön, dass du da bist«, schniefe ich an seiner Schulter.

»Nicht schön, dass du da bist. Was ist passiert?«

Er schiebt mich vorsichtig von sich und schaut mir in die Augen.

»Ich bin von einer hohen Mauer gesprungen«, erzähle ich.

»Was machst du auf hohen Mauern?«

»Ich wollte die Aussicht genießen.«

Will lacht.

»Du willst es mir nicht erzählen.«

Ich schüttele den Kopf. »Nicht alles.«

»Das ist in Ordnung.«

Ja, das ist es. Für ihn. Für mich. Und für uns.

Ich deute nur an. Skizziere, was passierte. Lasse den Teil mit der Dealerei aber weg.

Und auch noch einiges andere.

»Es gibt also einen Josh«, sagt Will. So viel hat er dann doch verstanden.

»Mhm.«

»Und du bist sicher, dass er dir guttut?«

»Na ja, was soll ich jetzt dazu sagen«, murmle ich und hebe den eingegipsten Arm in die Höhe.

Trotz der blöden Situation müssen wir grinsen.

»Also, du bist ihm nachgelaufen, ihr wart in diesem Club ... interessant, ähm, wo soll der eigentlich sein? ... egal, und danach?«

Ich zucke die Schultern. Danach ist alles verschwommen.

Klar, an ein paar Details erinnere ich mich. Wie wir fliehen mussten, weil die Cops kamen. Die hohe Mauer. Unscharf ist da eine Fahrt ins Krankenhaus. Und dann steckte schon der Zugang in meinem Arm.

Josh hat mich in die Notaufnahme gebracht und ist dann verschwunden. Ich habe noch seine letzten Worte im Ohr. »Das ist eine absolute Riesenscheiße. Charly, du musst dich aus meinen Sachen raushalten.« Es klang nicht so, als wollte er mich wiedersehen.

Der Gedanke tut weh. Ich lasse ihn nicht an mich heran. Noch funktioniert das sehr gut. Die Tropfen eben.

Es klopft ein weiteres Mal. Carey und Atlas stürmen herein.

»Wir haben Smoothies und Lemon Meringue Pies mitgebracht«, sagt Atlas und legt das Kuchenpäckchen auf das Tischchen am Bett.

Dann begrüßt er Will und stellt sich an das Fußende des Bettes. Von dort beäugt er die beiden Beutel. Die dünnen Schläuche, die vor der Braunüle zusammenfinden, meine Armbeuge, in der alles endet.

Er beginnt, von der Schule zu erzählen, als wäre dieses ganze Krankenhauszimmer gar nicht da oder als hätte er keine Fragen dazu. Sie werden mit einem seiner Lieblingsthemen beginnen. Meerestiere. Er soll einen kleinen Vortrag über Orkas halten.

»Schade, dass ich dir bei der Vorbereitung nicht helfen kann«, sage ich.

»Das macht nichts. Mein Dad hilft mir. Ich wohne ein paar Tage bei ihm. Das ist besser so. Bis du wieder gesund bist. Dann kann Mama arbeiten. Sie hat ein wichtiges Projekt angefangen. Und du weißt ja auch gar nicht so viel über Orkas.«

»Das stimmt«, murmle ich.

Ich blicke zu Carey. »Sorry, dass ich dir gar keine Hilfe mehr bin.«

»Das ist jetzt nicht so wichtig«, antwortet sie. »Hauptsache, deine Hand verheilt wieder.«

Beinahe erzähle ich ihnen, dass ich nie wieder Klavier spielen kann. Jedenfalls nicht so wie bisher.

Das nicht mehr zu tun, ist in den letzten Wochen meine eigene Entscheidung gewesen. Aber nun hat das Leben übernommen.

Doch ich schlucke alles hinunter. Diese dummen aufsteigenden Tränen und alles andere auch.

Carey und Will lassen sich jedoch nicht so leicht blenden. Sie können die Gedanken und Gefühle, die mich so aufwühlen, in meinem Gesicht ablesen. Aber sie stellen keine Fragen. Wir werden später reden.

Jetzt essen wir Pie. Und lachen.

Nach wenigen Minuten ist der Anflug von Traurigkeit verdrängt. Ich schaue von einem zum anderen. Und eine wunderbare Erkenntnis sickert durch mein drogenumnebeltes Gehirn – das ist meine kleine Familie hier am anderen Ende der Welt.

Nachdem alle wieder gegangen sind, schlafe ich eine Weile. Gleite in Morpheus' Armen der aufkeimenden Traurigkeit und den Fragen, die ich nicht beantworten kann, davon. Die Tropfen aus den Beuteln helfen dabei.

Als ich erwache, bin ich nicht allein im Zimmer. Auf einem Stuhl sitzt jemand neben meinem Bett. Mein Körper erkennt ihn, bevor ich weiß, wer es ist.

»Wie geht es deiner Hand?«, fragt Josh.

»Die wird wieder«, sage ich.

Denn das Problem ist nicht meine Hand.

Jedenfalls nicht akut.

Es ist mein Herz, das kaputt ist.

Das gerade rast, als wolle es irgendwohin.

Nach dem er aber nicht fragt. Wahrscheinlich, weil er die Antwort kennt und sie nicht hören will.

Gefühle, über die man nicht spricht, gibt es nicht. Mein altes Leben lässt grüßen.

»Das ist gut«, sagt er.

Sein Handy piepst. Josh schaut sofort nach. Klar. Die Geschäfte rufen.

»Ich muss los.« Er springt auf.

Warum ist er überhaupt gekommen, wenn er dann doch nicht bei mir sein möchte?

»Wie bitte?«, fragt er.

Als hätte ich etwas gesagt. Habe ich aber gar nicht. Das weiß ich genau.

Er ist schon an der Tür. Dreht sich noch einmal um.

»Mach's gut«, sage ich leise.

Ein letzter grüner Blitz, und er ist draußen.

Was war das denn?

So etwas kann er sich echt sparen.

Wahrscheinlich wollte er nur schauen, ob alles so weit in Ordnung ist. Damit er kein schlechtes Gewissen zu haben braucht. Er ist einfach ein egoistischer, blöder und krimineller Typ.

Der Gedanke hallt in mir nach.

Es dauert etwas, bis ich das Echo verstehe.

Nein.

Nein.

Nein.

Nein, das stimmt nicht.

Es kann nicht stimmen. Das können Verstand, Hirn und Kopf erkennen, sagen und brüllen. Mein Herz flüstert etwas anderes.

Er bedeutet mir viel. Mehr als irgendjemand sonst. Ich fühle mich ihm nahe.

Es gibt eine Erklärung für alles. Eine gute, die sein Verhalten entschuldigt. Er wird sie mir geben. Ganz bestimmt.

Das Flüstern meines Herzens ist lauter als das Gebrüll meines Verstands.

Was ist nur los mit dir?

Bist du wirklich so dumm?

Ich weiß es nicht.

Ich kann mir nicht trauen. Weder meinen Gedanken noch meinen Gefühlen. Denn nichts ergibt einen Sinn.

Ich schaue den Tropfen beim Tropfen zu.

Bitte lasst mich wieder einschlafen.

Eine Schwester betritt mit einem vollen Tablett mein Krankenzimmer. Dinner.

»Oh, schon so spät«, murmle ich.

»Dein Freund war lange hier«, erwidert sie lächelnd und stellt das Abendessen vor mir ab.

»Eigentlich nicht«, sage ich. »Als ich aufwachte, war er da und ist nach drei Minuten wieder gegangen.«

Die Schwester hilft mir in eine Sitzposition.

»Dann hast du seinen Besuch wohl verschlafen. Er war über zwei Stunden hier.«

Zwei Stunden.

Josh hat zwei Stunden neben meinem Krankenbett gesessen, während ich schlief!

Mein Herz jubelt.

Plötzlich habe ich einen unbändigen Hunger. Noch nie schmeckte mir Toastbrot mit Schmelzkäse dermaßen gut. Allerdings habe ich das auch noch nie gegessen.

24. Tag *(Mittwoch)*

Der Arzt kommt zum Abschlussgespräch in mein Zimmer. Es ist noch ziemlich früh. Eigentlich noch vor der Visite. Und er hat einen Computerausdruck dabei.

Ein Foto von mir.

»Das bist doch du, nicht wahr?«

Geschossen auf einem meiner letzten Konzerte.

Ich nicke.

Er seufzt.

»Das macht die Sache natürlich äußerst kompliziert.«

Mit komplizierten Sachen, die man nicht auf einer Klaviatur meistern kann, komme ich nicht gut klar.

Ich nicke trotzdem.

Er erklärt sie mir. Eine spezielle Operation, damit meine Hand und meine Finger ihre hundertprozentige Beweglichkeit zurückerlangen.

Ich nicke wieder.

Diese OP würde meine Krankenversicherung allerdings nicht abdecken. Weil sie nicht lebensnotwendig ist. Sie muss privat bezahlt werden.

»Oder hast du eine spezielle Versicherung, was deine Hände betrifft?«, fragt er hoffnungsvoll.

»Nicht dass ich wüsste«, sage ich.

Trotzdem lächelt er plötzlich, als hätte er einen Schalter dafür betätigt.

»Zum Glück kommst du aus einer wohlhabenden Familie.«
Er klingt wirklich beglückt.
Weil mich das richtig rührt, nicke ich ein viertes Mal.
»Ja, zum Glück.«
»Ich spiele auch Klavier«, erzählt er stolz.
»Verstehe. Wie schön.«
Ich lächele ihn an.
Herzlich, wie ich hoffe.
Er kann ja nichts dafür.

Carey holt mich ab. In ihrem kleinen Auto weihe ich sie in mein Geheimnis ein. Mit den notwendigsten Erklärungen und Hintergrundinformationen. Sachen, die ich ihr noch nicht erzählt habe. Ich halte das Ganze möglichst kurz. Als sei es nicht so wichtig.

Die Bombe hört sie natürlich trotzdem platzen.

Sie schweigt einen Moment.

»Dass du auf der Flucht bist, habe ich natürlich verstanden. Ich wollte dich nicht drängen, es näher zu erklären. Aber durch den Unfall stehen wir vor einer völlig neuen Situation. Deine ganze Zukunft hängt von dieser OP ab«, sagt sie schließlich.

Ich schüttele heftig den Kopf.

»Konzertpianistin ist nicht die Zukunft, die ich möchte.«

»Das sagst du jetzt. Aber wenn du die OP nicht machst, ist die Entscheidung auf alle Fälle endgültig.«

»Ich will das auch so«, sage ich.

Obwohl eine kalte Hand nach mir greift. Denn ja, ich hasse die Umstände meines bisherigen Lebens. Ich fühlte mich gefangen und war unglücklich. Aber ich liebe das Klavierspiel.

»Liebes, denke darüber noch einmal nach. Bitte. Deine Eltern würden die OP sicher sofort bezahlen.«

Das ist ja das Problem und genau das, was ich nicht möchte. Was für ein Rückschlag!

Ich verspreche ihr trotzdem, noch einmal darüber nachzudenken.

Atlas ist noch bei seinem Vater. Carey ist in ihr Office gegangen. Ich habe sie regelrecht aus dem Haus gescheucht. Sie wollte mich nicht allein lassen. Aber ich brauche Ruhe.

Vor allem, um mein Telefon zu beschwören.

Also liege ich in meinem Bett, so gemütlich das mit einem Gipsarm geht, und starre darauf wie paralysiert, flehe es an, sich endlich zu rühren. Zu klingeln, zu piepen, zu vibrieren, zu leuchten. Einfach irgendetwas zu tun.

Doch nichts passiert.

Wills Nachricht habe ich längst beantwortet. Wir haben uns für übermorgen zum Lunch verabredet. In aller Freundschaft.

Keine Küsse mehr, okay?, schrieb ich zuletzt.

Sehr, sehr schade. Aber okay, antwortete er.

Seitdem ist mein Handy tot.

Und ich warte.

Bis ich es nicht mehr aushalte und doch noch einmal schreibe.

Bin jetzt zu Hause.

Es ist schon meine dritte Nachricht an ihn. Wahrscheinlich wird Josh sie ebenso wenig beantworten wie die anderen beiden.

Verdammt.

Die Airpods spülen mir Musik in die Ohren. Ich höre nicht hin. Tränen laufen mir über die Wangen. Ich wische sie nicht weg.

Josh treibt mich wirklich in den Wahnsinn.

Was soll dieses Hin und Her?

Was will er von mir?

Will er überhaupt etwas von mir?

Aber warum sitzt einer sonst zwei Stunden neben einem Krankenhausbett?

Und meldet sich dann nicht mehr?

Ich fühle mich innen ganz wund. Schrammen auf meinem Herzen, die nicht verheilen, weil ich sie mir immer wieder aufschürfe.

Als es gegen die Balkontür wummert, sodass sie fast aus dem Rahmen fällt, fahre ich vor Schreck zusammen.

Ich springe mit sich überschlagendem Herzen aus dem Bett und reiße den Vorhang beiseite.

Josh.

Er steht hinter der Scheibe und grinst mich an. Ich muss mich irgendwo festhalten, greife zum Griff und öffne die Tür.

»Bist du verrückt? Warum benutzt du nicht die Eingangstür? Weißt du, wie sehr du mich erschreckt hast!«, schreie ich ihn an.

Weil mir Adrenalin in den Füßen kribbelt und die Musik in meinen Ohren auf einmal viel zu laut ist.

»Sorry, ich klopfe schon eine ganze Weile, du hast mich nicht gehört.«

Er deutet auf die Pods in meinen Ohren und ich nehme sie heraus.

»Ich konnte ja nicht ahnen, dass –«

Josh nimmt mich in die Arme und verschließt meinen Mund mit seinen Lippen.

Das will ich ihm nicht durchgehen lassen. Denn so geht das nicht weiter.

Ich will endlich wissen, woran ich bin.

Aber nicht jetzt.

Nicht jetzt.

Dann denke ich nichts mehr.

Wir küssen uns, bis ich mich setzen muss, weil mein Herz zu schnell rast und meine Beine endgültig nachzugeben drohen.

»Komm«, sagt er und nimmt meine gesunde Hand.

Er führt mich zum Bett und wir legen uns auf die Matratze. Halten uns aneinander fest. Meinen eingegipsten Arm strecke ich etwas umständlich zur Seite.

»Tue ich dir weh?«, fragt er.

Ja.

Nein.

Nicht in dem Moment.

Seine Küsse sind sanft und zärtlich.

Schließlich bin ich es, die drängt und mehr will.

Er blickt mir in die Augen.

Vorsichtig zieht er mich aus. Dann auch sich selbst.

Er legt sich auf mich und nimmt mich wieder in die Arme. Hüllt mich ein. Mit seinem Dasein, seinen Berührungen, seinem Geruch.

Er küsst mich.

Mein Gesicht. Meine Lider. Meine Lippen.

Ich spüre ihn. Küsse ihn und fasse ihn an.

Ich kriege das erst gar nicht richtig mit, aber irgendwann wird mir klar, dass ich heftig meinen Unterkörper bewege. Wie eine sich windende Schlange. Ich will ihn. So sehr.

Josh hält mich etwas fester, küsst mich noch sanfter, als wollte er mich bändigen.

»Bist du dir sicher?«, flüstert er.

»Ja. Das bin ich.«

Es hat nichts mit dem zu tun, was ich bei meinem ersten Mal erlebt habe. Es ist aber auch nicht dieses überwältigende Erlebnis, das ich in den Serien und Filmen gesehen habe.

Als Josh in mich eindringt, tut es weh.

Vielleicht wäre es ohne Kondom intensiver. Aber das ist nicht möglich, solange wir uns so wenig kennen.

Der eingegipste Arm stört ebenfalls.

Vielleicht muss ich erst lernen, wie das geht. Wie man einen gemeinsamen Rhythmus findet und sich dabei komplett hingibt.

Ich kann kaum atmen und komme viel zu schnell und so plötzlich, dass Josh noch nicht bereit ist.

Dennoch ist es wunderschön.

Weil er es ist.

Weil wir es sind.

Ich seufze leise und halte mich an ihm fest.

»Beim nächsten Mal wird es besser. Versprochen«, raunt Josh mir ins Ohr.

»Besser klingt gut«, flüstere ich. »Klavier spielen konnte ich auch nicht beim ersten Mal und siehe, was draus geworden ist.«

»Was ist denn draus geworden?«

Stimmt ja, Josh weiß diese Details von mir nicht. Genauso wenig, wie ich die seinen kenne.

»In einem anderen Leben war ich Konzertpianistin.«

Josh gluckst.

Meine kaputte Hand puckert, als wollte sie mich daran erinnern, dass es damit nun vorbei ist.

Das scheint ihm plötzlich auch klar zu werden.

»Fuck. Echt? Und deine Hand?«

»Heilt wieder«, lüge ich, weil ich jetzt nicht sagen möchte, was wirklich los ist.

Sein Handy piepst. Ich spüre, wie er zusammenzuckt.

Nein.

Nicht schon wieder.

Er wird jetzt nicht einfach abhauen.

Ich halte ihn fest, zwinge ihn, mir in die Augen zu schauen.

»Ich bin dir 'nen paar Erklärungen schuldig, denke ich«, flüstert er.

»Das denke ich auch.«

Er stützt sich mit den Händen neben meinem Kopf ab und schaut von oben auf mich herab. Seine dunklen Haare fallen ihm vor die Augen. Ich könnte ihn ewig anschauen.

Dann steht er auf. Zieht sich an.

Wenn er jetzt einfach geht ...

»Okay. Bist du fit? Kannst du mitkommen?«, fordert er mich stattdessen auf.

»Wohin?«

»Zu mir«, sagt er.

Ich ziehe mich an. Josh hilft mir dabei.

Er ist erstaunlich geschickt darin, mich an- und auszuziehen.

»Ist es weit?«

Er schüttelt den Kopf.

»Wird es dir doch zu viel?«, fragt er und blickt mich besorgt an.

Ich lächle. Er soll sich keine Sorgen machen. Ich schaffe das schon. Obwohl ich mich wirklich ziemlich wacklig fühle. Ich will aber endlich wissen, was los ist.

Wir laufen die stark befahrene Cleveland entlang. Der Verkehr schmerzt in meinen Ohren. Die Häuser, an denen wir vorbeikommen, stehen leer. Kein Wunder. Wer wollte hier wohnen. Die Vorgärten sind komplett zugewuchert. Die Fliesen auf den Terrassen zersprungen, die schmiedeeisernen Balkongitter vom Rost zerfressen. Auf den Stufen zu den Eingangstüren stapelt sich Müll. Pizzakartons, Werbeprospekte, irgendwelche schmutzigen Stofffetzen, Abfall, den Vorbeilaufende über den Zaun werfen.

»Hier wohnen wir.« Josh deutet auf eines der schmalen Häuschen.

Boarding House steht auf einem Aufkleber über der Tür, durch deren Glas sich ein großer Sprung zieht.

»Echt?«, rufe ich überrascht. »Das Haus steht doch leer.«

»Nein.«

»Aber durch diesen Eingang scheint jahrelang niemand mehr gegangen zu sein.«

Ich bin völlig durcheinander.

Sind Josh und seine Eltern etwa Hausbesetzer?

Haben sie sich illegal Zugang verschafft?

Sind sie in Wirklichkeit Obdachlose? Eine ganze Familie?

»Der Eingang ist hinten«, sagt er.

Wir müssen um den ganzen Block herumgehen. Auf der Rückseite der Häuser verläuft eine schmale Gasse, vollgestellt mit Abfalltonnen und Sperrmüllhaufen. Es stinkt.

Josh hat die Hände tief in den Taschen vergraben. Er beißt auf den Lippen herum und runzelt die Stirn. Er sieht bekümmert und superangespannt aus. Ohne sein Board und die Gitarre wirkt er nackt. Seltsam wehrlos. Trotz der Tattoos unter seinem Shirt.

Ich laufe neben ihm her. Am liebsten würde ich seine Hand nehmen, ihm nahe sein, ihn beschützen und mich beschützt fühlen.

Ich akzeptiere aber den Abstand, den er wahrt.

Schließlich stößt er eine schief in den Angeln hängende

Gartentür auf. Ein schmaler Pfad führt durch vertrocknetes Kraut. Vorbei an hohen verwahrlosten Büschen.

Dahinter plötzlich ein Stückchen grüner Rasen. Darauf eine Bank, ein Gartenstuhl, ein Tisch mit geblümter Wachsdecke. Daneben ein Hochbeet voller Gemüse, ein Minischuppen.

»Willkommen«, sagt Josh und macht eine Geste zur Tür ins Haus.

Mein Herz klopft, als drohe Gefahr.

Irgendetwas stimmt hier nicht.

Ich lächle tapfer.

»Geh ruhig vor«, bringe ich gerade noch raus.

Ich weiß nicht, was ich erwarte. Eine völlig verlotterte Wohnung? Alkoholisierte Eltern, die nichts mehr wahrnehmen? Oder eine WG aus Straßenkindern? Ich weiß ja gar nicht, ob Josh mit seiner Familie zusammenlebt. Erzählt hat er davon nicht. Aber er hat vorhin *wir* gesagt. Hier wohnen wir.

Überraschenderweise ist jedoch der kleine hinter den Büschen versteckte Garten total gepflegt.

Josh öffnet die Tür.

Wir treten direkt in eine Küche. Sie ist meganostalgisch, voller alter Dinge. Ich fühle mich zeitversetzt in ein Foto aus den 60er-Jahren.

Das Haus ist noch schmaler als Careys. Ein Sofa und zwei Sessel nehmen viel zu viel Platz ein. Es ist alles ein wenig schmuddelig und abgelebt, aber mir gefällt es auf Anhieb.

»Josh? Bist du das?«, ruft jemand mit der zittrigen Stimme einer alten Frau aus dem Nebenraum.

»Ja, Nonna. Ich hab Besuch mitgebracht.«

»Oh, Besuch, wir haben ja gar keinen Kuchen da.«

»Das macht nichts!«, rufe ich.

»Oh, ein Mädchen, wie schön.«

»Setz dich.«

Josh deutet auf das Sofa.

Er geht hinüber. Ich höre leises Gemurmel.

»Nein, Nonna, du musst dich nicht schämen. Du bist schön. Komm, ich möchte dir jemanden vorstellen.«

Geschlurf. Und dann erscheinen Josh und eine alte Frau in der Tür. Sie ist winzig klein und krallt sich mit ihren spindeldünnen Fingern an Joshs Arm. Der führt sie langsam zu einem der Sessel.

Ich springe auf.

»Bleib nur sitzen, Mädelchen, bleib sitzen«, sagt die winzige weißhaarige Frau.

Sie trägt ein graues Kleid. Ich entdecke die Flecken darauf, die löchrigen heruntergerutschten Wollstrümpfe, die viel zu großen Pantoffeln. Über ihren Schultern liegt ein verfilzter Wollschal. Die Frau riecht nicht gut und bräuchte dringend ein Bad.

»Ich weiß. Aber wir haben schon seit Tagen kein Wasser mehr«, raunt Josh.

Vielleicht habe ich aus Versehen meine Nase krausgezogen. Das wollte ich nicht.

»Oh, ich … ich habe gar nicht –«, stammele ich.

Aber Josh winkt verstohlen ab.

»Nonna, das ist Charly. Sie kommt aus Deutschland. Charly, das ist Nonna«, stellt er uns einander vor.

Ich reiche der alten Frau die Hand. Ihr Händedruck ist überraschend kraftvoll.

Aber ich habe den Eindruck, dass es sie erschöpft. Sie versucht, stärker zu sein, als sie ist, denke ich und bin auf einmal entsetzlich traurig. Obwohl ich noch nicht genau verstehe, warum.

»Mach uns einen Tee, mein Junge.«

Wir trinken Tee. Aus alten Porzellantassen mit verwaschenem Blumendekor. Josh hat ihn auf einem kleinen Campingkocher gekocht. Es gibt keinen Strom.

Ich weiß nicht, die wievielte Tasse es inzwischen ist.

Ich trinke, um nicht zu weinen.

Suche Fassung im Pfefferminztee.

»Und das funktioniert?«, frage ich leise und mache eine hilflose Handbewegung, die die Küche, das Haus, Nonna, Josh, den Garten und die ganze Situation mit einschließt.

»Es hat funktioniert. Zehn Jahre lang«, sagt Josh. »Nonna hat sich lange um mich gekümmert. Jetzt kümmere ich mich um sie.«

»Aber es müsste doch irgendeine offizielle Hilfe geben.«

»Charly, Nonna ist sehr alt. Sie würden sie in ein staatliches Heim bringen. Da möchte sie nicht hin. Das weiß ich, obwohl sie es nicht zugibt. Ich will das auch nicht. Sie ist meine Familie. Und mich gibt es einfach nicht.«

»Aber ... aber ... du bist doch da. Wie kann es dich nicht geben?«

»Keine Papiere«, sagt er.

»Ich habe Josh auf der Straße gefunden. Er hat gerade versucht, mich zu beklauen. Ich habe ihn festgehalten und nicht wieder losgelassen. Obwohl er gekämpft hat wie ein kleiner Löwe«, erzählt Nonna mit ihrer Altfrauenstimme.

»Ich kann mich an kein Vorher erinnern«, sagt Josh. »Von irgendwo muss ich abgehauen sein, klar. Aber ich weiß es nicht mehr. Wie lange ich mich auf der Straße durchschlagen musste, bis Nonna mich zu sich nahm, weiß ich auch nicht.«

Ich denke an die Narben unter den Tattoos. Ich bin sie vorhin mit meinen Fingern entlanggefahren. Sie gehören zum Irgendwo-vorher, das Josh verdrängt hat.

»Aber ich verstehe das trotzdem nicht. Warum habt ihr euch keine Hilfe geholt? Das hier ist Australien. Es gibt hier ein großartiges Programm für Obdachlose.«

Davon hat mir Carey erzählt. Mir war aufgefallen, wie wenig Menschen auf den Straßen dieser großen Stadt betteln. Im Gegensatz zu Deutschland.

»Nonna hätte niemals die Pflegschaft für mich bekommen. Sie war ja schon damals zu alt. Außerdem hat sie kein Geld. Sie lebt in diesem Haus, das ihr ein Bekannter aus Mitgefühl überließ. Das geht, weil hier einfach niemand sonst wohnen will. Man hätte mich ihr weggenommen. Und ich wäre niemals in ein Heim gegangen.«

Josh klingt wütend und traurig zugleich.

Im Inneren verstehe ich längst alles, aber in meinem Kopf kriege ich die Geschichte noch immer nicht ganz zusammen.

»Woher weißt du, wie alt du bist? Wenn du doch gar keine Papiere und auch keine Erinnerungen hast?«

»Ich weiß es nicht. Wir haben es geschätzt. Außerdem passt es ganz gut, dass ich siebzehn bin.«

Josh wirft mir einen verschwörerischen Blick zu. Ich verstehe. Nonna weiß nichts von seiner Dealerei.

»Wir kommen zurecht«, sagt Nonna. »Josh verdient Geld mit seiner Musik. Wir haben unseren Garten hinterm Haus. Es gibt einige Leute, die uns Sachen vorbeibringen, die sie nicht mehr brauchen. Die Tochter einer alten Freundin ist Ärztin. Sie schaut hin und wieder nach mir. Und lange werde ich nicht mehr leben. Dann muss sich Josh auch nicht mehr um mich kümmern.«

»Nonna!«

Joshs Aufschrei ist voller Verzweiflung.

Er zerreißt mein Herz endgültig.

»Es ist gut, mein Junge. Du musst doch irgendwann deinen eigenen Weg gehen.«

Mir ist ganz elend.

Ich brauche jetzt wirklich Ruhe. Josh hat das kapiert, bevor ich es sagen musste. Er hat den Arm um mich gelegt und bringt mich nach Hause.

»Das ist alles total irre«, flüstere ich.

»Es wird sogar noch schlimmer. Nonna weiß es noch nicht, aber wir müssen aus dem Haus raus«, sagt Josh mit Grabesstimme.

»Was? Warum denn das?«, rufe ich entsetzt.

»Der Besitzer wird es verkaufen. Er hat mir das schon vor Wochen gesagt. Darum habe ich mit der Dealerei angefangen. Aber egal, was ich mache, ich kriege das Geld nicht zusammen.«

»Dafür hast du meine achttausend gebraucht.«

Josh nickt. »Das war wie ein Gottesgeschenk. Ich konnte in die größeren Geschäfte einsteigen. Aber es ist nicht so einfach, wie ich dachte. Der Markt ist in fester Hand. Ich komme nur an die ran, die selbst nicht viel Geld haben. Die großen Deals laufen woanders.«

»Mann, Josh, ich will das gar nicht hören«, murmle ich.

»Schon klar. Ist aber meine Realität.«

Wir laufen eine Weile schweigend weiter. Josh hat zugemacht. Das spüre ich. Aber das ist auch etwas mehr, als ich einfach so tragen kann.

Ich muss mich erst einmal hineindenken, um zu verstehen.

Ich war immer von einer sehr strengen Moralvorstellung umgeben. Danach zu leben, ist einfach, wenn man so beschützt und reich aufwächst wie ich. Mir fehlte nichts. Ich kannte keinen Hunger. Keine Not.

Trotzdem ging es mir nicht gut. Denn ich war unglücklich. So sehr, dass ich floh. Mit allen Konsequenzen. Zum Beispiel auch der, dass meine Eltern noch immer nicht wissen, wo ich bin und ob ich überhaupt noch lebe.

Zum ersten Mal kommt mir der Gedanke, dass sie deswegen verzweifelt sein könnten. Nein, es garantiert sind.

Diese Wahrheit hatte ich bisher von mir ferngehalten. Weil mir der Zweck wichtiger war.

Meine Freiheit.

Was ist verwerflicher? Seine Eltern für die eigene Freiheit in dem Glauben zu lassen, dass einem etwas Furchtbares widerfahren ist, oder Menschen Drogen zu verkaufen, um ein Zuhause zu retten?

Ich hänge schwer an seinem Arm. Ich möchte mich gerne ausruhen, einfach irgendwo hinlegen.

Aber Josh stützt mich.

Und darum gehe ich weiter und weiter.

»Mama, bitte hör auf zu weinen«, flehe ich zum wiederholten Mal ins Telefon.

Aber sie schluchzt. Zwischen den Schluchzern versucht sie zu reden.

»Mama, ich kann dich nicht verstehen.«

Josh hatte mich ins Bett gebracht. Ich bin erschöpft hineingefallen. Er gab mir einen Kuss. Nur einen, aber das war okay.

Sobald das Außengitter zuschlug, wählte ich die Nummer meiner Eltern. Plötzlich konnte und wollte ich keine Minute länger warten.

Die erste Reaktion meiner Mutter war ein Aufschrei, der mich zum Zittern brachte. Zum Glück lag ich schon im Bett.

Jetzt schnäuzt sich meine Mutter lautstark. Ein Geräusch, das ich sie noch nie machen hörte. Genauso wenig wie das Aufschreien.

Sie ist normalerweise total kontrolliert. Sie weint nicht, sie lacht nicht laut, sie schreit nicht, sie rülpst und pupst nicht. Wenn meine Mutter auf der Toilette war, riecht es nicht einmal. Manchmal kam sie mir beinahe unmenschlich vor.

Nach dem Schnäuzen hat sie sich so weit beruhigt, dass sie sprechen kann.

»Wir dachten, man hätte dich entführt. Ich wollte sofort zur Polizei, aber dein Vater meinte, wir sollten erst einmal die Forderungen abwarten«, erzählt sie. »Als die dann nicht kamen, dachten wir …« Ihre Stimme versagt wieder.

Ich bin total geschockt. Daran habe ich nicht gedacht. Ich war mir supersicher, dass sie genau wissen würden, warum ich fortging. Dass ich vor ihnen, ihren Regeln, ihrem Geld und dem von ihnen zementierten Weg geflohen war. In die Freiheit.

Wie konnten sie das nicht wissen? Wie konnten sie nicht merken, wie unglücklich ich war?

»Mama, das wollte ich nicht«, flüstere ich.

Ich weiß nicht, ob sie das hört, denn sie redet einfach weiter.

»Es war sehr schlimm. Wir haben einen ganzen Tag warten müssen. Glücklicherweise hat dein Vater die Zeit für Erkundigungen genutzt. So haben wir erfahren, dass du dein Konto aufgelöst hast, und daraus haben wir geschlossen, dass du freiwillig weggegangen bist. Dass es deine Entscheidung war, uns diese Sorge zu bereiten.«

Das war nicht mein Gedanke.

Es ging nicht um sie.

Sondern endlich einmal nur um mich.

Ich kann das aber nicht laut sagen. Noch immer nicht.

Außerdem hat sie auch ein bisschen recht. Ich habe ihnen

große Sorgen bereitet. Eigentlich aus Versehen. Aber das ist keine Entschuldigung. Ich hätte wenigstens einen Zettel dalassen oder ein Lebenszeichen senden können.

Das habe ich aber erst verstanden, als ich bei Josh und Nonna war.

»Mama, es tut mir leid.«

Dieses Mal hat meine Mutter mich gehört, denn sie schweigt einen Moment.

»Ich wusste nicht, dass du so unglücklich warst«, sagt sie dann.

Ich habe nie darüber gesprochen. Nicht einmal in den Jahren der Pubertät. Aber plötzlich spielt es keine Rolle mehr, ob sie das nicht wissen konnte oder nicht wissen wollte. Vielleicht werden wir irgendwann darüber reden. Doch nicht jetzt.

»Wann kommst du zurück?«, fragt sie.

»Ich weiß es nicht.«

Das ist nur die halbe Wahrheit.

Denn ich werde nicht zurückkommen.

Nicht so.

Nicht zu ihnen und nicht in mein altes Leben.

25. Tag *(Donnerstag)*

Als er dieses Mal an die Balkontür klopft, erschrecke ich nicht. Wir haben das gestern abgesprochen. Natürlich könnte er auch unten an die Tür pochen, aber so ist es viel romantischer. Obwohl wir gerade gar nicht viel Zeit für Romantik haben.

Zwischen Balkon und Zimmer hat Josh mich in die Arme genommen und wir halten uns aneinander fest und für einen Augenblick die Zeit an.

Aber wir müssen uns um dieses Leben kümmern, das bisher nur wenig Schönes für Josh bereitgehalten hat.

Noch während ich das denke, wird mir klar, wie arrogant und falsch der Gedanke ist. Vielleicht empfindet er das ja gar nicht so.

Er lebt mit Nonna seit zehn Jahren in dem kleinen Haus mit Garten, macht Musik, skatet, hängt an den schönsten Stränden der Welt rum. Die beiden haben sich und kümmern sich umeinander. Sie haben zwar kaum Geld, aber es hörte sich nicht so an, als hätte ihnen das bis jetzt groß gefehlt.

Im Gegensatz dazu hatte ich alle materiellen Dinge, die man sich nur wünschen kann, und war todunglücklich.

Allerdings ist Joshs und Nonnas momentane Situation echt fatal.

Das Haus soll verkauft werden.

Ihr Zuhause.

Ich seufze.

»Was macht die Hand?«, unterbricht Josh meine Gedanken und schiebt mich aus seinen Armen.

»Sie puckert.«

»Ist das gut?«

Ich zucke die Schultern. »Früher sagte mein Vater immer, wenn etwas juckt, dann heilt es. Vielleicht ist dieses Puckern ein heilendes Jucken.«

Wir stehen noch immer in der Balkontür. Nicht drinnen, aber auch nicht ganz draußen.

Sozusagen im Dazwischen.

Ich möchte ihn so gerne richtig küssen, aber ich traue mich nicht. Obwohl wir uns gerade umarmten, erscheint mir ein Kuss plötzlich aufdringlich. Ich fühle mich ihm unfassbar nahe, doch körperliche Nähe ist zwischen uns noch nicht selbstverständlich.

»Wollen wir in dein Zimmer gehen oder lieber nicht? Ich weiß gerade nicht genau, was du willst«, sagt Josh mit einem Grinsen.

»Weil ich im Weg stehe«, erkenne ich.

»Sozusagen.«

»Oh, entschuldige.«

Wie elektrisiert hüpfe ich zur Seite. Dabei stoße ich mit dem Gips gegen die Scheibe der Balkontür. Das erzeugt ein unheilvolles Klirren.

»Alles klar?«, fragt Josh besorgt.

Ich nicke. Ja, das ist es. Die Scheibe ist im Rahmen geblieben und es tut nicht weh unterm Gips. Ich hatte nur Angst davor und diese Angst lässt mich schwindelig werden.

»Ich glaube, ich setze mich mal hin«, sage ich und tue das.

Josh lässt sich ebenfalls auf dem Bett nieder. Allerdings am anderen Ende. Irgendwie sind wir plötzlich viel zu weit voneinander entfernt. Verunsichert schaue ich ihn an. Mein Blick bleibt auf seinem Mund hängen.

»Du darfst mich gerne küssen, wenn du das willst«, raunt er, als verriete er mir ein Geheimnis.

»Du mich auch.«

Josh beugt sich mir entgegen und endlich spüre ich seine Lippen auf meinen. Fest und drängend.

Da ist zu viel Sehnsucht nacheinander, um sanft zu sein.

Für Zärtlichkeit braucht man Zeit.

Die haben wir gerade nicht.

Zu sehr begehren wir uns.

Josh zieht sich das Shirt über den Kopf. Dann rutscht er aus der Jeans. Er ist so dünn, dass er sie dazu nicht einmal öffnen muss. Als er ganz nackt ist, bin ich es auch. Wir fallen eng umschlungen auf die Matratze. Meinen Gipsarm habe ich einfach vergessen.

Vielleicht geht es wieder zu schnell, ich kann nicht anders, bin wie im Fieber. Halte mich einarmig an ihm fest, ziehe ihn an mich, schlinge die Beine um ihn, küsse ihn, fahre mit meiner gesunden Hand seinen Körper entlang.

Und möchte ihm noch näher sein.

Viel näher.

Unter seine Haut.

Ihm scheint es nicht anders zu gehen.

Dieses Mal kommen wir beide. Fest umklammert spüren wir den wirbelnden Wellen nach, die uns gleichzeitig verbinden und trennen. Weil jeder für einige Sekunden in sein eigenes tiefstes Empfinden geworfen wird.

Da fange ich plötzlich an zu weinen.

»Sorry, ich verstehe das gerade selbst nicht«, schniefe ich. »Es war nämlich total schön.«

Josh küsst mich, jetzt zärtlich.

»Kein Ding. So ein Orgasmus ist eine hochemotionale Sache. Manche müssen danach einfach weinen.«

»Ich bin seit Neuestem sowieso nahe am Wasser gebaut.«

»Das mag ich gerne. Traurige Tränen sind furchtbar, aber Tränen der Rührung sind ziemlich süß.«

Ich lasse mich sehr lange und sehr intensiv von ihm küssen. Bis ich ganz sicher bin, dass ich nicht mehr fragen werde, wie viele Mädchen er kennt, die danach weinen. Und wie viele, die das nicht tun.

Wir haben uns wieder angezogen und Josh hat sich mir gegenüber auf das Bett gesetzt.

Ich hätte ihn lieber neben mir. Aber das scheint gerade nicht zu passen.

»Wie waren die Geschäfte?«

Ich versuche, die Frage beiläufig klingen zu lassen. Dabei habe ich kaum geschlafen, weil ich die ganze Nacht Sorge hatte, dass die Cops ihn beim Dealen erwischen.

Ich wünsche mir so sehr, er würde damit aufhören.

»Das willst du nicht wissen.«

»Mir wäre es lieber, es gäbe nichts zu wissen«, murmle ich.

»Mir wäre auch vieles lieber«, sagt er leise.

»Ich habe nur solche Angst, dass sie dich schnappen.«

»Glaubst du, ich nicht? Nicht meinetwegen, sondern wegen Nonna. Was soll denn aus ihr werden, wenn ich im Knast bin?«

Er blickt mich direkt an.

Da ist so viel in seinen Augen.

Wut, Verzweiflung, Trotz, Sehnsucht, Sorge und Liebe.

Wie konnte ich jemals denken, dass das Tanggrün einfach nur wunderschön sei.

»Aber du hast selbst gesagt, dass die Dealerei nichts bringt. Jedenfalls nicht so viel, wie ihr für das Haus braucht. Dann kannst du auch damit aufhören.«

»Und mehrere Tausend Dollar einfach ins Klo schütten? Und das auch noch in eins, das keine Spülung mehr hat, weil das Wasser abgedreht wurde.«

Ich schlucke hinunter, was mir auf der Zunge liegt.

Er hat mit seinem unterschwelligen Vorwurf recht. Ich darf mir kein Urteil erlauben. Ich muss es nicht erwähnen, Josh weiß längst, dass ich aus einem reichen Elternhaus komme. Wer so schnell und ohne Erklärung verzeihen kann, wenn ihm achttausend Dollar gestohlen wurden, der vermisst die nicht weiter und weiß zur Not auch, woher er mehr bekäme.

»Josh, ich habe eine Idee, wie wir an das Geld für das Haus rankommen«, sage ich stattdessen.

Er runzelt die Stirn. »Und die wäre?«

»Die Wahrheit ist, mit der Hand werde ich keine Konzertpianistin mehr sein können.«

Ich hebe den eingegipsten Arm, als müsste ich meine Worte damit näher erklären.

»Bist du das wirklich? Konzertpianistin?«

Ich nicke.

»Das ist völlig verrückt.«

Ich nicke wieder, weil ich weiß, was er meint.

Diese unterschiedlichen Welten, aus denen wir kommen.

Und doch sitzen wir hier zusammen auf einem Bett.

In dem wir eben noch Liebe gemacht haben.

Ich schaue zu ihm rüber.

Wahrscheinlich ziemlich sehnsüchtig.

Denn ein kleines Grinsen huscht über sein schönes Gesicht.

Doch dann wird er wieder ernst.

»Wie war das mit der Hand? Ich dachte, alles ist okay und sie heilt wieder.«

»Das tut sie auch. Aber eben nicht so, dass ich damit noch weiter Konzerte geben kann.«

»Echt jetzt? Fuck.«

»Das ist nicht so schlimm. Weil ich gar keine mehr geben will.«

Ich sehe, wie bei meinen Worten seine Augenbrauen in die Höhe schnellen. Aber ich möchte ihm jetzt unbedingt von meinem Plan erzählen und rede einfach weiter.

»Der Arzt hat mir eine sehr teure OP vorgeschlagen. Die meine Eltern sofort bezahlen würden. Denn es ist ihr Traum, dass ich Klavier spiele. Ich werde ihnen also sagen, dass ich diese OP brauche. Und wenn sie das Geld überwiesen haben, kaufen wir das Haus davon.«

»Und wie bezahlst du dann die OP?«, fragt er verwirrt.

»Na, gar nicht. Ich werde sie nicht machen lassen.«

Ich lächle ihn an, stolz über meinen genialen Plan.

Aber er reagiert ganz anders, als ich hoffte.

»Bist du bescheuert?«

»Nein, das geht schon«, versichere ich. »Meinen Eltern wird das nichts ausmachen. Sie sind wirklich reich. Die werden das Geld nie vermissen«, sage ich schnell.

»Darum geht es doch gar nicht. Du musst diese OP machen lassen!«, fährt Josh mich an.

Seine Augen blitzen und seine Sommersprossen scheinen zu glühen. Er fuchtelt mit den Armen, sodass die Tattoos darauf wie lebendig aussehen.

»Es geht um dich, um deine Zukunft, deine Chancen. Das kannst du doch nicht alles einfach wegschmeißen.«

»Josh, versteh doch. Mein ganzes Leben stand im Schatten

eines Klaviers. Ich durfte nie auf den Rummel, nie in den Zoo, ich durfte nicht herumtollen und hatte keine Freunde, ich war auf keiner Party und habe außer dir nur noch Will geküsst. Und jemanden, an dessen Namen ich mich nicht erinnere. Es gab immer nur das Klavier in meinem Leben. Ich kann nicht zählen, wie viele Stunden ich übte. Und wie viele Tränen ich weinte, weil ich das irgendwann nicht mehr wollte. Nicht so. Weil ich nicht selbst bestimmen durfte. Weil das nicht ich bin. Ich will diese verdammte Chance gar nicht!«

Ich höre selbst, wie laut meine Stimme bei diesen Worten geworden ist.

Es nervt mich, dass mich niemand versteht. Auch Carey will, dass ich noch einmal darüber nachdenke.

Aber ich denke seit drei Jahren darüber nach. Und endlich habe ich die Flucht gewagt.

Nur damit mir der Mensch, den ich so sehr liebe, an den Kopf wirft, dass ich bescheuert sei?

Er ist ganz rot geworden und als er mich fixiert und zu einer Antwort ansetzt, merke ich, dass Josh richtig wütend ist.

»Und das erzählst du ausgerechnet einem, der nie eine Chance hatte? Dass du deine nicht willst? Dein Talent und deine sauteure Ausbildung einfach wegwirfst? Weißt du, wie fucking arrogant das ist? Ich war keinen einzigen Tag meines Lebens in irgendeiner Schule. Zoo und Rummel und Partys gab es bei mir auch nicht. Nonna hat mir Lesen, Schreiben und Rechnen beigebracht und das war's.«

Josh schreit nicht. Seine Stimme klingt klar und hart. Man könnte Glas mit ihr zerschneiden.

Wir starren uns an.

Die zwei Meter Abstand zwischen uns werden zu Welten.

Bodenlos tiefe Gräben und unüberwindliche Höhen.

»Deine Eltern haben dein besonderes Talent erkannt und gefördert«, fährt er mühsam beherrscht fort. »Sie gaben dir die Chance, dein ganzes Leben mit Musik zu verbringen. Vielleicht waren sie streng, vielleicht haben sie dich nicht immer gefragt, vielleicht haben sie auch falsche Entscheidungen getroffen. Okay. Darüber bist du wütend. Auch okay. Aber sie meinten es gut und dachten, Klavierspielen sei deine Leidenschaft. Viele können davon nur träumen. Und noch andere träumen von Eltern, die einen überhaupt mal wahrnehmen. Und es gibt sogar welche, die träumen überhaupt von Eltern. Ich habe keine und hatte nie welche. Ich kann auf niemanden wütend sein, der mal eine falsche Entscheidung für mich getroffen hat. Noch nicht einmal, weil er mich irgendwo verloren hat oder vielleicht sogar mit Absicht liegen gelassen hat. Ich kann immer nur auf mich wütend sein. Weil es vielleicht meine Schuld war, weil ich vielleicht irgendetwas falsch gemacht habe. Mir bleibt nur der fucking Selbsthass. Und selbst da weiß ich nicht einmal, wen ich da genau hasse. Weil ich keine Ahnung habe, wer ich überhaupt bin.«

Ich starre Josh an.

Den Schmerz und die Verzweiflung in seinen Worten kann ich kaum aushalten. Ich weiß nicht, was ich sagen soll.

Ich will ihn trösten, in den Arm nehmen.

Gleichzeitig bin ich der Grund seiner Wut. Und er wirkt so unfassbar abweisend.

Mein hilfloses Schweigen macht es noch schlimmer. Ich spüre, wie Josh sich immer mehr zurückzieht.

»Okay, sorry, schon klar, das ist mein Problem. Damit muss ich allein klarkommen. Und um mich geht es hier gerade gar nicht.«

»Josh, ich –«

Er winkt ab.

»Ich muss hier raus«, unterbricht er mich.

Dann rennt er auf den Balkon, überwindet das Geländer, springt auf die Straße hinunter, schnappt sein Board und skatet davon.

Den Rest des Tages verbringe ich in meinem Bett. Eine Weile chatte ich mit Will. Carey fragt, was ich zum Abendessen möchte, doch ich habe keinen Hunger. Ich fühle mich wie betäubt. Dabei kann man den Zugang der Braunüle in meiner Armbeuge nicht einmal mehr sehen.

26. Tag *(Freitag)*

Süße, du siehst verdammt traurig aus«, sagt Will und küsst mich zur Begrüßung auf den Mund.

»Keine Küsse mehr«, murmle ich. »Freunde ohne Plus.«

Das hatten wir beschlossen.

»Sorry, das macht man hier so. Auch ohne Plus.«

Das habe ich vergessen und seinen Kuss falsch verstanden.

»Aber Freunde ohne Plus dürfen sich auf alle Fälle umarmen und trösten.« Will hält mich für einen Moment ganz fest. »Was ist los, was macht dich so unglücklich? Die zerbrochenen Träume einer heimlichen Pianistin?«

Na klar, er weiß Bescheid. Zumindest hat er mich spielen hören.

Und auf einmal strömt die ganze Geschichte aus mir heraus. Alles, was ich ihm bisher verschwiegen habe. Weil es keinen Einzug halten sollte in meinem neuen Leben. Von meiner Flucht von zu Hause bis zum heutigen Morgen. Ich erzähle ihm jedes noch so kleine Detail.

Will führt mich währenddessen zum Auto und fährt uns nach Bondi, wo wir irgendwann allein in einem winzigen japanischen Restaurant sitzen und Sushi essen. Die ganze Zeit rede ich. Und er hört mir aufmerksam zu.

Schließlich habe ich das letzte Wort gesprochen und mir fällt nichts mehr ein.

»Ich habe mir ja gedacht, dass du ein aufregendes Mädchen

mit einem wilden Leben bist, aber das übersteigt tatsächlich meine Erwartungen«, sagt Will.

Ich schaue ihn etwas verunsichert an. Macht er sich über mich lustig? Aber das tut er nicht. Stattdessen kraust intensives Nachdenken sein hübsches Gesicht.

»Natürlich ist das mit der OP und dem erschwindelten Geld fürs Haus superbescheuert.«

Ich möchte aufbegehren, lasse es dann aber. Keinem, dem ich davon erzählt habe, gefiel mein Plan. Also muss was dran sein, dass das eine ziemlich doofe Idee ist.

»Aber irgendetwas muss ich doch tun«, jammere ich.

»Du magst ihn wirklich«, stellt Will fest.

»Mehr als das.«

Er nickt. Ich kann dieses Nicken nicht richtig deuten. Aber das ist nicht wichtig.

»Lüge und Betrug sind niemals eine gute Basis. Egal wofür. Wir sollten das Ganze komplett anders denken. Es geht nicht darum, Geld zu beschaffen, um deinen Freund und seine Nonna zu retten.«

Ich mache wieder eine Bewegung des Aufbegehrens, die Will einfach weglächelt.

»Schon gut. Dir geht es darum, das verstehe ich. Aber wenn wir das Ganze größer denken, kriegen wir vielleicht das Geld zusammen. Von deinen oder von meinen Eltern. Oder sogar öffentliche Gelder.«

»Du meinst, ein soziales Projekt, so wie sie Carey entwickelt?« Meine Neugier ist geweckt.

»Ganz genau. In das man investieren kann und doppelt zurückbekommt. Finanziell und ablassmäßig. Nur falls es den Himmel doch geben sollte.«

»Das klingt eklig und berechnend.«

»Ist es ja auch irgendwie. Aber so funktionieren eben die meisten Menschen. Leider.«

»Ich nicht«, murmle ich.

»Aber du hast blöderweise auch kein Geld. Das hast du doch nicht, oder?«

Will schaut mich mit plötzlich sehr wachem Blick an.

»Ich meine, du bist achtzehn geworden. Bist du dir sicher, dass deine Eltern oder Großeltern nicht irgendeinen Fonds für dich angelegt haben, der dir an deinem Geburtstag überschrieben wurde?«

Ich schaue ihn erstaunt an. Dabei ist Erstaunen gar nicht angebracht. Will kommt aus derselben Welt wie ich. Er weiß, wie die Dinge normalerweise laufen.

»Nicht dass ich wüsste. Nicht von meinen Eltern. Und Omi besaß die unfassbare Barschaft von siebzehn Euro zweiundvierzig, als sie starb.«

Omi hätte so gerne noch einmal das Meer gesehen. Aber ich war zu klein und konnte ihr nicht helfen.

Damals.

Aber jetzt bin ich das nicht mehr.

Ich werde Nonna und Josh retten.

Egal wie.

»Mir wird etwas einfallen«, sage ich ein bisschen trotzig und schiebe mir ein letztes Sashimi in den Mund.

Will trinkt sein Glas leer.

»Uns. Uns wird etwas einfallen. Süße, du bist nicht allein«, sagt er und grinst mich an.

Auf der Heimfahrt überlege ich, was die wichtigsten Schritte sind. Nonna braucht dringend erste Hilfe. Vor allem ein Bad. Das möchte ich mit Carey besprechen.

Und mit Josh muss ich dringend reden. Der mal wieder nicht auf meine Nachrichten reagiert.

Verdammt. Warum muss er so ein sturer, emotionaler Kerl sein! Ich stöhne genervt auf.

Aber Moment mal, Charly, das ist doch genau das, was du an ihm großartig findest. Was dir in deinem vorherigen Leben fehlte. Echte Gefühle.

Es stimmt ja, gestehe ich mir selbst ein.

Ich habe nur nicht gewusst, wie anstrengend das sein kann.

Carey ist zum Glück schon zu Hause.

»Ich muss ganz dringend mit dir reden. Hast du Zeit? Auch länger?«, überfalle ich sie direkt, als ich zur Tür hereinkomme.

»Auch hallo«, lacht Carey. »Die nehme ich mir gerne. Was gibt es denn?«

Ich erzähle ihr vom alten Haus, in dem Josh und Nonna wohnen, vom fehlenden Wasser und davon, wie dringend Nonna ein Bad und frische Wäsche braucht.

Carey hört mir bis zum Ende zu, unterbricht mich kein einziges Mal. Obwohl es ein ziemlicher Brocken ist, den ich ihr da vor die Füße werfe.

»Bitte, wir müssen sie mit dem Auto abholen, ihre Wäsche waschen und ihr ein Bad einlassen«, dränge ich.

»Hast du sie gefragt, ob sie das möchte?«, fragt Carey mit ernstem Blick.

»Wie kann sie das nicht wollen, wo sie es so dringend braucht?«, frage ich beinahe empört zurück.

Carey lächelt.

»Es ist gut und richtig, dass du ihr helfen willst. Du kannst ihr deine Hilfe anbieten. Aber du darfst sie mit deiner Hilfe nicht einfach überfallen. Sie muss sich dafür entscheiden dürfen. So lässt du ihr ihre Würde«, erklärt mir Carey.

Ich bin froh, dass ich sie habe. Daran habe ich nicht gedacht. Ausgerechnet ich. So schnell geht das also, dass man über jemanden hinweg entscheidet. Weil man glaubt zu wissen, was der andere jetzt braucht.

Ich verstumme. Aus Scham und Ratlosigkeit.

»Na, komm, besuchen wir die alte Dame mal«, sagt Carey.

»Josh hat ihr noch nicht erzählt, dass das Haus verkauft werden soll und warum es kein Wasser und keinen Strom mehr gibt«, raune ich Carey schnell zu, als wir auf dem kleinen gepflegten Rasenstück vor der Tür stehen.

»Okay, verstehe«, sagt Carey.

Sie schaut sich interessiert die Hochbeete mit dem Gemüse an.

»Die sind sehr schön angelegt. Permakultur. Perfekt«, sagt sie.

»Was ist Permakultur?«, frage ich.

»Entschuldigen Sie bitte, kann ich Ihnen helfen?«, fragt Nonna.

Sie steht in der geöffneten Tür. Im selben Outfit wie vorgestern. Um Himmels willen, warum habe ich den gestrigen Tag einfach verstreichen lassen?

»Nonna, ich bin es, Charly, erinnern Sie sich an mich?«

»Aber natürlich, mein Mädelchen. Joshs nette Freundin. Wir haben doch erst vorgestern zusammen Tee getrunken.«

»Und das ist meine ... ähm –«

Plötzlich weiß ich gar nicht, wie ich Carey vorstellen soll. Was ist sie für mich?

Carey geht mit ausgestreckter Hand auf Nonna zu.

»Ich bin Carey, eine Freundin von Charly.«

Mein Herz hüpft erfreut. Freundin.

Nonna greift nach Careys Hand und schüttelt sie.

»Sie möchten sicher Josh besuchen, aber er ist nicht da. Das tut mir leid«, bedauert sie.

»Eigentlich wollen wir Sie besuchen«, sage ich schnell. »Obwohl … eigentlich wollen wir Sie fragen, ob …«

Hilflos schaue ich zu Carey. Wie bietet man denn unbefangen seine Hilfe an, ohne verletzend zu wirken? Ganz besonders dann, wenn der andere sehr dringend ein Bad braucht?

»Ich weiß, wir kennen uns noch gar nicht«, springt Carey ein, »und ich hoffe, wir treten Ihnen nicht zu nahe. Aber Josh sagte, dass Sie momentan Probleme mit der Wasserversorgung haben. Wenn Sie also möchten, dann laden wir Sie herzlich ein, Ihre Toilette bei uns zu verrichten. Und vielleicht auch ein paar Wäschestücke zu waschen.«

Obwohl Carey natürlich recht hatte, war ihre Sorge unbegründet. Denn Nonna ist nicht beleidigt. Ganz im Gegenteil. Ein strahlendes Lächeln zieht über ihr Gesicht und entblößt einen zahnlosen Mund. Aber es zeigt auch, wie sehr sie unser Angebot freut.

Wir helfen ihr zurück ins Haus. Dort führt sie uns herum. Im Schlafzimmer packt Carey einige getragene Kleidungsstücke, die ordentlich über einem Stuhl hängen, in eine alte Tasche. Unterhosen, Strümpfe, ein Kleid und eine Strickjacke.

»Ein Handtuch findet ihr im Bad«, sagt Nonna, die alle Förmlichkeit verloren hat.

Sie klingt richtig fröhlich, bereit für ein Abenteuer.

»Das Handtuch ist im Service inbegriffen«, antworte ich.

»Das klingt sehr elegant.« Nonna kichert sogar ein bisschen bei ihren Worten.

Vertrauensvoll hält sie sich an Careys Arm fest.

Vielleicht ist Nonna so weit gekommen, weil sie ihr Vertrauen nie verloren hat, überlege ich.

Joshs breites Lächeln kommt mir in den Sinn. Trotz allem und dieser ganzen echt miesen Lage haben sich Nonna und Josh etwas Positives bewahrt, das sie beide unglaublich schön sein lässt. Und ihnen bestimmt beim Überleben geholfen hat.

Ich decke den Abendbrottisch. Vier Gedecke. Ich hoffe, dass Josh doch noch auftaucht. Carey hilft Nonna im Bad.

Ich bin darüber ziemlich froh. Mit meinem Gips wäre ich sowieso keine große Hilfe gewesen. Außerdem verunsichert mich die Vorstellung, einer nackten alten Frau beim Baden zu helfen.

Das macht Josh seit Jahren.

Wo ist er nur?

Noch immer hat er sich auf keine meiner Nachrichten gemeldet. Inzwischen sind es sieben. Angefangen vom »Es tut mir so leid« von gestern Morgen bis zur neuesten Info, dass Nonna jetzt bei uns ist.

Dass er auch auf letztere gar nicht reagiert, ist wirklich seltsam und ich will mir schon wieder Sorgen machen, da klopft es gegen das Küchenfenster.

Josh muss über den hinteren Zaun geklettert sein. Er scheint eine Aversion gegen Eingangstüren zu haben. Keine Ahnung, ob das besonders klug ist, wenn man den Rucksack voller Koks hat und nur mal eben jemanden besuchen möchte.

»Hey«, sage ich mit sich überschlagendem Herzen und lasse ihn rein.

»Wo ist sie?«

Er lächelt nicht und sieht auch nicht besonders freundlich aus.

»Im Bad. Carey ist bei ihr. Ich mache uns was zum Abendessen.«

Über sein Gesicht verläuft ein unwilliges Zucken.

»Für uns alle«, füge ich sanft hinzu.

»Was wird das, Charly?«

Sein Ton verletzt mich maßlos.

Genauso wie der Umstand, dass er mich weder begrüßt noch geküsst hat. Ist er noch immer wegen unseres Streitgesprächs von gestern dermaßen aufgebracht?

Langsam wird das echt ein bisschen albern. Er muss doch wissen, was er mir bedeutet und dass ich ihn auf keinen Fall verletzen wollte.

Außerdem habe ich mich mehrfach entschuldigt.

»Na ja, Speisen und Getränke, die man abends zu sich nimmt.«

Ich versuche, die Stimmung mit einem Witz aufzulockern. Seine Frage, was das soll, habe ich aber tatsächlich nicht verstanden.

»Ich meine, was das hier alles soll? Was macht Nonna hier? Gehört das auch zu deinem Plan? Sind Nonna und ich jetzt das fucking Hilfsprojekt einer verwöhnten Millionärstochter, die sich damit ein paar Karmapunkte erarbeiten will?«

Mir fällt beinahe das Messer aus der Hand, mit dem ich eben noch einhändig versucht habe, Gurken zu schneiden. Schnell lege ich es zur Seite.

»Spinnst du jetzt total?«, fahre ich ihn an.

Josh schaut mich an, als wäre ich irgendetwas Ekliges. Sein Blick entsetzt mich.

Doch ich starre zurück, als trügen wir einen Kampf aus. Wer zuerst wegguckt, hat verloren.

»Was da gerade aus meinen Augen rinnt, sind übrigens keine süßen Tränen der Rührung«, zische ich. »Und wenn du keine Lust hast, unser Bad zu benutzen, dann lass es eben sein. Keiner zwingt dich dazu.«

»Ich brauche euer Bad nicht. Ich dusche am Strand.«

»Wie schön für dich. Und Nonna wolltest du wohl gerade mit deinem Skateboard abholen, damit sie sich ebenfalls am Strand vor all den Leuten unter die kalte Dusche stellen kann, richtig?«

Ich bin unfassbar wütend.

Carey hat mir vorhin erklärt, wie schwer es sein kann, Hilfe anzubieten oder ebenso anzunehmen. Aber was Josh hier gerade abzieht, ist absolut lächerlich.

Warum ist er so abweisend, geradezu feindselig?

Ich suche in seinem Gesicht nach einer Erklärung oder einer klitzekleinen Regung, die mir zeigt, dass das alles ein Missverständnis ist. Dass wir uns nahe sind.

Aber seine Augen sind kalt.

In dem Moment kommen Nonna und Carey aus dem Bad.

»Wie schön, wir essen zu viert«, sagt Carey.

»Nein, das tun wir nicht«, erwidere ich. »Josh wollte gerade wieder gehen.«

Ich greife nach dem vierten Gedeck und trage es zurück in die Küche.

»Dieser dumme Stolz«, sagt Nonna leise.

Na klar, sie hat ihn aufgezogen, sie liebt ihn und hat sofort verstanden, was los ist.

Josh ist schon halb durch den Garten gestürmt.

»Ich bringe deine Nonna nach dem Essen nach Hause!«, ruft Carey hinter ihm her.

27. Tag *(Samstag)*

Ich weiß nicht, was ich vor dem Aufwachen geträumt habe. Aber als ich aus dem Traum zurückkomme, bin ich wütend.

Das passt gut. Ich bin nämlich auch im Wachsein unfassbar wütend. Schon seit gestern. Vor dem Einschlafen.

Carey und ich haben Nonna nach dem Abendessen nach Hause gebracht. Josh nahm schweigend ihren Arm und führte sie hinein.

Er hatte kein Wort für mich. Nicht einmal einen Blick.

Nonna hatte mich unterwegs darauf vorbereitet.

»Er war schon immer stolz und stur, Mädelchen. Aber dieser Stolz und auch die Sturheit haben ihm auch irgendwann mal geholfen, allein auf den Straßen zu überleben. Das darfst du nicht vergessen, wenn du dich mal wieder über ihn ärgerst.«

Es waren nicht unbedingt ihre weisen Worte, die mich etwas trösteten, sondern dass sie scheinbar und irgendwie selbstverständlich davon ausging, dass »Josh und ich« etwas für länger sein könnte.

Wenn sie das glaubt, dann bedeutet das doch was.

Oder?

Joshs abweisendes Verhalten tat trotzdem weh.

Aber wegen Nonnas Worten bin ich heute Morgen nicht voller Selbstzweifel, sondern einfach nur wütend. Ohne diesen verdammten Stolz könnten wir jetzt gemeinsam überlegen, wie wir das Haus retten.

Aber so tun das erst einmal nur Carey und ich am Frühstückstisch. Für einen Moment bin ich sehr froh, dass Atlas noch immer gut bei seinem Dad untergebracht ist und wir uns auf diese Sache konzentrieren können.

Ich erzähle Carey, was Will gestern im Sushi-Restaurant sagte.

»Das ist genau der richtige Ansatz. Uns fällt dazu sicher etwas ein. Es muss ja nicht dieses Haus sein. Das ist sowieso sehr klein und müsste teuer saniert werden. Aber eine Art soziales Wohnprojekt für Jung und Alt, das sich durch verschiedene Aktionen mitfinanziert, wäre eine Idee. Lass uns an dem Konzept arbeiten. Und es wäre wirklich wichtig, mit einer großzügigen Spende zu beginnen. Das holt auch andere mit ins Boot«, erklärt Carey.

»Du meinst, ich brauche das Geld meiner Eltern trotzdem? Dazu muss ich mich erst mit ihnen aussprechen. Das fühlt sich an wie ein Scheitern«, murmle ich und spüre der Gänsehaut nach, die sich auf meinen Armen bildet.

»Liebes, das ist doch kein Scheitern. Du hast Abstand gesucht und gebraucht. Von hier aus kannst du in Ruhe über dein Leben nachdenken. Wo du hinmöchtest, was dir wichtig ist. Und du hast etwas gefunden. Die Liebe –«

Ich werfe ihr einen warnenden Blick zu. Sie hebt entschuldigend lächelnd die Schultern.

»Das wird schon«, sagt sie leise.

»Wenn er bloß nicht so ein Trotzkopf wäre.«

»Es ist nicht nur Trotz. Menschen, die in der Gesellschaft keinen Platz finden, verlieren oft das Gefühl für den eigenen Wert. Die Würde des Menschen ist unantastbar. Aber manchmal ist es schwer, sie nicht selbst zu verlieren. Schau mal, wie viele sich allein deshalb schlecht fühlen, weil sie nicht genug

Instagram-Herzen bekommen. Und daneben jemand, der im echten Leben nicht richtig wahrgenommen wird. Dieses Gefühl kennst du doch auch. Aber nun stell dir vor, das passiert dir von Anfang an. Du wirst schon als Kind von allen, von deinen Eltern, einer ganzen Gesellschaft einfach ignoriert.«

»Meinst du, Josh braucht eine Therapie?«, frage ich und übergehe die Anspielung auf mich.

Nicht nur, weil es sich so viel besser anfühlt, wenn man sich um andere kümmert. Sondern auch, weil mir gerade überdeutlich klar wird, wie gut es mir geht. Und wie hart die Wege anderer sind.

Zum Beispiel der von Josh.

Der trotzdem jedem Tag mit einem breiten Lächeln entgegentritt.

»Das weiß ich nicht, Liebes, und ich maße mir nicht an, das von ferne zu beurteilen. Wir brauchen aber mit Sicherheit viel Geduld und Verständnis für ihn.«

Trotz des echt traurigen Themas bin ich wieder einmal unglaublich dankbar, bei Carey gelandet zu sein.

Wir. Sie sagte wir.

»Du hast eine Aufgabe gefunden«, fährt sie mit dem begonnenen Thema fort. »Mit einem guten Konzept wärst du kein Bittstellerin, wenn du deine Eltern um Unterstützung dafür bitten würdest. Du würdest ihnen etwas anbieten.«

Ich weiß, dass Carey recht hat. Theoretisch.

Aber in mir drinnen fühlt es sich anders an.

»Ich muss mich erst an den Gedanken gewöhnen. Solange entwickeln wir aber schon mal das Konzept, ja?«

Carey nickt.

»Allerdings brauchen Josh und Nonna sofort Unterstützung. Nicht nur langfristig«, sage ich bekümmert.

»Das stimmt. Wir müssen Nonna erst einmal irgendwo anders unterbringen. Sie kann nicht in dem Haus bleiben.«

Und Josh?, denke ich und schaue jäh auf. Carey versteht mich sofort.

»Mit Josh wird es wohl nicht so einfach. Er will sein Ding allein machen. Und er ist alt genug, das für sich selbst zu entscheiden. Das musst du respektieren«, sagt Carey.

Das weiß ich ja.

Es fällt mir aber so schwer.

Ich kann ihm nicht einmal von unseren Ideen erzählen. Er beantwortet weder meine Nachrichten noch ruft er an.

Ich sitze ein bisschen verloren in meinem Zimmer. Carey ist in ihr Office gegangen, Atlas bleibt noch bis morgen bei seinem Dad. Was er wohl mit seiner klaren direkten Art über all das denken würde? Da muss ich grinsen. Ich vermisse die Meinung eines achtjährigen Jungen.

Meine Hand puckert. Erstaunt blicke ich auf den Gips. Ich habe ihn beinahe vergessen. Ich spüre keinen Schmerz. Vielleicht weil ich voller Adrenalin und Endorphinen bin. Körpereigene Drogen, die mein neues Leben produziert.

Dabei wäre dieser Gips noch vor einigen Monaten eine Vollkatastrophe gewesen, die all meine Zukunftspläne und mein gesamtes Leben zerstört hätte.

Ich weiß irgendwie nichts mit mir anzufangen.

Draußen ist alles grau und regnerisch.

Irgendwann erlöst mich Wills Anruf aus meiner miesen Stimmung.

»Hey, Süße, hör mal, die alte Dame kann zu uns ziehen. Ins Gartenhäuschen. Carey hat das mit meinem Vater geklärt.«

»Das ist ja großartig!«, rufe ich.

Erst dann fällt mir ein, dass Nonna noch gar nichts von ihrem Schicksal weiß. Vielleicht dreht sie jeden Tag am Lichtschalter oder am Wasserhahn und wundert sich, warum nichts passiert. Vielleicht hat der Hausbesitzer mehrere Briefe geschrieben, die Josh alle abgefangen hat. Vielleicht ist der Auszugstag schon morgen und Nonna hat nicht die geringste Ahnung, dass sich ihr Leben komplett ändern wird.

Hoffentlich ist das nicht superstressig für sie.

Alte Bäume pflanzt man nicht mehr um, hat Omi damals geantwortet, als ich sie fragte, ob wir beide nicht zusammen nach Panama abhauen wollen. Wir hatten gemeinsam ein Kinderbuch gelesen, in dem ein kleiner Tiger und ein kleiner Bär genau dorthin wollten. Sie schafften es nicht, sondern landeten wieder zu Hause. Die beiden waren darüber sehr glücklich. Ich musste weinen.

Will und ich verabreden, dass ich erst einmal allein zum alten Haus gehe und Nonna einweihe. Sie könnte sogar noch heute in das kleine Häuschen im Garten bei Wills Eltern einziehen.

»Sie lassen das gerade herrichten. Und für ihre Pflege ist auch gesorgt«, sagt Will.

»Das ist wirklich unfassbar, wie hilfsbereit deine Eltern sind.« Ich bin ehrlich überrascht.

»Na ja«, Will lacht. »Ich sehe das nicht ganz so positiv wie du. Sagen wir so, sie freuen sich, ihr schlechtes Gewissen mit einem kleinen sozialen Projekt zu besänftigen. Ablasshandel und so.«

Ich muss schlucken. Das ist genau der Grund, warum Josh sauer auf mich ist.

Nonna und er sind kein Projekt reicher Leute mit schlechtem Gewissen. Sie sind Menschen, die Hilfe brauchen.

Aber Hilfe bekommt man eben meistens nicht umsonst.

Das ist wie mit der Liebe. Wahre Großzügigkeit, die völlig bedingungslos wäre, muss man erst mal lernen.

Und die meisten lernen nicht gerne.

Manchmal ist das aber auch echt schwer.

Ach, Josh.

Als ich leise rufend die Hintertür öffne, ist nur Nonna zu Hause.

»Josh ist in der Nacht verschwunden und noch nicht wieder aufgetaucht.«

Ich erschrecke und Nonna tätschelt mir den gipsfreien Arm.

»Keine Sorge, Mädelchen. Josh ist klug und kennt sich aus. Er war schon öfter mal für eine Nacht fort. Aber es ist ihm noch nie etwas Schlimmes passiert.«

So wie letztens, als er bei mir übernachtete.

Trotzdem beruhigen mich Nonnas Worte kein bisschen. Sie weiß nicht, dass Josh dealt und Probleme mit der Polizei oder mit seinen Geschäftspartnern haben könnte. Ich denke echt *Geschäftspartner.*

Ich will auch gar nicht wissen, wie oft er die Nächte in den Betten anderer Mädchen verbracht hat.

Ach, es ist zum Durchdrehen.

Warum meldet er sich denn nicht?

Nonna kocht uns mit dem letzten Gas in der Kartusche Pfefferminztee auf dem Campingkocher. Auch die Wasserflasche ist danach leer.

Ich sehe, dass ein besorgter Ausdruck über ihr Gesicht huscht. Josh meldet sich nicht und Nonna hat weder Wasser noch die Möglichkeit, sich eine Suppe aufzuwärmen. So verantwortungslos habe ich ihn nicht eingeschätzt. Nonna scheint das auch nicht von ihm zu kennen.

Weil ihm eben doch etwas passiert ist, denke ich.

Halb besorgt und halb trotzig.

Als wir unseren Tee trinken, erkläre ich Nonna alles.

Zu Beginn versuche ich noch irgendwie, drum herum zu reden. Aber das ist total sinnlos. Die Situation ist furchtbar. Da gibt es nichts zu beschönigen. Zum Glück habe ich eine Lösung dabei.

Nonna hört unbewegt zu. Nur hin und wieder nickt sie ganz sacht.

Dann habe ich alles gesagt und ziemliche Angst, was gleich passiert.

Für einen Moment ist es ganz still. Bis auf das Ticken der alten Uhr auf dem Küchenschrank, das plötzlich extralaut den schmalen Raum erfüllt.

»Ich habe mir so etwas schon gedacht«, bekennt Nonna schließlich in das Ticken der Uhr hinein. »Josh war so viel unterwegs wie nie und er wirkte besorgt und seltsam geheimnisvoll. Aber wenn ich ihn fragte, beteuerte er stets, es sei alles in Ordnung.« Sie wischt sich eine Träne weg. Dann schaut sie sich in ihrer gemütlichen Küche um.

»Wir haben hier zehn Jahre zusammen gelebt. Wir hatten nie viel, meistens zu wenig. Aber es waren trotzdem gute Jahre.«

Ich schlucke und schniefe.

Himmel, Charly, hör damit auf, ermahne ich mich. Diese Heulerei hilft niemandem. Im Gegenteil. Sie kann andere sogar noch trauriger machen, als sie sowieso schon sind. Carey hat gesagt, wer helfen will, braucht Mitgefühl, aber kein Mitleid.

Also weine nicht Nonnas Tränen.

Ich ziehe die Nase hoch und stehe entschlossen auf. Dabei rutscht mein Sessel lautstark ein Stück nach hinten. Vor Schreck zucken Nonna und ich zusammen.

»Wollen wir eine Tasche packen mit den Sachen, die Sie jetzt erst mal mitnehmen? Die anderen Dinge verpacken wir dann in den nächsten Tagen in Kisten, die wir irgendwo unterstellen«, schlage ich vor.

Nonna nickt und seufzt. »Das ist natürlich ein bisschen plötzlich. Aber es ist nicht zu ändern. Es gibt kein Wasser und kein Gas. Und ein Hinauszögern bringt nur längeren Kummer.«

Sie lächelt mich an.

Ich bewundere ihre Stärke und nicke übertrieben begeistert.

Will holt uns ab.

»So ein schicker Wagen«, staunt Nonna, als Will ihr auf den Beifahrersitz hilft.

Ich erschrecke.

Was wird sie erst über das Gartenhaus bei der Villa denken?

Von der Hütte ins Schloss. So was funktioniert wahrscheinlich nur im Märchen. Jemand, der ein gemütliches Häuschen sein Zuhause genannt hat, fühlt sich doch gar nicht wohl in überbordender Pracht und falschem Glanz.

Plötzlich habe ich richtige Angst, dass das Ganze eine ziemlich blöde Idee ist.

Aber was hätten wir sonst auf die Schnelle tun können?

»Wie es einer Dame wie Ihnen geziemt. Warten Sie, bis Sie erst Ihre neue Residenz sehen«, überspielt Will charmant die Situation und gibt Nonna einen Handkuss.

Sie kichert und ich lehne mich erleichtert auf dem Rücksitz zurück.

Während der Fahrt warte ich.

Wie in jeder Minute, die ich nicht mit anderen rede oder schwer beschäftigt bin.

Immer wieder schaue ich auf mein Smartphone.

Aber Josh meldet sich nicht.

Unwillig stöhne ich leise auf.

»Gib ihm Zeit, Mädelchen. Er wird uns schon nicht verlassen«, sagt Nonna zu mir nach hinten.

»Der großartige Josh«, raunt Will vor sich hin, aber ich kann es hören.

Ich sage nichts dazu.

Vor der Villa empfängt uns Chloe. Sie hat ihre langen Haare zu einem einfachen Zopf zusammengebunden und trägt ein Shirt und Jeans. Mir wirft sie nur ein kurzes Hallo zu, aber Nonna öffnet sie die Beifahrertür und hilft ihr aus dem Wagen. Mit einem strahlenden Lächeln.

»Na, das ist ja ganz großes Theater hier«, flüstert Nonna mir zu.

Wills und Chloes Eltern stehen wie ein Empfangskomitee an der Treppe und lächeln. Dahinter der Butler und der Koch. Das wirkt tatsächlich etwas übertrieben. Fehlt nur noch der rote Teppich.

Und kurz schießt mir die Frage durch den Kopf, ob sie genauso auf Nonna reagiert hätten, wenn sie der armen, alten Frau auf der Straße begegnet wären.

Dann schiebe ich den Gedanken schnell wieder weg. Er ist sinnlos.

Für Wills Eltern ist das Ganze vielleicht nur eine nette Geste. Oder vielleicht auch tatsächlich ein kleiner Ablasshandel.

Aber für Nonna ist es überlebenswichtig.

Das Gartenhäuschen besteht aus einem Zimmer und einem kleinen Bad. Es ist hübsch eingerichtet, sonnig, mit Blick in üppige Rabatten und auf den dahinterliegenden Pool.

Aber ich sehe, dass Nonna sich etwas erschrocken umschaut.

»Das wird schon«, sage ich leise. »Sie müssen sich natürlich erst daran gewöhnen. Aber es ist doch ganz nett hier, oder?«

»Es ist wunderschön. Doch kein Zuhause«, wispert Nonna.

Spontan nehme ich sie in die Arme. Darauf bedacht, dass ich ihr mit dem Gips nicht wehtue. Sie fühlt sich an wie ein kleines, zerbrechliches Vögelchen.

»Ich weiß. Aber es ist ja auch nur für den Übergang. Wir tun alles, damit Sie ganz schnell wieder ein richtiges Zuhause haben«, verspreche ich ihr.

Nonna nickt voller Traurigkeit.

»Wer weiß, ob ich nicht zu alt bin für einen Übergang«, murmelt sie.

Doch dann weiten sich ihre Augen erschrocken und sie greift nach meinem gesunden Arm. Drückt ihn mit all ihrer Kraft.

»Um Himmels willen, das tut mir leid. Du musst mich für eine undankbare alte Schachtel halten. Dabei gebt ihr euch alle so viel Mühe.«

»Das tue ich bestimmt nicht. Ich kann Sie sehr gut verstehen«, versichere ich ihr. »Meine Omi ist leider schon vor langer Zeit gestorben. Aber wir waren uns sehr nah. Sie lebte in einem Heim, das sie hasste.«

Dennoch hat Nonna recht. Keiner weiß, wie viel Zeit ihr noch bleibt.

Zeit.

Es geht nicht nur ums Geld.

Wir müssen schnell handeln.

Ich muss schnell handeln und dringend mit meinen Eltern sprechen. Ich habe ihnen einen Deal vorzuschlagen.

Es klopft an der Tür.

»Nonna, kann ich Ihnen helfen?«, fragt Chloe im Eintreten. »Ich bin für Sie da, solange Sie bei uns wohnen werden.«

»Das ist aber nett«, sagt Nonna und lächelt, als hätte sie eben nicht geweint.

Chloe will also Nonnas Pflege übernehmen. Wahrscheinlich muss ich meinen Eindruck, den ich von ihr habe, noch einmal überdenken.

Allerdings hat sie noch immer kein Wort für mich.

Nonna ist zu erschöpft, um mit uns zu essen. Chloe hat ihr stattdessen einen Imbiss gebracht.

Jetzt sitzen Will, Chloe, ihre Eltern und ich zusammen am Tisch. Der philippinische Koch hat ein köstliches Dinner aufgetragen. Völlig ausgehungert mache ich mich darüber her.

Die momentane Situation ist so weit geklärt. Die Gespräche bei Tisch gehören dem leichten Small Talk. Heute nervt der mich nicht wie sonst. Wir sind ein Team. In einer guten Sache.

Außerdem gelingt es mir so, neben einigen eingestreuten Sätzen, mir meine eigenen Gedanken zu machen.

Die haben allerdings keinerlei Leichtigkeit.

Nach dem Essen legt Will seine Serviette neben den Teller und steht auf.

»Komm, Süße, ich fahre dich heim. Du siehst aus, als müsstest du dringend ins Bett.«

Ach, Will. Du bist so aufmerksam. Denn ja, ich muss ins Bett. Ich würde am liebsten meinen Kopf auf dem Tisch ablegen und direkt einschlafen. Nur weil ich befürchte, dass Wills Eltern genau so ein Verhalten von der geschorenen Deutschen erwarten, mache ich das aber nicht.

Wir verbringen die Fahrt schweigend. Immer wieder nicke ich weg. Es war ein unfassbar anstrengender Tag. Vor allem emotional.

Und Josh hat sich noch nicht gemeldet.

Du stolzer Idiot, warum liebe ich dich nur so sehr?

Mitten in der Nacht schrecke ich hoch.

Jemand ist an der Balkontür.

Josh!

Völlig benommen knipse ich die Lampe an, springe aus dem Bett und stoße mir den kleinen Zeh am Pfosten.

Au, verdammt!

Ich unterdrücke ein Wimmern und humple zur Tür, öffne den Vorhang und erschrecke.

Ein blutunterlaufendes Auge starrt mir entgegen. Nur eines. Das andere ist völlig zugeschwollen.

Ich reiße die Tür auf.

»Was ist passiert?«

Josh drängt an mir vorbei und lässt sich stöhnend auf die Matratze sinken.

»Sie haben mich erwischt.«

Ich setze mich neben ihn. Warte, bis er bereit ist zu erzählen.

»Es war von Anfang an eine Scheißidee. Das war mir klar, aber ich habe trotzdem gehofft, dass ich es irgendwie hinkriege.«

Er hält die Augen geschlossen. Zumindest das eine. Das andere ist dermaßen geschwollen, dass er es sowieso nicht öffnen kann.

»Ab jetzt kannst du beruhigt sein. Mit der Dealerei ist Schluss. Sie haben mir das Zeug abgenommen.«

»Die Polizei?«

»Sehe ich so aus, als wäre ich den Cops in die Arme gelaufen?«

Ich schüttele den Kopf, obwohl er das ja gar nicht sehen kann.

Plötzlich merke ich, wie mir ein ungewolltes Lachen die Kehle hochsteigt. Ich versuche, es zu unterdrücken. Ich darf jetzt nicht lachen, das wäre gemein. Josh ist übel zugerichtet und hat sicher furchtbare Schmerzen.

Das Unterdrücken ergibt ein seltsames Geräusch. Josh öffnet das blutunterlaufene Auge. Das andere zuckt nur ein wenig.

»Lach ruhig«, brummt er.

»Es tut mir leid«, erwidere ich schnell. »Ich hatte nur gerade dieses Bild von uns vor Augen. Ich mit dem Arm in Gips, du mit dem zerschlagenen Gesicht. Das passt so gar nicht in eine romantische Liebesgeschichte.«

»Und in so einer wärst du gerne.«

Die Spitze ist gemein.

Ich bin nicht oberflächlich.

Klar, wenn ich wählen dürfte, würde ich natürlich viel lieber eine leichte Liebe erleben als all die Dinge, die tatsächlich passieren.

Aber mein bisheriges Leben war keine blühende Sommerwiese, durch die ich hüpfte. Es war nicht so schwer wie das von Josh. Ich wäre jedoch ziemlich bald daran kaputtgegangen. Er müsste wissen, dass er mir mit seinen Worten unrecht tut.

»Jedenfalls haben sie mir alles gerippt. Sorry, deine achttausend sind endgültig futsch.«

Das waren sie doch längst, denke ich.

Für eine Sekunde bin ich unsicher, wie ich reagieren soll. Ein Schulterzucken würde ihn bestimmt wieder aufbringen. Weil es eben doch verdammt viel Geld ist. Ich möchte ihm aber auch kein schlechtes Gewissen machen. Das hat er ohnehin schon.

»Blöd«, sage ich etwas unbestimmt.

Josh greift mit geschlossenen Augen nach meiner Hand.

»Du musst nix sagen.«

Ich spüre, dass er noch immer zittert. Der Überfall muss erst vor Kurzem passiert sein.

»Sind die Typen hinter dir her?«, frage ich leise.

»Mach dir keine Sorgen. Sie wissen auf keinen Fall, wo ich bin oder dass wir uns kennen. Ihr seid nicht in Gefahr.«

So hatte ich es nicht gemeint.

Aber so denkt Josh.

Nicht sarkastisch, sondern ganz ernsthaft. Er würde uns niemals in Gefahr bringen.

»Wo ist Nonna? Ich war im Haus, aber sie ist nicht da.«

Ich muss schlucken.

Er hat meine Nachrichten nicht gelesen.

»Mein Smartphone war nicht geladen, aber ist eh egal. Sie haben mir mein komplettes Backpack abgenommen«, sagt Josh, als hätte er meine Gedanken gelesen.

Ich muss direkt noch mal schlucken. Aber vielleicht ist es ganz gut, dass er all meine Nachrichten nicht gelesen hat. Die letzten waren ziemlich emotional.

Also erzähle ich ihm, was alles passiert ist und welche Pläne wir haben. Ich mache das vorsichtig und etwas umständlich formuliert. Das hier ist wichtig.

Ich fühle, wie seine Finger bei meinen Worten immer wieder viel zu fest zudrücken. Es nimmt ihn sehr mit, wie es dazu kommen konnte, dass er nicht mehr für Nonna und sich sorgen kann und beide auf fremde Hilfe angewiesen sind.

Aber da muss er durch.

»Bitte brich mir nicht auch noch die andere Hand«, sage ich.

»Sorry«, murmelt er und lässt sie los.

Schade.

Ich streiche ihm vorsichtig über die Stirn und das Jochbein.

»Darf ich dir das Blut abwaschen?«, frage ich leise.

Ein Lächeln zieht sich über sein blutverkrustetes, geschwollenes Gesicht. Es ist total verrückt. Aber er ist trotzdem noch unfassbar schön.

»Das wäre wirklich lieb«, raunt er.

Ich steige hinunter. Im Bad fülle ich eine Schüssel mit warmem Wasser und suche den weichsten Lappen heraus.

Aus der Küche hole ich noch eine Flasche Saft und ein Icepack.

Josh hat sich in der Zwischenzeit aufgerichtet und ein Kissen in den Rücken geschoben. Auch wenn er in dieser furchtbaren Verfassung ist, hüpft mein Herz bei seinem Anblick.

Josh liegt in meinem Bett.

Ich stelle die Schüssel auf seinem Schoß ab, tunke den Lappen hinein und wringe ihn aus. Dann wische ich ihm so sanft wie möglich das Blut aus dem Gesicht. Er hat es mir zugewandt und hält die Augen geschlossen.

Das Lächeln ist immer noch da.

»Das fühlt sich gut an. Als wäre ich der Krieger, der nach hartem Kampf zu seiner Liebsten heimgekommen ist.«

Richtig. Die sich, bevor sie ihren Mann versorgt, erst einmal selbst das Blut des eigenen Kampfes weggewischt hat.

Das sage ich aber nicht laut. Ich weiß, dass er es nicht so meint.

Als ich fertig bin, drücke ich ihm die Saftflasche und das Icepack in die Hand.

»Da, zum Kühlen und zum Trinken.«

Ich bringe die Schüssel wieder hinunter.

Als ich das blutige Wasser in das weiße Waschbecken leere, seufze ich ungewollt auf.

Doch ich will stark sein. Stark für meinen tapferen Krieger. Denn neben jedem tapferen Krieger steht eine starke Frau.

Später liegen wir nebeneinander im Dunkeln im Bett. Wir haben uns noch immer nicht geküsst.

»Ich bin sicher, die Typen geben Ruhe. Sie haben beinahe hundert Gramm von mir erbeutet und mich ordentlich zusammengeschlagen. Diese Rechnung müsste beglichen sein. Weil ich dermaßen krass gescheitert bin, habe ich wohl kein Recht mehr, eure Hilfe abzulehnen oder sie zu verurteilen. Zumindest nicht, wenn es um Nonna geht.«

»Du darfst auch die Hilfe für dich annehmen.«

Ich spüre, wie er sich neben mir wieder anspannt.

»Sie ist nicht umsonst. Kein Almosen«, sage ich eindringlich, als wollte ich ihn beschwören. »Ich habe einen Plan. Du wirst hart dafür arbeiten müssen. Nicht nur ein bisschen auf der Gitarre klimpern, sondern richtig.«

Josh lacht.

»Verstehe, du übertreibst, damit ich das Gefühl kriege, dass ich mir alles schwer verdiene.«

»Überhaupt nicht«, erwidere ich. »Ich habe noch jede Menge Fragen, wie wir das alles umsetzen. Aber ein Wohnprojekt für Jung und Alt, das sich zum Teil selbst finanzieren muss, schüttelt man nicht einfach so aus dem Ärmel. Da müssen wir alle richtig anpacken. Scheitern ist keine Option, deine Nonna braucht ein Zuhause. Und du auch.«

»Klingt beinahe wie eine Perspektive. So was wie Zukunft.«

»Das ist es auch, du stolzer Straßenköter. Aber dazu musst du mir mal zuhören und nicht immer gleich abhauen«, wage ich zu sagen.

Diesmal nimmt es Josh mir nicht übel.

»Diese beiden Wörter gab es noch nie in einem Satz. Josh und Zukunft.«

Da passiert etwas in mir.

Zuerst kribbelt es in meinen Füßen, dann steigt Erregung meine Beine hinauf, durchflutet meinen Bauch, erreicht mein Herz und schließlich mein Gehirn. Dort formiert sich ein Gedanke, der so groß ist, dass mir beinahe übel wird.

»Es könnte auch meine sein«, sage ich leise.

»Deine was?«

»Meine Zukunftsperspektive. Hierzubleiben und an diesem Projekt mitzuarbeiten.«

Plötzlich bin ich ganz aufgeregt.

»Das wäre tatsächlich eine geniale Sache. Ich könnte das sogar studieren. Social Entrepreneurship. Hier in Sydney.«

Dann könnte ich bleiben.

Nicht nur die geplanten drei Monate, sondern viel länger.

Ich bräuchte noch einen weiteren Job. Um mir die Studiengebühren zu verdienen. Oder müsste meine Eltern davon überzeugen, dass sie die übernehmen. Und vorher müsste ich ihnen natürlich von unserem Projekt erzählen.

Ob Carey schon erste Ideen hat?

»Du bist gerade ganz weit weg«, sagt Josh neben mir ziemlich hart.

Ich wende mich ihm zu und streiche ihm zart über das geschundene Gesicht.

Es muss schmerzlich für ihn sein, wenn ich von Studiengängen fantasiere. Er, der keinen Schulabschluss hat. Nicht einmal auf irgendeiner Schule war. Auch wenn er unglaublich erwachsen und abgeklärt wirkt, fühlt sich das bestimmt ziemlich doof an. Als sei man abgehängt und außen vor.

Aber vielleicht gibt es ja andere Möglichkeiten für ihn. Vielleicht kann er über das praktische Mitarbeiten irgendeinen Abschluss bei Carey im Büro machen. Ich muss mit ihr unbedingt darüber reden.

Stopp!

Wenn, dann müssen wir beide mit Carey darüber reden. Vielleicht will Josh das alles gar nicht. Immerhin ist er ein genialer Musiker. Vielleicht ist die Musik seine Zukunft.

Aber da ist sie.

Egal wie.

Eine Zukunft.

Vielleicht eine gemeinsame.

Hach, Charly, du bist echt zu schnell.

»Nein, nein, gar nicht«, beeile ich mich, ihm endlich zu sagen. »Es wäre nur so eine tolle Möglichkeit, hierzubleiben und etwas zu machen, was ich wirklich will.«

Josh richtet sich auf und beugt sich über mich.

»Darf ich dich küssen?«, raunt er.

»Ja, ja, ja«, jubele ich flüsternd.

Überaus sanft finden sich unsere Lippen.

Endlich.

So vorsichtig, wie ich kann, erwidere ich den Druck.

»Mein Mund ist nicht verletzt«, flüstert er da.

Oh, Josh, ich habe dich so unfassbar vermisst.

Er zeigt mir mit allem, was er ist, und mit allem, was er hat, dass es ihm genauso geht.

28. Tag *(Sonntag)*

Ich erwache neben ihm.

Ich würde gerne erst einmal meine Zähne putzen. Aber Josh hat einen Arm und ein Bein um mich geschlungen und schläft. Ich möchte ihn nicht wegschieben. Darum schließe ich noch einmal die Augen und döse vor mich hin.

Die Balkontür steht offen. Es hat in den Morgenstunden geregnet. Der süße Duft nach Regen und Frangipani weht herein.

Ich spüre Josh und den kühlen Wind auf meiner Haut.

Alle Sorgen und schweren Gedanken sind irgendwo anders.

Ich bin glücklich.

Doch irgendwann muss ich zur Toilette.

Vorsichtig befreie ich mich und schleiche hinaus.

Als ich die Stiege wieder nach oben komme, habe ich kurz Panik, dass mein Bett leer sein könnte.

Hektisch stoße ich die Tür auf. Doch da liegt er, mit geschlossenen Augen in meinem Bett.

Ich krieche zu ihm unter die Decke und schaue ihn voller Zärtlichkeit an.

»Betrachtest du mein entstelltes Gesicht?«, murmelt er.

»Ich betrachte den Jungen, den ich –«

Rechtzeitig unterbreche ich mich. Ich darf das nicht sagen. Denn ich weiß, dass meine Gefühle viel zu überbordend und vor allem zu schnell sind. Auch wenn ich es schon lange Liebe nenne, ist das bestimmt viel zu verwirrend für ihn.

Er schlägt sein funktionierendes Auge auf. Vor Schreck zucke ich zusammen. Im Tageslicht sieht der rote Augapfel entsetzlicher aus als in der Nacht.

»Es wird besser, versprochen«, sagt er und lächelt. »Schon bald werde ich wieder so umwerfend aussehen wie zuvor.«

Ich muss lachen. In Bezug auf sein Äußeres kennt er keine Bescheidenheit.

Aber woher sollte die auch rühren.

Will ist sehr attraktiv. Wie ein typisches männliches Model. Mit seinen blonden Locken, den strahlend blauen Augen und dem charmanten Grinsen.

Aber Josh ist auf eine Art schön, die mir richtig wehtut.

Im Herzen.

Im Bauch.

Und darunter.

Er greift nach mir und zieht mich an sich.

»Mhm, Zahnpasta«, murmelt er. »Darf ich dich auch küssen, wenn ich keine Lust habe, vorher aufzustehen und ins Bad zu rennen?«

»Auf alle Fälle«, flüstere ich und dann versinken wir noch einmal in unserer Welt voller Liebe und Zärtlichkeit.

Carey sitzt unten am großen Tisch.

Als wir hinunterkommen, weiten sich ihre Augen vor Entsetzen.

»Himmel, was ist passiert?«

Etwas in meinem Bauch zieht sich zusammen.

Ich möchte Carey nicht erzählen, dass Josh mit meinem Geld Koks kaufte, dass er damit dealen wollte und überfallen wurde.

Ich befürchte, dass sie so etwas nicht dulden und sich dann alles ändern würde.

»Ich bin den falschen Leuten in die Finger geraten, aber das Thema ist erledigt«, sagt Josh mit einer etwas schneidenden Stimme.

Carey schaut ihn an, als überlege sie einen Moment, wie sie darauf reagieren soll.

Dann nickt sie.

Sie akzeptiert, dass er nicht darüber reden möchte. Und sie vertraut ihm.

Was ist sie nur für eine großartige Frau. Wahrscheinlich ist sie einiges gewöhnt, hat die ungewöhnlichsten Schicksale kennengelernt und weiß, wem sie vertrauen kann.

Und wie wichtig dieses Vertrauen ist.

Aber ihr Gesicht bleibt sehr ernst.

»Du kannst gerne erst einmal bei uns bleiben, wenn du das möchtest. Aber ich erwarte, dass es keinen Stress irgendeiner Art gibt. Erst recht nicht, wenn Atlas wiederkommt.«

Ich schlucke hart. Carey hat natürlich recht, aber Josh lässt nicht so mit sich reden. Eigentlich.

»Das ist selbstverständlich. Vielen Dank«, antwortet er jedoch.

Er hat plötzlich etwas sehr Verletzliches im Gesicht. Sonst wirkt er so stark und abgeklärt, doch in diesem Augenblick sieht er superjung aus.

Vielleicht ist er tatsächlich erst siebzehn.

Wie furchtbar muss es sein, wenn man seinen Geburtstag nicht weiß.

»Setzt euch und frühstückt erst mal.«

Carey deutet auf den Tisch.

Dort liegen zwei unbenutzte Gedecke.

Sie hat uns heute Nacht also wieder gehört.

»Danke, das ist superlieb«, sage ich und habe dabei garantiert gerötete Wangen. Spontan umarme ich sie.

Gerade als wir uns zum Frühstück gesetzt haben, wird die Tür aufgestoßen.

»Ich bin zurück«, sagt Atlas und stellt seinen Rucksack ordentlich neben die Garderobe.

»Atlas, ich habe dich vermisst!«, rufe ich.

Es kommt mir vor, als hätte ich ihn Ewigkeiten nicht gesehen.

Unüberlegt springe ich auf und reiße ihn spontan in meine Arme. Zumindest in den einen gesunden.

Stocksteif erträgt er meine Umarmung.

Schnell lasse ich ihn wieder frei.

»Sorry, ich weiß, du magst das nicht. Aber das musste jetzt sein«, sage ich und setze mich wieder.

Atlas geht in die Küche und holt seine Müslischale. Carey, Josh und ich beobachten ihn. Er nimmt sich bedächtig vom Müsli, exakt so viel wie immer, gießt Milch dazu und schraubt den Deckel wieder ordentlich auf die Dose.

Dann nickt er.

»Ich verstehe das. Es ist nicht sehr schlimm. Aber umarme mich nicht so oft und sage mir vorher immer Bescheid.«

»Okay.«

Scheinbar unbekümmert schiebe ich mir einen Löffel voller Joghurt in den Mund.

Doch innerlich jubele ich.

Atlas hat mir erlaubt, ihn zu umarmen. Zumindest hin und wieder und mit Ankündigung.

»Ich möchte Nonna kennenlernen«, sagt Atlas, nachdem wir ihm erzählt haben, was alles passiert ist.

Also, fast alles.

»Das kannst du heute Abend«, sagt Carey. »Wir essen alle bei Rivards.«

»Ist das irgend so ein fancy Restaurant?«, fragt Josh. Er klingt etwas feindselig.

Aber als ich ihn anschaue, sehe ich keine Feindseligkeit in seinen Augen, sondern Unsicherheit. Wahrscheinlich hat er noch nie in einem Restaurant gegessen.

In dem Moment wird mir beinahe körperlich bewusst, wie unterschiedlich die Leben sind, in denen wir uns auskennen. Wie gut wir uns ergänzen würden.

Wenn wir das wollten.

Wenn wir aufhörten, uns im Unbekannten dermaßen unsicher zu fühlen, dass wir davor fliehen.

Denn dafür haben wir ja nun den jeweils anderen.

Carey lacht.

»Ich bin mir sicher, das Essen steht einem sehr guten Restaurant in nichts nach, aber die Rivards sind Wills Eltern.«

»Schon wieder dieser Will«, raunt Josh.

Ich lege meine Hand über die seine.

Die im Gips.

Die hat mehr Gewicht.

»Nonna wohnt dort«, sage ich leise.

Aus dem Augenwinkel bemerke ich, dass Carey uns beobachtet. Als ich mich ihr zuwende, lächelt sie mich ermutigend an. Nach all dem, was hier in den letzten Tagen los war, sollten Eifersüchteleien wirklich kein großes Problem sein.

Ich lächele zurück.

Das kriegen wir schon hin.

Plötzlich muss ich beinahe laut loslachen.

Wenn mir jemand vor meinem Abflug gesagt hätte, dass sich

zwei so schöne, aufregende und coole Jungs um mich bemühen würden, dann hätte ich diese Person schlicht für verrückt erklärt. Echt jetzt, um mich?

Aber ja, aber ja, aber ja.

Ganz genau um mich.

Charlotte, Charly, wie auch immer, ich mag dich gern. Ich mag, wie du denkst. Ich mag dein Lachen. Dein Herz und deinen Mut. Ich mag deine Träume und Wünsche.

Und ja, ich mag auch deine Frisur, auch wenn das nicht wirklich eine ist. Instinktiv streiche ich mir über die kurzen Haare.

Ich habe das noch nie gedacht, noch nie so empfunden. Ich habe nicht mal geahnt, dass ich dazu eines Tages in der Lage sein würde.

Wie unfassbar gut sich das anfühlt.

»Gerade ist irgendetwas passiert«, kommentiert Carey, die mich nicht aus den Augen gelassen hat.

»Ich habe erkannt, dass ich ein ziemlich tolles Mädchen bin und dass ich mich lieb habe.«

Vielleicht etwas zu laut, aber das ging nicht anders. Diese Worte mussten heraus und sie sind zu wichtig, um nicht von einer starken Stimme getragen zu werden.

Ich blicke lachend zu Josh.

Ich sehe Bewunderung in seinen Augen aufblitzen.

Und etwas, das ich für Liebe halten will.

»Das ist das Wichtigste«, freut sich Carey und schenkt mir einen liebevollen Blick.

»Wenn man sich nicht selbst lieb hat, dann kann das auch kein anderer tun«, bestätigt Atlas in seiner emotionslosen und doch oder gerade darum so unglaublich weisen Art.

Obwohl das eigentlich gar nicht sein kann, glaube ich ganz fest, dass er genau versteht, um was es hier gerade geht.

»Es ist aber keine Neuigkeit. Wir alle wissen, dass du toll bist. Mama und ich, Will und Josh«, fügt er noch hinzu.

»Will natürlich auch«, kann sich Josh nicht verkneifen.

Josh ist ins Haus geskatet, um seine Sachen zu packen.

Ich kann es noch gar nicht richtig glauben, dass er tatsächlich mit in mein Zimmer ziehen wird.

Obwohl er auch unten auf dem Sofa campieren könnte. Carey hat sogar angeboten, ihm ihr Zimmer zu überlassen und selbst in Atlas' Zimmer zu schlafen.

Aber wir wollen es versuchen.

Natürlich ist das von null auf hundert in Überschallgeschwindigkeit. Doch bei so vielen Ausweichmöglichkeiten besteht ja immerhin die Chance, dass es klappt.

Aus dem Häuschen muss er definitiv raus. Er hat es tatsächlich geschafft, den Auszugstermin völlig zu verdrängen. Der ist schon nächste Woche. Wir werden gerade noch genug Zeit haben, alle Habseligkeiten der beiden zu verstauen und erst einmal einzulagern.

Josh wird nicht für lange bei uns mitwohnen. Carey hat zu einem bestehenden sozialen Wohnprojekt Kontakt aufgenommen, in dem momentan eine kleine Wohneinheit frei ist. Er und Nonna können dort einziehen. Ich hoffe, es ist nicht nur vorübergehend. Dem Projekt sollen eventuell die Fördergelder gekürzt werden. Um es zu erhalten, muss es neu konzipiert werden. Wir können mit guten Ideen einsteigen.

Vor allem aber mit finanzieller Hilfe.

Darum rufe ich endlich meine Eltern an.

Überraschenderweise geht mein Vater an das Handy meiner Mutter. Damit habe ich nicht gerechnet. Mir bleiben die Worte im Hals stecken.

»Papa, ich bin es.«

»Charlotte.«

Seine Stimme klingt weich. Viel weicher, als ich sie in Erinnerung habe.

Vielleicht weil ich sie so noch nie hörte.

Auf einmal ist es nicht nur ein Mittel zum Zweck, mit ihnen zu telefonieren, damit sie Geld investieren.

Ich möchte von mir erzählen, es ihnen erklären.

Warum ich gegangen bin.

Warum ich glaubte, ausbrechen zu müssen.

Wie ich mich gefühlt habe, all die Jahre lang.

Warum da keine Charlotte mehr an der anderen Seite des Telefons ist.

Ich ende damit, wie leicht ihr Traum letztlich platzte, weil ich mir die Hand gebrochen habe.

Auch wenn ich natürlich nicht näher auf die Umstände eingehe.

Mein Vater hört mir schweigend bis zum Ende zu.

Mir ist klar, dass wir noch viele Gespräche brauchen werden. Zwölf lange Jahre lassen sich nicht mit einem Telefonat aufarbeiten.

Aber wir haben einen Anfang gemacht.

»Schade, dass du dich uns nie anvertraut hast.«

Mein Vater klingt nicht vorwurfsvoll, nur bedauernd. Unendlich bedauernd.

»Das habe ich mich nicht getraut«, gebe ich zu.

»Deine ganze Kindheit und Jugend. Wir ... ich ...«

Dann kann er nicht weitersprechen.

Wird mein Vater etwa ebenso von seinen Gefühlen übermannt wie letztens meine Mutter? Habe ich beide wirklich so falsch eingeschätzt?

Aber wie hätte ich es denn besser wissen können? Ich war ein Kind!

Ich muss an Atlas denken. Der Situationen und Handlungen so klar durchschauen kann. Weil er einen ganz besonderen emotionalen Abstand zu allem und jedem hat.

Und wieder weiß ich nicht, was ich trauriger finde.

»Papa, lass uns das ein anderes Mal besprechen. Wenn wir uns wiedersehen. Oder wir skypen mal. Vielleicht alle drei zusammen, okay? Am Telefon ist das so blöd.«

»Aber was ist mit dieser OP? Das Thema verträgt kein Aufschieben.«

Es gibt etwas viel Wichtigeres, das kein Aufschieben verträgt, will ich aufbegehren. Aber da sehe ich plötzlich Joshs wütend blitzende Augen vor mir.

»Ich werde euch alle Unterlagen dazu mailen«, verspreche ich.

»In Ordnung. Denn natürlich werden wir dafür sorgen, dass du wieder vollständig hergestellt wirst.«

Das ist seine ziemlich umständliche Art zu sagen, dass er noch immer daran glaubt, dass seine Tochter eine weltberühmte Konzertpianistin wird.

Ich lasse das erst mal so stehen. Mir ist inzwischen klar, dass auch er seine Rolle über viele Jahre lang gespielt und damit quasi zementiert hat.

Dann erzähle ich ihm endlich von Nonna, von Careys Ideen und von Josh.

In der Reihenfolge.

Zur Sicherheit.

Denn ich will meinen Vater ja so sehr begeistern, dass meine Eltern in das Projekt mit einsteigen. Da könnte die romantische Faszination seiner Tochter für einen jugendlichen Kriminellen ohne Pass, Informationen zur Herkunft oder irgendeine Schulausbildung eher kontraproduktiv sein.

»Du fragst also, ob wir in dieses Sozialprojekt in Australien investieren möchten?«

»Im Prinzip schon«, sage ich und habe plötzlich die Stimme eines kleinen Mädchens, das um etwas bettelt.

Schnell räuspere ich mich.

»Natürlich müsste ich das erst mit deiner Mutter besprechen, aber ich kann für meinen Teil eigentlich jetzt schon sagen, dass wir da nicht einspringen werden. Auch nicht in ein weiteres Studium in Sydney. Denn wir haben dir eine andere Ausbildung zuteilwerden lassen.«

Im ersten Moment verstehe ich gar nicht, was er da sagt.

Wir telefonieren seit einer Stunde und ich dachte wirklich, wir hätten einen ganz neuen Draht zueinander gefunden, eine andere Ebene in unserer Beziehung erreicht.

Und jetzt lässt er mich einfach so im Regen stehen?

»Aber ... aber ...«, stammele ich.

»Charlotte.«

Da ist er wieder, der Vater, den ich kenne.

»Ist schon okay«, murmle ich resigniert.

»Du bist gegangen, um dich zu befreien. Das war dein Wunsch. Deine Entscheidung. Würde es sich nicht erneut fremdbestimmt und wie ein Scheitern anfühlen, wenn wir uns da jetzt einmischten? Sei es auch nur finanzieller Natur?«

Mein Vater scheint mir ähnlicher zu sein, als ich dachte.

Gerade will ich ihm antworten, was Carey mir erklärte.

Doch er lässt sich nicht unterbrechen.

»Nein, das solltest du alles selbst in der Hand behalten. Das sind deine Pläne, deine Projekte, das ist dein neues und eigenes Leben.«

Ich werde wütend.

Hätte er auch so cool reagiert und von meinem eigenen Leben gesprochen, wenn ich ihnen an meinem Geburtstag angekündigt hätte, dass ich meine Musikausbildung abbreche, nach Sydney fliegen und dort einen kleinen Jungen betreuen werde?

»Wir konnten dir das nicht sagen, denn du hast uns keine Gelegenheit dazu gegeben, sondern bist einfach abgehauen«, fährt mein Vater fort. »Vielleicht erinnerst du dich aber noch, dass wir einen Tag nach deinem Abflug einen gemeinsamen Notartermin hatten, zu dem du bekanntlich nicht erschienen bist. Nun, Tatsache ist, Omi hat dir den größten Teil ihres Vermögens überlassen.«

»Haha!«, entfährt es mir.

Wie viel ist wohl der größte Teil von siebzehn Euro und zweiundvierzig Cent? Und für wen ist der Rest?

»Nachdem sie krank wurde, habe ich die Verwaltung ihres Vermögens übernommen.«

»Omi hatte ein Vermögen?«, bricht es aus mir heraus.

»Ein nicht unbeträchtliches. Über das du nun die Verfügungsgewalt hast. Ich bin mir sicher, damit kannst du mehr als ein soziales Wohnprojekt unterstützen.«

Vor Schock und Verwirrung drücke ich ihn aus Versehen weg und bekomme ihn auch nicht wieder ans Telefon.

Ich muss das ohnehin erst mal sacken lassen.

Ich verfüge über ein nicht unbeträchtliches Vermögen. Keine Ahnung, wie groß das ist. Aber wenn mein Vater das so formuliert, dann bedeutet das etwas.

Ich bin reich.

Nicht mehr nur das Kind reicher Eltern.

Um Gottes willen, wie soll ich das nur Josh erklären?

Am besten erst einmal gar nicht.

Wir quetschen uns zu viert in Careys kleines Auto.

Josh sitzt auf dem Beifahrersitz. Er ist still. Noch stiller als sonst.

Er hat sich umgezogen. Trägt einen sauberen Hoodie und eine weniger zerrissene Jeans. Er hat sich auch die Haare gewaschen. Ein leichter Chlorgeruch geht von ihm aus. Wahrscheinlich war er im Prince-Alfred-Park-Pool. Das hat ihn knapp sieben Dollar gekostet.

Dabei hätte er auch bei Carey duschen können.

Aber er braucht wohl noch etwas Zeit, um mit allem klarzukommen.

Zumindest steht nun eine Tasche von ihm in meinem Zimmer.

In unserem Zimmer.

Ein kleiner Juchzer versucht, sich aus meinem Mund zu stehlen. Zum Glück gelingt es mir, ihn zurückzuhalten.

Carey und Atlas haben sich richtig schick gemacht.

Atlas trägt zu seinem exakt gebügelten Hemd sogar eine kleine Fliege. An der er immer wieder herumfummelt. Als müsste er sie ausrichten, weil sie hin und wieder heimlich propellerte.

Ich habe echt lange überlegt, was ich anziehen soll. Einerseits wusste ich, dass Josh eher keine eleganten Klamotten besitzt. Andererseits habe ich bei den Rivards bisher keinen besonders guten Eindruck gemacht. Aber das möchte ich.

Aus Respekt und Dankbarkeit.

Sie haben Nonna bei sich aufgenommen.

Ich habe mich für das schwarze Kleid von Carey entschieden, das Will letztens von der Reinigung wieder mitgebracht hat.

Ich sah, dass Joshs Augen aufleuchteten, als er mich darin

erblickte. Zumindest das blutunterlaufene, das andere kann er noch immer nicht ganz öffnen. Bevor er dann etwas verlegen an seinem Hoodie herumzog.

Doch dann nahm er den Kopf hoch und lächelte breit.

»Meine Schöne«, sagte er und bot mir seinen Arm, um mich zu Careys Wagen zu geleiten.

Ich kicherte. Ein bisschen lauter und länger, als ich eigentlich musste.

Nun greife ich von hinten an der Kopfstütze vorbei und streichle Joshs Nacken.

Ich hoffe, das entspannt ihn.

Wills Vater und Carey sind wohl wirklich gute Freunde. Zur Begrüßung nehmen sie sich fest in die Arme und geben sich einen Kuss auf den Mund. Ihr Lachen klingt echt und herzlich. Das macht ihn mir gleich viel sympathischer.

Selbst Wills Mutter ist heute gelöster. Sie weicht nicht von Nonnas Seite. Sie scheinen sich eine Menge zu erzählen zu haben.

Atlas gesellt sich zu den beiden. Ohne Schüchternheit beginnt er, mit ihnen zu reden. Ich sehe, dass sie ihn unfassbar niedlich finden.

Selbst Chloe hat richtig gute Laune.

Nicht einmal Josh scheint sich hier unwohl zu fühlen. Er lässt die Schultern locker fallen. Niemand erwähnt sein entstelltes Gesicht. Alle tun so, als würde er ganz normal aussehen.

Alle bis auf Will.

»Du stehst also eher auf die wilden Jungs, kein Wunder, dass ich da gar keine Chance hatte«, murmelt er, als wir uns umarmen.

Dann gibt er mir einen verbotenen Kuss, der definitiv etwas zu lange dauert.

Zum Glück ist Josh gerade mit Chloe beschäftigt und sieht das nicht.

Wir setzen uns im Salon um den riesigen Esstisch, dessen Mitte überladen ist mit Schüsseln und Tellern voller Fingerfood.

»Vielleicht dachten die Herrschaften ja, Nonna und ich können nicht mit Messer und Gabel essen«, raunt Josh mir ins Ohr.

Aber er grinst dabei.

Erleichtert drücke ich seine Hand.

Chloe und Will sitzen uns direkt gegenüber.

Die Situation hat etwas belustigend Absurdes. Während sich Will und Josh finster abchecken, wenn sie glauben, der andere würde es nicht bemerken, bekommt Chloe kaum den Mund wieder zu. Der steht ihr quasi offen, seitdem sie Josh das erste Mal sah. Seine Schönheit muss sie einfach umgeworfen haben. Auch mit einem blutunterlaufenen und einem noch leicht zugeschwollenen Auge. Sie steht wohl ebenso eher auf wilde Jungs. Trotz ihres Etepetete-Gehabes. Sie umgarnt ihn und flirtet so heftig, dass es fast ein wenig peinlich ist. Doch Josh genießt die Aufmerksamkeit und lächelt sehr breit.

Als er nach meiner Hand greift und sie festhält, fängt Chloe plötzlich sogar an, von Will und mir zu sprechen. Als wären wir ein Paar. Beinahe muss ich lachen. Harper scheint vergessen und ich bin auf einmal die nette Schwägerin in spe?

Blöderweise spüre ich, dass Josh sich wieder verkrampft.

Während nun Will vor sich hin grinst.

Also, echt.

Ich beschließe, bei diesem albernen Spiel nicht mitzumachen, und drücke Josh einen Kuss auf die Wange.

Dann kümmere ich mich um das köstliche Essen.

Alle greifen beherzt zu und sogar Nonna kostet ganz beseelt von diesem und jenem.

Nur Atlas sitzt neben mir und starrt auf seinen leeren Teller.

»Soll ich dir etwas aussuchen?«, fragt ihn Nonna leise.

»Da ist so viel Verschiedenes. Ich weiß nicht, womit ich anfangen soll und ob ich auch alles schaffen werde.«

»Du musst nicht von jedem nehmen.«

»Aber dann werden die Schüsseln doch gar nicht leer.«

»Das müssen sie auch nicht. Das ist gar nicht geplant«, sage ich.

»Warum steht dann so viel Essen auf dem Tisch, wenn es nicht aufgegessen werden kann«, fragt Atlas.

Nonna blickt Atlas voller Zuneigung an.

»Du hast recht, das ist ziemlich blöd und auch verschwenderisch. Aber was übrig bleibt, kommt in den Kühlschrank und wird bestimmt morgen gegessen«, versuche ich, ihn zu überzeugen.

Ich glaube das eigentlich selbst nicht, aber Atlas nickt bedächtig.

»Cracker und Käse«, sagt er.

»Kommt sofort«, mischt sich Will ein. »Hast du einen bestimmten Wunsch, wie sie angerichtet sein sollen?«

»Wie eine Uhr.«

Während Josh übertrieben charmant Chloes Fragen beantwortet, richtet Will Atlas' Teller her.

»Vielen Dank, Will«, sagt Atlas.

Ich sehe, wie Josh einen schnellen Blick auf die Crackeruhr wirft. Als würde er ein inneres Foto davon machen. Dann wendet er sich wieder Chloe zu. Dabei drückt er meine Hand. Etwas zu fest.

Aber das halte ich aus.

Carey erzählt gerade von dem Wohnprojekt.

Es scheint, als sei Wills Vater längst in alles eingeweiht. Und vor allem, als würde er dabei mitmischen.

Auch Nonna lächelt froh vor sich hin.

»Ich habe Fotos von unserer neuen Wohnung gesehen«, verrät sie Josh. »Sie ist wirklich sehr hübsch. In einer Woche schon können wir dort einziehen.«

»Ich werde dich dort besuchen«, sagt Atlas.

»Das würde mich sehr freuen.«

Ich sehe ihr beglücktes Lächeln.

Josh war etwa in Atlas' Alter, als sie ihn zu sich nahm. Falls er wirklich siebzehn ist.

»Nachhaltig gedacht müssen wir natürlich eine Finanzierung des Projekts erarbeiten«, sagt Wills Vater. »Bella und ich werden das Ganze unterstützen, aber das deckt nur einen Teil der Kosten ab.«

Ich zappele auf meinem Stuhl herum.

Wie gerne würde ich erzählen, dass alles in Ordnung ist. Aber ich kann das wegen Josh nicht tun. Nach allem, was wir miteinander durchgemacht haben, weiß ich genau, dass er es schwer ertragen könnte, dass ich plötzlich sehr viel Geld habe. Selbst wenn ich damit nur gute Sachen mache.

»Vielleicht können wir uns morgen treffen und alles Weitere besprechen? Jetzt wollen wir gemeinsam feiern, oder?«, schlage ich darum vor und hebe prostend mein Glas.

Carey schaut zu mir rüber.

Sie hat ja vorhin mitbekommen, dass ich mit meinem Vater telefoniert habe. Es war aber noch keine Zeit, ihr von den Einzelheiten des Telefonats zu erzählen.

Ich nicke ihr lächelnd zu. Ein fragendes Verständnis zieht in ihre Augen.

Alles gut, forme ich mit den Lippen.

Und das ist es auch. Alles gut.

Will fragt nach der OP und ich erzähle, dass meine Eltern die Kosten übernehmen wollen. Dass ich aber noch nicht genau weiß, ob ich sie möchte oder nicht.

Ich höre Josh neben mir scharf die Luft einziehen.

»Ich weiß, wie du denkst«, sage ich leise. »Ich möchte trotzdem gründlich darüber nachdenken. Eine OP ist immerhin eine OP. Meine Hand wird auch ohne die funktionieren. Ich kann sogar Klavier spielen. Zwar nicht auf einem hohen Niveau. Aber ich weiß wirklich noch nicht, was richtig ist.«

Josh nickt.

»Das kann ich verstehen. Solange du wenigstens darüber nachdenkst.«

Seine Worte machen mich unfassbar glücklich.

Ehrlich gesagt, hatte ich etwas Sorge, dass das Leben mit Josh nicht immer einfach sein würde. Weil er so eine feste Meinung zu jedem und allem hat.

Aber gerade zeigt er mir, dass er sich sehr wohl in andere Situationen hineinversetzen kann.

Sogar an den überbordend beladenen Tisch in einer Villa.

»Josh«, flüstere ich.

Er wendet mir den Kopf zu.

»Ja?«

Ich schaue in sein schönes lädiertes Gesicht und kann wieder einmal nicht fassen, dass ich das einfach so berühren, streicheln und küssen darf.

Schnell beuge ich mich vor und drücke meine Lippen auf die seinen.

Er hält mich fest und erwidert meinen Kuss.

»Charly aus Deutschland«, raunt er mir dann ins Ohr.

»Ja?«, flüstere ich zurück.

»Ich liebe dich.«

Da muss ich plötzlich laut lachen.

Die ganze Zeit habe ich befürchtet, ich sei zu schnell und dürfe ihm diese drei Wörter auf keinen Fall sagen.

Und nun tut er das einfach.

Völlig entspannt und unfassbar cool.

Als sei es die normalste Sache der Welt.

»Ich dich auch«, presse ich am Lachen vorbei. »Josh aus Sydney, ich liebe dich auch.«

Ich setze mich wieder gerade hin und da spüre ich Atlas' kleine Hand, die vorsichtig nach meinen aus dem Gips schauenden Fingern greift.

»Ich hätte es besser gefunden, wenn du Will heiraten würdest. Weil er kein Dieb ist und nicht gelogen hat. Aber ich werde versuchen, auch mit Josh ein guter Kumpel zu sein.«

»Oh, Atlas, das ist großartig«, sage ich ganz gerührt.

»Deine hohe Meinung ehrt mich sehr«, meint Will grinsend. »Aber ich muss zugeben, das ich Charlotte gegenüber auch nicht ganz ehrlich war.«

Atlas blickt Will einige Sekunden lang an.

»Sie heißt Charly«, sagt er dann.

Josh grinst. Dann hebt er den Arm und wendet sich Atlas zu.

»Wie siehts aus, mein neuer guter Kumpel? Dieses Mal high five?«

Atlas zögert einen Moment, dann hebt auch er seinen kleinen Arm. Vor meiner Nase schlagen sich die beiden ab.

»Ich möchte das aber bitte nicht so oft machen. Ich finde, Abschlagen sieht lächerlich aus. Außerdem verstehe ich nicht, was es bedeuten soll.«

Da bricht der ganze Tisch in lautes Lachen aus.

Alle lachen bis auf Atlas, der interessiert von einem zum anderen schaut.

Als wir uns wieder beruhigt haben, nickt er.

»Ich habe einen Witz gemacht«, stellt er nüchtern fest und da müssen wir noch einmal lachen.

»Charly wird übrigens länger bei uns bleiben«, verkündet Carey danach. »Nicht nur die verabredeten drei Monate, von denen ja nur noch zwei übrig sind. Sie wird an der Uni hier in Sydney studieren und bei uns wohnen bleiben.«

Atlas wendet mir den Kopf zu.

»Ist das wahr?«, fragt er leise.

Ich nicke.

Und da stiehlt sich ein echtes, ein breites Lachen in sein niedliches Gesicht.

Mein Herz macht einen enormen Hüpfer.

Ich könnte platzen vor Glück.

Der Song von Seite 61 stammt von
Christiaan Van Vuuren und heißt
»A Song about Birds«.

Der Song von Seite 63 stammt von
Sixto Rodriguez und heißt
»Sugar Man«.

Tania Witte

Marilu

»Wenn ich ES jemals tue, geb ich dir die Kette zurück, Elli«, hatte Marilu geschworen. Zwei Jahre später freut sich Elli auf ihren Schulabschluss und hat sowohl Marilu als auch den Schwur vergessen. Doch dann findet sie die Kette in der Post. Der beiliegende Brief ist ein Hilferuf – und der Startschuss zu einem fiebrigen Roadtrip. Die Spur, die Marilu gelegt hat, bringt Elli und Marilus Bruder Lasse an ihre Grenzen. Ein Wettlauf gegen die Zeit beginnt und allen wird klar: Marilu testet das Leben. Und Elli muss dafür sorgen, dass das Leben diesen Test besteht.

www.arena-verlag.de
288 Seiten • Klappenbroschur • ISBN 978-3-401-60588-3 • Auch als E-Book erhältlich

Camryn Garrett

Off the Record

Unsere Worte sind unsere Macht

Schreiben ist Josies Leben. In Texten kann sie ihre Gedanken fliegen lassen und ihr inneres Sorgenkarussell anhalten. Als die 17-Jährige einen Schreibwettbewerb gewinnt, darf sie ein Filmteam auf eine Pressetour durch die USA begleiten. Doch auf der Reise erfährt Josie etwas Ungeheuerliches: Ein gefeierter Regisseur belästigt Mädchen und Frauen am Set – und kommt offenbar schon lange damit durch. Schnell wird die ersehnte Reise zu ihrer größten Herausforderung, denn was kann ein Mädchen wie sie schon ausrichten? Es gibt so viele Gründe, zu schweigen. Es gibt so viele Gründe, nichts zu sagen. Und doch muss Josie den Mut finden, den Text zu schreiben, der alles verändern wird.

www.arena-verlag.de
416 Seiten • Klappenbroschur • ISBN 978-3-401-60645-3 • Auch als E-Book erhältlich